KB274570

신외숙 13번째 소설 창작집

신촌 네거리

도서출판 한글

작가의 말

고풍스런 옛길을 걸었다.

세월의 이끼가 낀 담장 밑을 돌아 붉은 기와지붕과 시멘트 골목길. 오래 된 창살과 진한 초록의 향연 속에 세월의 그림자가 보이는…….

길은 오르막길로 진행되다가 언덕 아래로 이어지다 S자형을 그리고 있다. 황토 길은 추억을 묻고 댐이 보이는 대로변에는 고급 승용차가 속력을 높인다. 호수와 마을 입구를 가로지르는 한길에는 시간의 움직임이 분주하다. 나팔꽃과 배롱이 꽃나무가 지친 여름을 떠나보내면서 때 이른 코스모스가 감성을 일깨우고 있다.

가을의 찬바람이 다신 안 올 줄 알았는데…….

초록의 물결은 바다처럼 끝없이 펼쳐지고 평안을 일깨우듯 잎사귀 부딪치는 소리. 지난 세월 잊으라고. 길은 오솔길에서 흙길로 시멘트 도로에서 아스팔트로 이어지며 자동차는 세월을 싣고서 달린다. 강변과 아파트, 초록 들판을 끼고서.

강한 비트 음악과 영상매체에 마음을 빼앗긴 세대는 문학에 도통 무관심이다. 문학 하나 의지하고서 한 평생 달려왔는데 출구가 안 보인다. 오리무중에 빠진 꿈이 부끄러워 숨고만 싶다. 지난 2-3년 동안 알바에 매달려 살았다. 처음에는 용돈벌이로만 생각했는데 임플란트 수술비로 거금이 지출되면서 본업을 제켜 버리고 주업이 되다시피 했다.

알바를 하면서 느낀 건 사람들은 예술에 도통 무관심하다는 사실이었다. 돈은 만능해결사 노릇을 하는데 예술은 먼 꿈나라 정도로만 여기는 것이다. 그래도 나는 힘주어 말했다.

"나는 예술인들만큼 행복한 경우는 없다고 생각해요, 다른 사람들은 재능이 있어도 생활을 위해서 재능을 포기하잖아요? 그런데 예술인들은 자기가 하고 싶은 일을 하면서 사니까 얼마나 행복하겠어요."

그러자 "그건 그렇죠." 하면서 마지못해 동조를 했다. 문학무용론 시대에 글을 전업으로 하는 소설가들은 거의 자포자기나 마찬가지다. 책이 팔리지 않으니 절필하는 사태도 속출하고 있다. 이제 문학은 돈은 고사하고 돈 없이는 하기 힘든 실정이 되었다.

그래도 나는 나의 문학 인생을 결코 후회하지 않는다. 내게는 많은 상처받은 사람들이 찾아온다. 그들이 내게 원하는 건 딱 한 가지다. 위로다. 내게서 힐링의 힘을 기대하고 당당하게 요구하기까지 한다. 본업이 소설가인 나는 감정이입 또한 잘 돼 쉽게 그들과 공감대를 나누고, 그러다 보면 그들은 힘을 얻고 돌아간다.

힐링, 그건 어쩌면 모든 사람들의 숙제인지 모른다. 나는 무의식의 세계 속에서 자가 치유를 경험할 때가 많다. 내가 심리소설에 집착하는 연유도 다 거기에 있다. 인생의 참된 기쁨은 어떤 성과나 성공보다 온전한 내적치유에 있다고 본다.

나는 지난 15년 동안 힐링의 효과를 기대하며 소설 창작을 해왔다. 물론 그 결과는 독자들이 내리는 것이겠지만 후회 없는 문학 인생이라고 자부하고 싶다. 이번에 내는 〈신촌 네거리〉는 내 13번째 창작집이다. 단편 '두물머리의 봄' 외에 7편의 중 단편과 시나리오가 실렸다. 그동안 문예지를 통해 발표된 것들을 모아 편집해 보았다. 독자들과의 공감대를 다시 한 번 기대하며 먼저 살아계신 하나님께 감사를 드린다. 또 어려운 출판 환경에도 또다시 책을 내주신 도서출판 한글의 아동문학가 심혁창 님께도 감사를 드린다. 감성의 계절, 짙은 가을날에 독자들의 삶속에 하나님의 은총이 가득하길 기도하며.

소설가 신외숙 배상

차 례

두물머리의 봄

두물머리 강가의 봄은 화사했다.

봄꽃나무는 진노랑과 진분홍 새하얀 색깔을 향기로 터치고 있었다. 쪽빛 하늘과 자목련이 푸른 물결과 함께 시야 가득히 들어왔다. 들판에는 쑥 돌나물 민들레가 한창이었다. 물막이 공사를 끝낸 물가는 멀리 거룻배 한 척을 띄워 놓고 물오리가 헤엄치며 사람들의 시선을 당겼다. 산야와 봄꽃, 물결이 한데 어우러져 온통 양수리를 색칠하고 있는 것 같았다.

강 건너편에 카페 건물이 보였다. 화려한 음식점과 모텔 건물은 강을 중심으로 숨바꼭질하듯 곳곳에 숨어 있었다. 곳곳이 환락시설이었다. 그곳에도 봄기운을 이기지 못하고 피어난 꽃나무들이 사람들을 향해 눈길을 당기고 있었다. 찰랑이는 물결이 햇빛에 산산이 부서지고 있었다.

한쪽으로 두물머리 산책로가 보였다. 재작년까지만 해도 안 보였는데 새로 공사를 한 모양이다. 옛날 토성 모양으로 담장이 강을 향해 나 있었다. 발바닥에 와 닿는 감촉이 좋았다. 얼마 만에 밟아 보는 흙이던가. 가슴속에서 환호성이 터지는 듯했다.

산책로를 빠져나가자 읍내 정경(情景)이 상가 건물과 함께 다가왔다. 유흥지라 그런지 곳곳이 음식점과 가요주점이었다. 한쪽에선 이벤트 행사가 펼쳐지고 있었다. 모텔 옆에 있는 노래방이 오늘 신종개업 하는 모양이었다. 풍물놀이패가 신나는 노랫가락에 따라 춤을 추는 모습이 보였다. 요즘은 구멍가게 하나를 개업하더라도 저렇게 이벤트 행사를 벌인다.

버스 정류장 앞에 있는 마켓에서 음료수와 간단한 먹을 거리를 샀다. 검정 비닐에 담아 나오는데 이상하게 불길한 예감이 들었다. 나는 후다닥 도로를 건너뛰기 시작했다. 늘어진 봄기운이 내 발걸음을 확 휘어잡았다. 이번에는 두물머리 산책로를 택하지 않고 차로를 택했다. 승용차들이 먼지를 뽀얗게 날리며 내 곁을 지나갔다. 시골 토담집과 농경지가 초록의 향기와 함께 내 곁을 또 지나갔다.

또다시 두물머리 강가가 나타났다. 물결을 바라보는 순간 아! 하고 탄성이 저절로 나왔다. 느티나무 오른쪽으로 벚꽃이 개나리 진달래와 함께 강가를 물들이고 있었다. 바로 그 앞에 간이 선착장이 보였다. 영화 촬영을 위해 일부러 만들었는지 결이 좋은 나무 받침대가 물 위에 떠 있었다. 강은 예나 지금이나 변함없이 도도하게 흘러갔다.

물새 한 쌍이 빠르게 날더니 강물 위로 내려앉았다.

물결을 한참 바라보는데 현기증이 일었다. 요즘 따라 이런 증상이 자주 일어난다. 눈을 비비고 다시 물결을 보았다. 물결이 소용돌이치는 인생 같다. 한쪽에서 사람들이 우르르 몰려오는 것이 보였다. 중년 남녀들이었다.

"난 또 영화 촬영이라도 하는 줄 알았네."

언제 도착했는지 혜정이 즐거운 목소리로 말했다. 그녀는 자동차 열쇠를 손가락에 끼우고는 열심히 돌리고 있었다. 느티나무 옆 주차장에 그녀가 몰고 온 빨간색 스포츠카가 보였다. 그러고 보니 오늘 따라 그녀의 옷차림이 유난스럽다. 꽉 끼는 주황색 상의에다 허벅지와 아랫단이 너풀너풀한 찢어진 청바지를 입었다. 더 우스운 건 신발이었다. 아직 봄바람이 찬데 발가락이 삐죽 나오는 샌들을 신은 것이다.

거기에다 모자는 어린 청소년들이 쓰는 검정색 모자를 거꾸로 돌려썼다. 아무래도 안 되겠다 싶었는지 그녀는 모자를 45도 방향으로 돌려놓았다. 그것도 검정 매니큐어가 칠해진 손톱을 일부러 쳐들어 보이며.

어딜 가든지 그녀의 차림새는 항상 튀었다. 나이에 비해 몸매는 여전히 날씬한 그녀는 머리와 옷 스타일을 항상 20대 수준으로 유지했다. 그리고 매번 요란한 차림새로 이미지 바꾸기를 시도했다. 그것이 그녀에게는 삶의 낙이자 보람이었다.

꼭 끼는 청바지를 입는 날은 화장을 더 짙게 하고 빨강색 가방을 맸다. 그리고 겨울을 제외하고는 항상 선글라스를 꼈다. 모자는 필수였다. 그녀의 집에 가면 모자 종류만 해도 수십 가지가 넘었다. 허리 벨트는 백 개도 넘었다. 옷가게 신발가게 액세서리 모자 가게를 해도 전혀 손색이 없을 정도였다. 늘 외모에 신경을 쓰기 때문에 그녀에게는 잠시의 휴식시간도 없었다. 헤어스타일은 한 달에 한번 꼴로 변했다.

나이 오십에도 그녀는 늘 긴 머리를 고수했다. 머리칼도 갈색에서부터 갖가지 색깔별로 염색을 했다. 생머리를 할 때도 있지만 대부분은 파머를 했다. 그것도 최대한 야한 스타일로. 그리고 나서 그녀가 하는 일은 각종 모임에 참석하는 거였다. 초등학교 동창회부터 중 고교 동창회, 아들 딸 학부모 모임, 자주 가는 성당 교우들과의 모임까지. 그 모임의 종류는 헤아릴 수 없을 정도로 많았다.

성당은 신심(信心)이 있어 나가는 게 아니라 사람들 만나 교제하는 재미로 나갔다. 일반 모임과는 확연히 다른 데가 있었기 때문에 그녀는 교우들과의 모임만큼은 빠지지 않고 참석했다. 아무튼 그녀만큼 사람 만나는 일을 직업으로 아는 여자도 없을 것이다. 혜정이 그렇게 각종 모임에 열심을 내는 데는 다 그만한 이유가 있었다.

스물한 살에 결혼한 그녀는 사회 활동이 소원이었다. 어린 나이에 결혼해 일찍 육아와 살림에 파묻히다 보니 사회 활동이 간절해진 것이다. 더구나 그녀에겐 남부럽지 않은 재력이 있었다. 남편은 그녀가 쓰고도 남을 만큼 돈을 벌어다 주었고 그녀는 갖다 주는 족족 쓰기 바빴다. 퍼내도, 퍼내도 마르지 않은 것이 그녀의 돈주머니였다.

그녀는 그 돈을 자기 멋 내기에도 치중했지만 어려운 이웃을 돕는 데도 희사했다. 노숙자 재활 센터나 소년소녀 가장 돕기 장애인 불우 이웃 돕기에도 거금을 아낌없이 쾌척했다. 빚쟁이에 몰려 자살을 시도하려는 사람에게 찾아가 도움을 줌으로서 죽어가는 생명을 살린 적도 있다. 그러나 얄팍한 꾐에 속아 돈을 날린 적도 한두 번이 아니다. 단체 모임이나 지인(知人)들과의 모임에서는 항상 먼저 식사 대접을 했다.

그러한 그녀의 태도를 두고 사람들의 의견은 늘 양분됐다. 자기 의(義)를 나타내기 위해 생색내는 것이라며 혹평하는 사람이 있는가하면 거의 살신성인의 귀재라며 치켜세우는 사람도 있었다. 어쨌든 혜정은 재물을 자기 치장과 이웃돕기로 적절히 활용하고 있었다. 어쩌면 그건 삶의 지혜인지도 몰랐다. 한 걸음 더 나아가 미래를 위한 포석인지도 몰랐다. 왜냐하면 그녀는 자기 인간관계에 있어 철저하기 때문이었다.

그것을 나는 이렇게 해석했다.

돈이 많으니까 그걸 통해서 사람들의 환심을 얻어내려는 수작이라고. 그래서 여러 사람들로부터 인정받고 높임 받는 위치에 나가려는 한 방법이라고. 그녀에겐 이제 명문가와 결혼을 앞둔 아들과 역시 준 재벌에 속하는 남자와 결혼 말이 오가는 딸이 있었다. 이제 그들은 결혼이 끝나면 착실하게 부모의 사업을 이어 받아 후계자로 자리매김 할 것이었다. 그것 또한 그녀의 탁월한 인간관계의 덕이 아니겠는가.

나는 나이 사십이 다 돼 결혼했다. 그리고 뒤늦게 아들을 낳았다. 시댁에선 5대 독자 귀한 아들이었다. 전직 장관을 지냈다는 시아버지는 죽어도 여한이 없다며 내게 순금비녀를 선물해 주었다. 그리고 생애 마지막이라며 국회의원 선거에 나섰다. 온 집안을 뒤집어 놓을 만큼 요란을 떨었는데 결과는 낙선이었다. 여당 공천을 받았는데도 떨어진 것이다. 거기에다 부정선거를 했다고 선거관리위원회에 고발까지 당한 상태였다. 무리하게 선거운동을 하느라 금품살포를 한 게 원인이었다.

설상가상으로 하나뿐인 아들이 교통사고로 죽는 사건까지 발생하고 말았다. 남편이 모 대학 여교수와 지방 출장을 다녀오다 생긴 교통사고였다. 그 여교수와 남편은 오래 전부터 밀월 관계를 맺어온 사이였다. 그 알만한 비밀을 나와 여교수의 남편만 모르고 있었다. 그들은 그 날도 밀월여행을 다녀오다 마주 오는 차량과 정면충돌하는 바람에 현장에서 즉사한 것이다.

국내 굴지의 큰 사업체를 운영하는 여교수의 남편은 꽤 명망이 높았다. 아내와 두 아들과 함께 모범적인 가장으로 모 잡지에 소개된 적도 있었다. 재력과 명예, 그리고 일과 사랑을 겸비한 성공한 지식층으로 소개된 그 기사를 나도 언젠가 읽은 기억이 난다. 그때 난 미모와 명예를 겸비한 그녀를 보며 얼마나 질투심에 사로잡혔던가. 그런데 그런 그녀가 남편과 오랜 세월동안 부절적한 관계에 있었다니…….

이런 기막힌 일이 어디 있단 말인가. 결과적으로 두 사람은 불륜이라는 사실을 세상에 공표해 놓고 내세에까지 개망신을 당한 셈이다.

남편과 여교수의 죽음 의식은 쉬쉬하며 비밀리에 처리됐다. 여론을 의식하지 않을 수 없었기 때문이다. 벽제의 화장터에서 뼛가루를 날리며 난 단 한 방울의 눈물도 흘리지 않았다. 그 여교수의 남편도 마찬가지였다. 그러나 그는 후에 통한의 눈물을 흘렸다고 한다. 나와는 달리 그는 아내의 유골을 양수리 강가에 뿌렸다. 자기 아이들과 함께 바로 이 두물머리에서.

무슨 생각에서 그랬을까.

의문점이 꼬리표처럼 남는다.

남편과 여교수는 어릴 때부터 한 동네에서 자라 집안끼리도 잘 알고 지내는 사이였다고 한다. 그런데 어찌된 영문인지 결혼은 따로 따로 했다. 둘 다 학부 출신에다 경제력 또한 만만치 않았는데 여자 쪽에서 반대가 심했던 모양이다. 준 재벌에 속하는 집안에서 맞선 제의가 온 것이다. 남편은 4대 독자에다 대소사가 많은 복잡한 집안이었다. 그래서 여자 쪽에서 탐탁치 않게 생각했던 것 같다.

맞선을 보고 난 그쪽은 혼사 이야기가 급물살을 탔고 얼마 가지 않아 결혼식이 강행됐다. 여자가 마음을 못 정하고 우왕좌왕 하는 사이 급박하게 결혼을 밀어붙인 것이다. 여자에게 퇴짜 맞은 남편은 그 충격에 자리에 앓아누웠다고 한다. 그러다 외국에 나가 30대 전반을 다 보내고 귀국해 나랑 결혼한 것이다. 둘 다 나이가 많았고 또 후손을 보아야 한다는 어른들의 재촉에 못 이겨 내린 결정이었다.

친정에서는 결혼 못한 동생들이 내게 한없이 눈총을 보내고 있었다. 그러나 내겐 확신이 서질 않았다. 그의 감정의 색깔이 모호했기 때문이다. 또 그를 향한 내 감정도 마찬가지였다. 그 당시 내 머릿속에는 결혼이냐 독신이냐 보다 손해냐 이익이냐가 더 급선무였다. 타락한 감정이 나를 그렇게 부추기고 있었다. 나는 무엇을 하든 감정보다는 경제적 이해득실을 앞세웠다. 손해는 곧 죽음이었다. 그러나 어쨌든 나이 사십이 바로 코앞에 닥치고 있었다.

그때 남편이 감정을 추스를 겸 양수리로 놀러가자고 했다. 눈이 켜켜로 쌓여 발을 옮기기도 겁날 만큼 매서운 겨울이었다. 삭풍이 강을 휘몰아치고 있었다. 얼마나 눈이 많이 내렸는지 발목이 푹푹 빠질 정도였다. 보름달이 휘영청 하늘에서 강을 내려다보고 있었다. 강과 어둠을 빼곤 온통 눈 천지였다. 물가에 매단 거룻배가 눈을 하얗게 뒤집어쓰고서 두 물머리를 지키고 있었다.

느티나무가 커다란 몸집을 흔들며 혼자서 겨울바람에 맞서고 있었다. 눈 쌓인 낙엽을 뒤집고 다람쥐가 돌아다니는 것이 보였다. 가끔씩 청솔모도 어둠 속에 나타나 우릴 지켜보다 사라졌다. 강물이 보름달과 맞닿아 넘실대고 있었다.

"기막힌 정경(情景)이구먼."

그는 품에서 담배를 꺼내 물더니 내 어깨를 안았다. 건너편 인가(人家)에서 불빛이 깜빡이며 전해져 왔다. 주변을 둘러보니 그 추위에도 아베크족들이 몇 쌍 보였다. 저들은 모두 사련(邪戀)의 주인공들이리라. 나는 속으로 추리소설을 썼다. 만일 이 두물머리에서 살인사건이 발생한다면 그건 치정(癡情)에 얽힌 사건일 것이다.

"무슨 생각해요?"

난 소설을 쓰다 말고 화들짝 놀랐다.

"네?"

"무슨 생각을 그렇게 골똘히 하느냐구요?"

난 대답 대신 엉뚱한 말을 했다.

"그러는 거긴 무슨 생각했어요?"

"내 옆에 있는 어린양을 어떻게 잡아먹을까."

"뭐라구요?"

"채정씨, 주변에 모텔도 많은 데 쉬어 가면 어때요?"

이 남자가 드디어 속셈을 드러내는구나. 그러나 생각과 달리 몸이 움직여지지 않았다. 찬 강바람이 정신을 마비시킨 모양이었다. 어느새 그가 내 손목을 단단히 움켜쥐고 있었다.

어차피…….

그의 입가에서 자조 섞인 말이 나왔다. 어차피라니…… 그 말뜻이 내 마음을 잠시 혼란시켰다. 그날 밤 그와 어린양은 근처 라이브 카페에서 공연과 함께 술을 마셨다. 이른 바 7080 노래였다. 내 어린 날 대학가를 휘몰아쳤던 '나 어떡해'가 카페에서 그와 나의 마음을 온통 뒤흔들어 놓았었다. 어린 시절로 돌아간 나는 그렇게 그와 하룻밤을 야합하고 서울로 돌아왔다.

그리고 우린 급작스레 웨딩마치를 올렸다. 서로를 더 깊이 알고 시간을 두고 결정해야 할 일이었지만 하룻밤 야합으로 인해 다 날아가 버리고 만 것이다. 급작스럽게 결혼한 나는 처음부터 불안했고 도박을 하는 심정으로 하루하루를 버텨냈다. 양쪽 집안이 다 내노라 하는 집안이었기에 무엇이든 함부로 결정할 수 없는 일들이 많았다. 시댁은 대소사 뿐 아니라 제사도 엄청나게 많았다. 힘든 일은 파출부가 대신 해주었지만 신경 쓰는 일은 비일비재하게 많았다. 차츰 짜증이 나기 시작했다.

젊었을 때 나는 인생을 영화촬영 하는 것쯤으로 알았었다. 인생이 그렇게 시시해 보일 수가 없었다. 생로병사, 그게 문제가 아니었다. 인생이라는 게 그렇게 가치가 있는 것일까. 난 때때로 엉뚱한 생각에 빠졌다. 어차피 한번 죽을 인생 뭘 그리 아등바등 사나 대충 살다 죽지. 뭘 그리 심각하게 고민하고 울고 비탄에 빠지고 야단이란 말인가.

어릴 때부터 나는 부족함이 없는 환경 속에서 살았다. 먹고 싶은 것 갖고 싶은 것은 모두 손에 쥘 수 있었다. 좀 더 자라서는 내가 하고 싶은 일만 하고 살았다. 하기 싫은 것 마음에 거슬리는 것은 단연코 거부하고 살았다. 고통이 뭔지 슬픔이 뭔지 상처가 뭔지 세상 모르고 살았다. 그렇다고 항상 평안한 건 아니었다. 내게는 예술이라는 운명이 지워져 있었기 때문이다. 우리나라 재벌들의 부인은 화랑을 경영하는 미술전문가들이 많다.

고가의 미술품을 사고팔면서 엄청난 차익을 챙긴다. 그들은 전력과 부(富)를 이용하여 축적(蓄積)을 거듭하는 것이다. 그런 의미에서였을까. 가족들은 나의 예술을 반대하지 않았다. 때로는 격려하기까지 하면서 나의 미래에 대한 신뢰를 가졌다. 초등학교 다닐 무렵부터 집안에는 내 화실이 따로 있었다. 중 고교 시절에는 각종 사생대회에서 상을 휩쓸었고 화가에의 꿈은 더욱 공고해져 갔다.

어느 날 구속의 끈을 벗어버린 나는 이젤을 들고서 여행을 떠나기 시작했다. 그림을 그린다는 명목에서였다. 그리고 미대에 들어가면서 많은 그림 친구들을 사귀기 시작했다. 그들 중에는 집안 사정이 어려운 친구들도 있었는데 내가 직접 아르바이트를 주선하기도 했다. 예를 들면 극장 간판 그리는 것과 내 집안에서 경영하는 기업체에 홍보 사원으로 일당 받고 일하는 것 등이었다.

나는 그림 친구는 물론 많은 남자친구들을 사귀었다. 오다가다 만나는 인연으로 혹은 재미로 장난으로 흔한 감정놀음으로 만남을 가졌다. 그 중에는 진지하게 사랑을 호소하는 남자가 있었는가 하면 오직 내 집안의 재산만 노리는 후안무치도 많았다. 못나면 못난 대로 잘나면 잘난 대로 또 재산의 유무와 학력의 고하를 떠나 감정은 별다르지 않았다.

하나같이 내게서 재산적인 가치를 원했다. 건강도 따지지 않았고 인물이나 학력도 따지지 않았다. 그런 것들은 모두 재산적인 가치에 비하면 부차적인 문제였다.

누구도 내게 자신을 사랑하는가 묻지 않았다. 거짓으로 사랑을 속삭여 준 남자는 몇 있었다. 그들은 진실한 체했지만 속으로는 내 사후에 있을 재산 목록에 더 깊은 관심을 나타내고 있었다.

그들에게 감정의 순수란 전혀 찾아 볼 수 없었다. 감정이 타락하고 오염돼 부패의 강도만 심해갔다. 폐수로 오염된 강물이 모든 생물체를 죽이듯 그들 마음도 오염된 채 죽어가고 있었다. 그들의 교활한 눈빛은 계산으로 번득였고 오직 물질에만 목숨 걸고 있었다. 거대한 광맥을 찾아 목숨까지 내놓는 도박사처럼 그들은 나를 놓고 거래하고 있었다.

그렇게 타락한 감정의 물결 속에서 나의 이십 대와 삼십 대가 흘러갔다. 나는 그동안 꾸준히 감정의 순수를 찾아 헤맸지만 실패했다. 원인은 딱 한가지였다.

나 역시 그 타락한 감정 속에 합류하고 있었기 때문이다. 어느 순간인가부터 피해의식에 휩싸인 나는 늘 생각의 초점이 손해냐 이익이냐에 집중됐다. 마음은 둘째였다. 상대가 순수하지 않으니까 나 자신도 순수해야 할 필요를 느끼지 않았다.

　상대의 감정에 따라 나도 계산적으로 변해 갔다. 그러는 사이 나는 지독한 외로움에 시달리기 시작했다. 감정의 순수를 잃어버리고 나자 제일 먼저 찾아온 현상이었다. 그건 외로움을 못 이겨 영등포나 청량리 일대를 헤매는 그런 싸구려 감정과는 전혀 달랐다. 상처받은 감정이 위로를 받기 위해 헤매는 그런 것도 아니었다. 불안하면서도 모호한 감정이었다. 그 감정의 실체를 나 자신도 해석하기 힘들었다.

　나이가 삼십 대 후반을 헤매던 어느 날 나는 그 감정의 실체를 깨달았다. 그건 일방적으로 사랑 받고자 원하는 이기심이었다. 순간 나는 심각한 감정의 모순점에 빠졌다. 대체 감정이란 무엇인가. 그 감정이 무엇이기에 사람들은 그것을 놓고 줄다리기를 하는가. 서로 미워하고 사랑하고 분노하고 기뻐하고 울고 웃는가.

　그때 내린 결론이 있다.

　사람들은 자기 이기심을 위해 사랑을 선택한다. 사랑이라는 감정의 소산물인 행복감을 취하기 위해 불가분의 선택을 한다. 혹은 외로움을 잊기 위해 사랑을 선택한다. 아니 사랑에 집착한다. 서로에게 감정의 끈을 묶어 놓고 의심하고 판단한다. 그리고 또다시 방황하고 갈등한다. 상대의 감정에 내 마음을 맡겼다가 실망하고 배반당했다고 울고 분노한다.

　상대의 감정에 따라 내 감정이 움직이게 방치해 놓고 도덕이니 윤리를 따지는 것이다. 손상된 감정을 놓고 상처받았다고 울고불고 난리를 쳐대는 것이다. 그렇다면 손상된 감정이 복구되는 데는 얼마나 걸릴까. 그리고 감정의 순수를 되찾는 데는 얼마나 시간이 소요될까.

　세월은 빠르게 흘러 나는 한 가정주부가 되었다. 아이 낳고 살림하느라 감성도 죽고 그림을 놓은 지도 십 년도 더 지나갔다. 이제 그림은 나와 아무 상관없는 먼 이방인이었다. 그리고 내게도 어느덧 중년의 회오리바람이 휘몰아치고 있었다. 중년은 노년을 앞둔 마지막 발악처럼 추레

하고 서글픈 것이었다. 어릴 때 나는 얼마나 중년을 저주했던가. 청년도 노년도 아닌 중년의 모습은 참으로 혐오스럽게 느껴졌었다.

표독한 인상으로 입만 열면 돈! 돈! 외치며 악기(惡氣) 가득한 눈으로 다니던…… 그 사람은 바로 다름 아닌 내 이모였다. 인생 막가파가 따로 없었다. 친정의 재산 싸움에 목숨 걸고 덤비다 뇌출혈로 쓰러지기까지 이모는 꼭 싸움판에 나선 투전꾼 같았다. 평소에도 욕심이 하늘을 찌르던 이모는 외할아버지가 돌아가시기 전까지 집안에서 내놓은 인물이었다.

오직 인생의 목적이 축적(蓄積)에 있는 이모는 중년에 들어 욕심이 더 활화산처럼 타올랐다. 그럴지라도 내 외삼촌은 그런 이모에게 재산을 따로 떼 줄만큼 너그러운 사람도 아니었다. 결국 이모와 외삼촌과의 기나 긴 재산 싸움이 벌어졌다. 그것도 다름 아닌 법정싸움이었다. 이모는 내로라하는 변호사를 선임했고 외삼촌은 그런 이모에게 뒤질세라 변호사와 판사에게 양면 작전으로 임했다.

결국 싸움은 외삼촌의 승리로 끝났다. 그러자 이모는 집을 나서자마자 덜컥 쓰러진 것이었다. 급성 뇌출혈이었다. 그 간단한 죽음을 두고서 이모는 참으로 모진 세월을 살았다. 그때 이모 나이 49세였다. 중년의 세월을 그렇게 끝내고 만 것이다.

"지독한 년, 그렇게 모질게 재산에 눈독을 들이더만."

엄마는 혀를 끌끌 찼다. 외삼촌은 이모의 장례식에 얼굴만 내밀고는 사라졌다. 나는 이모의 마지막 뒷모습을 바라보면서 두려움에 사로잡혔다. 나의 중년에 대한 두려움에. 인생의 어중간한 위치인 중년, 그 중년의 의미는 참으로 모호했다.

열정도 사라지고 욕심만 남은 추레한 모습은 보기만 해도 저절로 눈살이 찌푸려 들었다. 노년을 앞둔 마지막 발악을 음주가무로 풀어버리는 축들도 많았다.

버스나 전철을 타면 제일 먼저 자리를 차지하고 앉아 체면도 상식도 무시하는 중년 여자들, 오직 자식 욕심에만 혈안이 돼 물불을 안 가리는, 난 그 중년이 두려웠다. 어느 날 문득 그림을 그리고 싶어졌다. 남편이 요단강을 건너고 나서였다. 아들은 시댁에 맡겨 놓고 나는 자유의 몸이 되었다. 귀한 5대 독자를 시부모가 내놓을 리가 없었다. 대를 이어야 할 명분을 내세워 끝까지 포기하지 않았다.

위자료 명목으로 목돈을 챙긴 나였지만 생각보다 돈이 많지 않았다. 선거 여파로 가세가 기울어져 가고 있었기 때문이다. 어쨌든 자유는 엄청난 시간을 내게 갖다 주었다. 그 공백을 나는 그림으로 메우려 노력했다. 그러나 세월은 그런 나의 바람을 철저히 외면했다. 손이 너무 굳어져 있었다. 그럼에도 나는 비싼 돈을 들여 한적한 곳에 화실을 마련했다. 한 곳은 동해 일출 광경이 보이는 속초와 또 한 곳은 바로 이곳 두물머리 강가였다.

거실과 침실은 물론 화실도 고급 인테리어로 했다. 살면서 한번도 돈의 궁핍함을 겪어 보지 않은 나는 돈 무서운 줄 모르고 일을 벌였던 것이다. 그 와중에 사고가 발생했다. 선금을 챙긴 인테리어 업자가 도망가 버린 것이다. 그렇게도 철두철미하게 이해득실을 따진 나였는데 너무 어이없게 발생한 사건이었다.

내 정신이 잠시 무엇에 홀렸던 걸까. 왜 먼저 선금을 주고 말았을까. 아무리 생각해도 나 자신이 이해되지 않았다. 나중에야 알았다. 거기엔 감정이 개입돼 있었다. 그 말도 안 되는 감정이 허영심을 부추기고 있었던 것이다. 나는 매번 만날 때마다 여유로운 멋 내기와 돈 자랑을 하는 혜정이 그렇게 눈꼴 실 수가 없었다.

그래서 혜정이에게 자랑도 할 겸, 수준 높은 인테리어 업자에게 최고급 자재로 화실을 꾸며줄 것을 부탁했던 것이다. 그런데 업자가 선금을 챙긴 뒤 날아버린 것이다. 그 사건을 두고 혜정이와 심한 언쟁을 벌였던 것은 불문가지다. 언쟁 끝에 나는 막말까지 했다.

"너 그 인테리어 업자하고 짜고 나한테 물 먹인 거지?"

그 말에 혜정은 다시 막말로 받아쳤다.

"내가 뭐가 아쉬워 너에게 그런 짓을 하겠니? 내가 돈이 없니 능력이 없니 명예가 없니, 뭐가 아쉬워 그런 짓을 해? 나도 그 놈을 찾고 있는 중이니까 조금만 기다려."

"글쎄 그 조금만이 언제까지냐구?"

설상가상으로 친정동생에게 빌려주었던 돈마저 떼이고 말았다. 동생이 동업자에게 속아 거금을 투자했는데 그 돈이 다 날아가 버린 것이다. 동생은 돈을 떼인 것도 모자라 내게 손을 내밀었다.

"글쎄 난 이미 알거지가 된 거나 마찬가지라니까 누나가 도와주지 않음 난 죽어 죽는다고, 하나밖에 없는 동생 죽어버렸음 좋겠어?"

이건 아예 협박이었다. 하나밖에 없는 동생 죽일 수 없어 또 해주었다가 고스란히 떼이고 말았다. 그러자 이번에는 내가 죽게 된 것이다. 돈줄이 갑자기 싹 마르고 말았다. 희한한 일이었다. 살다가 그런 일은 처음이었다.

나는 세상에 태어나 처음으로 돈을 빌렸다. 그것도 다름 아닌 혜정이한테. 자존심이 상해 피가 거꾸로 솟는 것 같았다. 동생에 대한 원망이 저절로 나왔다.

동생은 내게 빌린 돈으로 빚을 갚기 위해 주식 투자했다가 몽땅 날리고 말았다고 한다. 그러나 그건 새빨간 거짓말이었다. 동생은 그 돈으로 경마를 시작했다가 쫄딱 망하고 만 것이다. 이젠 살던 집마저 쫓겨날 위기에 처했다. 동생은 또 내게 손을 내밀었다. 속초에 있는 화실을 팔라는 것이었다. 원수가 따로 없었다. 눈치를 보니 그 돈을 해주었다간 이번에는 외국으로 가 도박을 할 것 같았다. 나는 참고 참았던 분노를 터뜨리고 말았다.

"야! 이 망할 자식아 지난번 갖다 쓴 것도 모자라 또 돈타령이냐, 내가 그때 너한테 그 돈 해주고 나서 얼마나 힘들었는지 아냐? 내 친구년한테 돈까지 빌려 썼다 그런데 또 돈타령이냐, 저건 동생이 아니고 원수여 원수."

그래도 동생은 뻔뻔스럽게 돈을 요구했다. 화가 난 나는 혜정이에게 전화를 했다.

"이 녀석이 글쎄 지난번에 돈을 빌려간 것도 모자라 또 돈을 해 내랜다. 나한테."

"동생보고 그래, 지난번 빌려간 돈 친구가 빨리 갚으라고 난리 쳐서 죽겠다고."

나는 혜정이가 시키는 대로 했다. 그랬더니 동생은 더 이상 말이 없었다. 세상에 태어나 처음 만난 환란이었다. 그러나 환란은 연이어 이어졌다. 갑자기 부도를 만난 여동생이 절망 끝에 자살을 시도한 것이었다. 동생은 30대 중반으로 독신이었다. 혼자서 수출업체를 이끌고 있었는데 자재난을 겪다 부도를 만난 것이다. 사방에서 빚 독촉이 이어지자 압박감을 이기지 못하고 자살을 선택한 것이었다.

가족은 있는 돈 없는 돈 다 털어 겨우 동생을 살려 놓았다. 하지만 동생이 운영하는 사업체는 법정관리 대상에 들어가고 말았다. 이젠 완전 백수로 전락한 동생은 심한 우울증에 사로잡혔다. 가족들은 그런 여동생을 볼 때마다 전전긍긍이었다.

또다시 자살 시도를 하지 않을까. 온종일 따라다니며 일일이 감시할 수도 없고, 그렇다고 나 몰라라 외면할 수도 없는 노릇이었다. 그러자 가족들은 그 짐을 내게 떠맡기기로 결정했다.

안 그래도 어릴 때부터 집안의 장녀로서 그 책임을 다해야 한다고 귀에 못이 박히도록 들어온 나였다. 동생들 이야기가 나올 때마다 툭하면 "하나밖에 없는 남동생 하나밖에 없는 여동생" 운운하며 내게 책임감을 안겨 주었었다. 그런데 이제 나이 오십이 다 된 지금에까지 그 책임이 올가미처럼 달라붙은 것이다. 가족들은 너무도 당연하게 그 책임을 내게 지웠다.

여동생은 당장 거처를 내 화실이 있는 양수리로 옮겼다. 양수리의 친환경적인 조건이 마음에 든다고 했다. 한동안은 물가에 나가 산책도 하고 들녘에 난 나물도 뜯으며 즐거워했다. 화실에서 내 그림을 돕는다며 심부름도 곧잘 했다. 그러나 얼마 가지 않아 싫증을 냈다. 늘 긴장하고 빡빡한 스케줄 속에 살다 갑자기 한가해지자 적응이 안 되는 모양이었다. 우울증이 또 찾아왔다. 그러나 지난번보다는 강도가 약했다. 그나마 다행이었다.

동생은 하루 종일 인터넷을 하거나 잠을 잤다. 그러던 어느 날인가부터 외출을 하기 시작했다. 혼자서 버스를 타고 어디론가 다녀오는데 아무래도 그 행방이 수상했다. 걱정 때문에 아니 궁금증 때문에 미칠 것 같았다. 나갈 때는 온갖 치장을 다했다. 짙은 화장에다 향수까지 뿌리고 옷도 최대한 화려하게 차려 입었다. 하긴 동생은 사업할 때도 그 옷가지가 셀 수 없이 많았다.

사업상이라는 이유로 치장하는데 최대의 역점을 두었다. 그것을 두고 가족들은 "저렇게 멋을 부릴 바에야 차라리 패션모델로 나설 것이지." 하고 핀잔을 줄 정도였다. 어쩌면 동생은 사업을 하는 이유가 치장을 하기 위함인지도 몰랐다. 몸매 또한 모델 뺨칠 정도로 좋아 옷매무새도 좋았다. 그런데 아직도 20대의 몸매를 지닌 동생이 저녁이면 화려하게 치장을 하고 외출을 한다?

의심이 가고도 남는 행동이었다. 혹시? 그 단어 뒤에는 남자라는 단어가 꼬리를 달고 등장했다. 저 애가 우울증을 달래려고 연애를? 어쩌면 그건 언니의 입장에서 기뻐해야 할 일인지도 모른다. 그러나 반드시 그런 것도 아니었다. 뭔지 알지 못하는 불안감이 달라붙었다. 궁금증은 날로 산처럼 부풀어져 갔다. 그렇다고 동생에게 직접 대고 물어보기도 뭣했다.

만일 물을라치면 알아 뭐하게? 지금 나 의심하는 거야? 할 게 뻔했다. 그렇다고 몰래 미행을 할 수도 없는 노릇이었다. 암튼 동생의 외출이 잦아들면서 한가지 현상이 나타났다. 우울증이 잦아들면서 행동이 눈에 띄게 빨라진 것이다. 아침 일찍부터 일어나 집안 청소하고 조반 먹고 나면 두물머리 산책을 시작했다. 집 앞 도로를 지나 두물머리 강가를 따라 걷다 시를 낭송하기도 하고 노래를 부르기도 했다.

그것도 본인이 말을 해서 알았다.

"이젠 살만한 모양이지."

내 말에 동생은 그럴만한 이유가 있다고 했다.

"무슨 이유? 애인이라도 생긴 모양이지?"

"애인? 애인이라……. 뭐 그렇다고 해두지."

"그런 말이 어디 있어, 그렇다고 하거나 아니면 아니라고 해야지."

"나중에 말할게, 그때까진 비밀이야."

동생의 얼굴은 너무도 평화로워 보였다. 어느 날은 두물머리 산책로를 돌다 오더니 말했다.

"이 두물머리 대자연은 신이 내려준 은총이야."

"뭐? 신의 은총?"

나는 너무도 생소한 단어에 긴장했다. 신(神)이라니? 그 아연함에 긴장하지 않을 수 없었다. 동생의 심경의 변화를 볼 때마다 나는 직감했다. 사랑하는 사람이 생긴 게로구나. 확신이 굳어져 가는 어느 날이었다. 이상하게 내 의식에 긴장감이 돌았다. 그건 그림에 몰두하면서 잊고 지냈던 외로움이 내 의식을 뚫고 출몰한 것이다. 동생이 산책에서 돌아오자마자 말했다

"채윤아 나도 이제 나이 먹나 보다. 갑자기 외로운 거 있지."

동생은 의아한 눈빛으로 물었다.

"언니 갱년기 아냐?"

갱년기. 그 단어에 나는 갑자기 아득해졌다. 내가 갱년기? 그 지독한 중년이 되었단 말인가 이모의 표독스런 얼굴이 떠올랐다.

"왜? 우울증은 없어."

"그런 거 없는데."

"언니도 더 늦기 전에 사랑을 해봐. 나중에 후회하지 말고."

"또 상처받으면 어쩌라구."

"그렇게 겁을 내니까 못하지, 솔직히 말해 봐 손해볼까봐 그러지 내가 언니 속 모를 줄 알고."

"너도 내 나이 돼 봐."

"언니는 내 나이 때도 그랬어."

"그래 난 그때나 지금이나 똑같이 피해의식에 싸여 살아가는 것 같애, 이게 노이로제 증상처럼 피 말리는 것 있지."

"언니 누가 그러는데 인생은 손해 보며 사는 거래, 그리고 진정한 사랑은 희생하는 거래, 바로 자신을."

"뭐?"

나는 뒤통수를 둔기로 세게 얻어맞는 것 같았다. 그런데 내 입에서 생각지도 않은 말이 튀어 나왔다.

"누가? 니 애인이?"

"애인? 언니 지금 무슨 소리하는 거야?"

동생은 기막혀 하는 눈치였다. 그러나 곧이어 굳은 표정으로 말했다.

"언니도 이제부터 사랑을 시작해, 인생은 손해와 양보할 줄 알 때 진정한 사랑을 아는 거래, 그러니까 사랑을 위해 모든 걸 희생할 줄 아는 인생이 되어야 한대."

동생은 제법 철학자다운 말도 했다.

"그럴 만한 가치가 있는 남자가 있을까, 내 자신을 희생할 만큼 그런 가치 있는 남자가. 너희 형부만 해도 그렇지, 그렇게 못 잊을 것 같으면 아예 그 여자랑 결혼하지 왜 나랑 해 가지고 상처를 남겨?"

"이전 것은 지났으니 보라 새것이 되었도다 새로운 피조물이라, 언니 지난 과거와 화해해, 힘들겠지만."

"그런데 넌 왜 그렇게 달라진 건데."

"응, 언니도 곧 알게 될 거야."

동생은 의미심장한 미소를 지으며 자기 방으로 들어갔다. 그런데 여운처럼 그 말이 내 마음에 남는 것이었다.

손해 볼 줄 아는 인생.

생전에 남편이 하던 말이 떠올랐다.

"니 머릿속은 뭐가 그리 복잡한 건데, 그렇게 매사가 계산적이니 피곤하지. 좀 더 순수해질 순 없는 거야?"

그때 나는 속으로 생각했다. 너부터 순수해 봐라. 불신이 내 속에서 그의 감정을 계산하느라 정신이 없었다. 그와 나는 매번 그런 식이었다. 그는 생활비 이외에도 자기 돈 관리는 철저하게 했다. 속셈은 뻔했다. 나를 못 믿는 거였다. 그건 너무 슬픈 일이었지만 나 역시 딴 주머니를 차고 있었기에 서로가 피장파장이었다. 그와 나는 결혼 이후에도 손해 보지 않기 위해 기를 쓰고 있었다.

외로움이 내 안에서 나날이 극대화되어 갔다. 그러면서 나는 여전히 남편의 감정 측정하기에 바빴다. 이 남자의 내게 향한 감정의 순도는? 오십 퍼센트? 아님 이십 퍼센트? 그도 아님 십 프로?

그런 식으로 남편에 대한 재산적 가치도 평가했다. 남편의 사후에 돌아오게 될 몫을 계산하며 난 속으로 피울음을 토했다. 이것이 바로 내 인간성이란 말인가. 사람을 더구나 남편을 놓고 감정과 재산적 가치를 따지다니……. 하긴 나는 결혼 당시에도 경제적인 측면과 나이를 고려해

합의 결혼하지 않았던가. 게다가 동생들의 무언의 압박까지 합세하지 않았던가. 그와 나는 아이에게도 계산적인 측면을 늘 강조했다.

무엇을 하든지 돈 계산부터 가르쳤고 경쟁에 있어서는 언제나 승리를 가르쳤다. 결단코 지는 법을 가르치지 않았다. 공부든 싸움이든 아이는 꼭 이겨야 했다. 인간관계에 있어서도 신뢰보다는 의심과 판단을 양보보다는 선취권(先取權)을 먼저 가르쳤다. 그것만이 생존의 길이라고 가르쳤다. 아이는 힘들어했지만 개의치 않았다.

그런데 그 틈을 타고 악마가 끼어 든 것이다. 감정의 변수를 교묘히 이용한 악마가 남편에게 불륜의 씨앗을 심어둔 것이다. 그의 불륜 행각은 배신감 이전에 공개된 망신이었다. 내 자존심의 추락이자 정신적 몰락이었다. 그러나 나는 끝까지 울지 않았다. 그 몰락을 나는 경제적 이해득실로 메우려 했다. 감정의 끝간 몰락이었다. 아니 감정의 파멸이었다.

두물머리의 봄이 끝나가던 어느 일요일이었다. 나는 손해와 양보, 그리고 사랑을 위한 희생을 알기 위해 동생과 함께 집을 나섰다. 봄꽃이 지고 주변 풍광이 온통 초록으로 물들어가고 있었다. 초여름의 습한 바람이 목덜미에 엉겨 붙었다. 국도로 차량이 엄청난 속도로 달려가는 모습이 보였다. 마치 속도 경쟁이라도 하듯 바람을 가르며 양평으로 내닫고 있었다.

두물머리 약간 못 미치는 곳에서 시외버스를 탔다. 동생의 자동차는 차고에서 잠을 자고 있었다. 급격한 유류가 인상으로 자동차 운행을 포기한 것이다.

앞으로도 유류값 파동은 계속 될 것이다. 석유 증산을 하더라도 매장량은 한정 돼 있기 때문이다. 또 달러 가치가 급하락 하면서 회복 조짐이 안 보이기 때문이다. 버스가 초록 물결을 지나 한적한 읍내에 닿았다. 버스에서 내리니 주위에 논밭이 보였다. 모내기가 끝난 들녘은 평화가 끝 간 데 없이 이어지고 있었다.

마을 회관 옆에 인가(人家)와 작은 건물이 보였다. 뒤는 야트막한 구릉이었다. 산새들이 나무 사이를 오가며 열심히 짝짓기를 하고 있었다. 동생이 잰 걸음으로 건물 안으로 들어섰다. 내 발걸음도 휘묻혀 들어가는데 갑자기 아득한 느낌이 들었다. 수많은 메시지가 가슴에 와 닿으면서 정신과 몸이 빛 속에 함몰돼 가는 것 같았다. 그리고 곧 알 수 없는 느낌들이 내 가슴에 몰려오기 시작했다. 그건 세상에 태어나 처음으로 느끼는 죄책감과 양심에 대한 가책 같은 것들이었다.

왜 그랬을까. 내 마음에 눈물이 쏟아지고 있었다. 흰 가운을 입은 남자가 강단에서 계속 회개를 외치고 있었다. 그 주변으로 천사들의 음률이 사람들 가슴마다 메시지를 전달하고 있었다. 그 메시지는 불신을 씻어내고 마음을 정결하게 하는 정화수 같았다. 그리고 자유가 엄청난 자유가 사람들 마음속에 임하기 시작했다. 동생은 두 손을 높이 쳐들고 한참을 기도했다. 그 모습은 어쩌면 동생과 너무도 안 어울리는 모습이었다.

나 못지 않게 까다롭고 이기적인 동생이 아니었던가. 게다가 동생은 나보다 더 계산적이고 철저하게 이성적이고 논리적이었다. 그런데 세상의 법칙과는 어긋나는 역설적인 이론이 강단에서 펼쳐지는데 동생은 거기에 동조하고 있는 게 아닌가. 나는 속으로 불만이 터져 죽을 지경이었다. 어서 이 자리를 박차고 나가야지 하면서 저절로 동생을 향해 눈이 흘겨졌다.

"여러분, 여러분은 이 세상에서 손해 보고 사십시오, 남의 이익을 갈취하거나 덕 볼 생각 말고 손해보고 사시라 말입니다. 그럴 때 여러분은 모든 문제로부터 자유로워질 겁니다. 양보하고 무조건 용서하십시오, 그게 신상에 좋은 겁니다. 여러분은 세상에 성공이나 출세를 구하기 이전에 마음이 평안을 구하십시오, 무엇보다 마음의 평안이 우선입니다. 그러기 위해 손해보고 살 각오를 하십시오."

드디어 속에서 분노가 치솟았다. 나는 자리를 박차고 일어났다. 그때 내 눈에 들어오는 것이 있었다. 천장에서 부서져 내리는 수많은 빛이었다. 그리고 빛 속에 함몰되어 가는 내 모습이었다, 조금 전 이 건물에 들어섰을 때 느끼던 바로 그 느낌이었다. 갑자기 혜정이가 생각났다. 쓸데없이 돈이나 쓰고 다닌다고 핀잔을 주던 내 모습도 생각났다. 사랑받고 싶어서 인정받고 싶어서 공연히 저러는 것이라고 악의로 해석하던 기억도 났다. 남편과 그의 정부(情婦) 여교수도 생각났다. 그리고 외로움 속에 방치된, 하나뿐인 내 분신 아들도 떠올랐다.

아이는 조부모의 손에 의해 연약한 모습으로 길러지고 있었다. 의지가 약하고 편한 것만 추구하려는 내 습성도 그대로 닮아가고 있었다, 그것을 옆에서 부추기고 방조하는 것은 시부모였다.

아들을 찾아야 한다. 아들을 찾아야 한다.

나는 속으로 거듭 외쳤다. 자리에서 일어나 조용히 밖으로 나왔다. 수많은 언어가 내 등 뒤로 와 꽂혔다. 단어와 문장이 내 머리와 가슴에 비수처럼 꽂히면서 발걸음이 빨라지기 시작했다.

일주일이 지났다. 그동안 내 마음 속에는 양보와 손해라는 단어가 자꾸만 되풀이되고 있었다. 그리고 그 의미가 깨달아질수록 후회가 되었다. 진즉 알았더라면 남편을 살릴 수도 있었을 텐데. 동생에게 해주지 못했던 속초에 있는 아틀리에도 생각났다. 그러나 마음 한 구석에선 여전히 계산 심리가 나를 부추기고 있었다.

어느 날. 나는 아이를 만나기 위해 시외버스에 오르고 있었다. 차창에 벚꽃과 진달래 개나리가 수없이 스쳐 지나갔다. 팔당 물가와 소도시의 풍경도 스쳐 지나갔다. 오르막길과 내리막길을 여러번 거치면서 버스는 청량리에 닿았다. 거기서 전철을 타고 나는 낯선 대문을 향해 들어섰다.

"어 엄마."

아이는 키가 훌쩍 컸음에도 핏줄을 알아보고는 반색을 했다. 벌써 초등학교 3학년이 된 아이는 반에서 우등생이라고 했다.

"아이가 여간 영특한 게 아니란다. 반에서 일 이등을 달리면서 반장도 됐단다."

시어머니는 기특한 표정으로 아이의 머리를 쓰다듬었다.

"우리 재철이는 제 아빠를 닮아서 이 담에 큰 인물이 될 게 틀림없다."

시어머니는 아이가 사랑스러워 어쩔 줄 몰라 했다.

"해지기 전에 빨리 들어와야 한다."

모처럼 아이와 외식을 하기 위해 나서는 내 등 뒤에 대고 시어머니는 못 미더운 듯 말했다. 아이는 엄마의 손을 잡고 좋아서 팔짝 팔짝 뛰었다. 거리에서 풍선을 사 주자 흔들면서 좋아라 했다. 거리를 지날 때마다 손으로 무언가를 가리키며 사달라고 했다. 나는 지체 없이 사 주었다. 아이는 원하는 것을 얻을 때마다 소리를 지르며 기뻐했다.

"우리 엄마 최고!"

감정의 순도 백 퍼센트였다. 환희가 물결처럼 가슴에 출렁였다. 그래 이런 마음으로 살아가자. 결심하며 음식점으로 들어섰다. 아이는 자리에 앉자마자 메뉴판부터 보았다.

"엄마, 나 제일 비싼 걸로 먹을 거야."

"그래, 우리 아들 마음대로 하렴."

아이는 메뉴판을 보더니 한동안 꼼꼼히 살피는 눈치였다.

"뭐하는 거야, 우리 아들."

"응 돈 계산."

"뭐?"

나는 기가 막혀서 멍하니 아이를 바라보았다.

"걱정 말고 먹기나 해, 돈은 엄마가 낼 테니까."

"그래도 따져 봐야 해, 음식 재료비하고 직원들 인건비, 세금. 전기

세."
"뭐라구?
아이는 당연하다는 투로 말했다.
"엄마가 그랬잖아, 뭐든지 따져 보라구 손해 보면 안 된다구."
나는 결심한 듯 말했다.
"이제부턴 그런 것 따지지 말고 살어, 돈보다는 사람이 먼저인 거야, 알았지."
"모르겠는데."
아이는 생글생글 웃으며 자리에서 일어나 팽그르르 맴을 돌았다.
"엄마 가지 말고 나랑 같이 살면 안 돼?"
"왜 안 돼 되지."
"그럼 가지 마."
"알았어, 안 갈게."
아이는 주문된 음식이 나오자 따지기 시작했다.
"소고기 천 원. 양파 백 원, 치즈 이천 원."
"따지지 말고 먹기나 하라니까."
"그래도 따져 봐야 해."
아아! 어쩌면 저리도 나랑 닮았단 말인가. 동생이 하던 말이 떠올랐다.
"사랑을 위해선 모든 것을 희생해야 하는 거래."
나는 아이를 행해 말했다.
"재철아, 이제부터 엄만 재철이랑 살 거야, 왜냐하면 엄마는 재철이를 가장 많이 사랑하거든, 그러니까 사람은 자기가 가장 사랑하는 사람을 위해서 희생하는 거란다. 그리고 때에 따라선 손해볼 줄도 알아야 하는 거야, 무슨 말인지 알지?"
"그럼 엄마는 나를 위해 손해보고 희생하는 거야?"

"응 그렇다고 할 수 있지."

아이는 더 이상 묻지 않았다. 떠날 시간이 점점 다가오고 있었다. 그러나 내 몸과 마음은 무엇엔가 붙잡힌 듯 움직이지 않고 있었다. 나는 시어머니에게 문자메시지를 보낸 뒤 아이와 함께 두물머리로 가는 버스에 올랐다. 이상하게 길이 막히지 않고 잘 뚫렸다. 초록의 풍경이 차창을 스칠 때마다 아이는 좋아서 환호성을 질렀다. 그러다 아이는 문득 이런 말을 했다.

"아빠도 함께 왔으면 참 좋았을 텐데."

아이는 제 아빠가 그리운 모양이었다. 하긴 어린 나이에 아빠와 사별했으니 그 상한 감정이 오죽하랴. 나는 이제까지 아이의 상처를 방치한 데 대해 새삼스레 눈물이 솟았다. 드디어 버스가 두물머리에 닿았다. 아이는 내 손을 잡고 팔짝 팔짝 뛰었다. 세상에 태어나 이런 물구경은 아마도 처음이리라.

"엄마, 왜 그렇게 물이 많아?"

아이는 신이 난 모양이었다.

"그런데 이모는 어디에 있어?"

"응, 이따가 이모 올 거야."

드디어 물가가 나타났다. 느티나무가 강바람에 맞서 힘겹게 물가를 지키고 있었다. 나는 손가락으로 물가를 가리키며 말했다.

"재철아, 이곳은 엄마와 아빠가 만났던 곳이란다."

"정말?"

"응 여기서 결혼하기로 약속했었지."

"그럼 난 언제 태어난 건데."

"응, 결혼하고 나서 얼마 안 돼서."

나는 갑자기 여교수의 남편을 생각했다. 그는 이 두물머리 강가에서 무슨 생각을 했을까. 감정적 경제적 이해득실을 따지던 내 모습도 생각났다. 혜정이의 모습도 떠올랐다. 평생을 남 좋은 일만 하고 살면서 온 갖 혜택을 다 누리던. 그녀를 나는 얼마나 질투하고 감정을 왜곡시켰던 가. 그녀의 물질관을 오해하면서 비방하는 자리에도 서슴없이 나가지 않 았던가. 심지어 돈으로 남의 환심을 사려는 수작이라고까지 말하지 않았 던가.

그런데 어느덧 내 마음 속에서 그런 비난들이 사라지고 없었다.

언제부터였을까. 지난날의 고통이 내 마음을 순수하게 연단하고 있었 다. 잘못된 인식과 피해의식, 노이로제 증상을 말끔히 씻어내고 있었다. 불신과 의심도 함께 씻겨 나가고 있었다. 누군가 내 마음 속에 메시지를 전달하고 있었다.

고통은 인생을 진지하게 하고 절대자를 향한 집중력을 강화시킨다. 북쪽에서부터 바람이 강물을 휘몰아치고 있었다. 파도처럼 강물이 넘실 대며 내 마음속에 들어왔다.

갑자기 마음이 넓어지는 것 같았다. 오랜 세월 동안 가슴속에 머물렀 던 부패했던 감정들이 강물 속에 떠밀려 가는 것 같았다. 감정의 순도가 높아질수록 마음은 평정을 되찾아 갔다. 그리고 마음속에 담대함이 넘쳐 났다.

"아들, 이제부턴 엄마는 아들만 위해 살 거야, 알지?"

"응, 알아 엄마. 나도 이제부턴 엄마를 위해 살게."

아이는 강물을 향해 두 팔을 벌리며 기뻐했다. 그러더니 강물을 가리 키며 말했다.

"엄마, 저기 좀 봐 물오리가 보여. 저기."

물오리가 떼를 지어 유영하는 모습이 보였다. 아이는 신기한지 한참 이나 물오리한테서 시선을 떼지 못했다. 물오리가 한참을 유영하다가 고 개를 물속으로 처박았다. 아마도 먹이를 발견한 모양이다. 순간 마음속 에 깨달음이 일었다. 그래 인생은 이해득실을 따지기에 앞서 더불어 사는 거다.

나는 빛이 쏟아져 내리는 건물 안에서 들었던 메시지를 마음 속에 떠올리며 아이의 손을 꼭 잡았다. 산책로 부근에 동생의 모습이 보였다, 이어 혜정이의 모습도 보였다. 그들은 아이가 보고 싶어 한 걸음에 달려오고 있었다.

"재철아, 이모야 이모."

"이모."

아이가 두 사람을 향해 마주보며 달려갔다. 강물 주변에 있던 초록 향기도 그들을 향해 끝없이 마주 달려가고 있었다.

(한국 크리스천 문학 2010년)

가을날의 환상

오랜만에 그의 환상을 만났다.

대낮보다 환한 광화문 밤거리를 지날 때였다. 세종문화회관 계단 앞에서 거리 음악제가 펼쳐지고 있었다. 내리 쪼이는 라이트가 사람들의 시선을 집중시켰다. 사람들은 가던 발걸음을 멈추고 악단을 지켜보았다.

눈빛마다 잔뜩 호기심을 매달고서. 그 옆 세종문화 회관 별관에서는 명문 미대 출신 화가들의 동문회전이 열리고 있었다. 2미터도 넘어 보이는 화환들이 입구에 줄지어서 관객들을 앞장 서 맞이하고 있었다. 그 앞길을 예인(藝人)을 자처하는 수많은 사람들이 발걸음을 옮기고 있었다. 순간 나는 강한 상상력에 휘말렸다.

금방이라도 그가 나타날 것 같았다. 그 역시 그 미대 동문이었기 때문이다. 어떻게 변했을까. 나는 기억력을 동원하여 그의 모습을 스케치하여 보았다. 이마에 주름살이 생겼을까. 중년답게 살집이 붙었을까. 생각해 보니 그의 나이도 어느새 마흔 줄을 훌쩍 넘어서고 있었다. 십 년 전에는 전혀 군살이 없어 탄탄한 체격이었는데 어떤 모습으로 변했을까. 그는 화가답게 옷도 화려하게 입었었다. 주황색 체크무늬의 싱글을 입고 구두는 늘 반짝 반짝하게 닦아 신었었다.

그는 가끔씩 청바지를 입곤 했었는데 통이 넓고 헐렁한 걸 입는가 하면 위아래가 쫙 달라붙은 청바지를 입기도 했다. 어떨 땐 거리의 양아치처럼 옷을 입기도 했다. 곱슬머리는 헝클어진 채 청소년처럼 찢어진 청바지에다 소매 없는 티셔츠를 입고 나와 나를 당황시키기도 했다. 만날 때마다 모습이 천차만별이었다. 게다가 눈빛은 예리하여 심령(心靈)을 꿰뚫는 듯했다. 제 눈에 안경이라지만 나는 그런 그의 모습이 그렇게 멋있어 보일 수가 없었다.

친구인 정혜는 그를 잘난 데라곤 눈을 씻고 찾아도 없다고 주절댔지만 내 생각은 달랐다. 그는 명철했고 단 한마디 내게 농담을 건네거나 말실수 한 적이 없었다. 나중에야 알았다. 그것이 사랑하는 여자에 대한 예의라는 걸.

그에겐 당시 내겐 없었던 명예와 자부심이 있었다. 예술인이라는. 그는 그 어느 누구와도 타협하는 일 없이 온전히 홀로서기에만 몰두했다. 그림은 그의 생명이었다. 명문 미대를 나온 그는 자부심이 대단했지만 애초부터 성공하기란 글러버렸다. 성공을 위한 제반사항이 그에겐 전혀 없었다. 경제적 여건은 물론이고 대인관계도 원활하지 못했고, 거기에는 그의 성격도 한몫하고 있었다, 한마디로 성격이 불이었다.

담배를 피우다가도 라이터가 한 번에 켜지지 않으면 단박에 성질을 부렸다. 조급하고 다혈질이었다. 그는 타인을 배려하기보다 일방적으로 행동하길 좋아했다. 그러니 다른 사람이 보기에 그는 전혀 배려심이 없는 파쇼 같았다. 나에게는 더더욱 배려심이 없었다. 말실수는 안 했지만 여자의 마음을 헤아려 주는 데는 제로였다. 생활력도 없는 주제에 한결같이 그림만 주장했다. 전문대에서 시간 강사 초빙을 받았을 때 액수가 작다며 자존심이 상해할 정도였다.

하긴 시간 강사를 하다가도 누군가 싫은 소리를 하면 당장 그만 둘 그였다. 누군가 잔소리를 하거나 자존심 상한 소리를 하면 불같이 화를 내고 당장 전투태세로 돌입하는 한마디로 무대책인 남자가 그였다. 정혜는 일찌감치 그와 헤어지라고 충고했지만 그게 어디 말처럼 간단한 일인가. 감정을 맺고 끊는 게 그렇게 간단하다면 얼마나 편리하고 좋겠는가.

그러니까 십 년 전이었다. 그 때가 IMF 터지고 나서 얼마 안 되던 때였다. 어디서 돈이 났는지 옷을 해 입은 모양이다. 그날 따라 내게 다가와 패션쇼를 벌이며 옷 자랑을 했다.

"나 말야, 이 옷 새로 샀거든 어때 내 몸에 잘 맞는다고 생각지 않아."

몸에 꽉 달라붙는 당시 유행하던 쫄티였던 것 같다. 남자가 쫄티를 입다니, 나는 속으로 못마땅했다. 가슴뼈가 도드라져 보이는 게 영 아니었다. 나는 답변을 회피하고 고개를 돌렸다. 순간 그에 대한 역겨움이 가슴속에서 치밀어 올랐다. 그건 전혀 느껴보지 못한 생소한 감정이었다. 나중에야 알았다. 나는 나도 모르는 사이에 그를 지겨워하고 있었다. 어느 사이엔가 생겨난 판단력으로 그를 채점하며 내 마음속에서 밀어낼 준비를 하고 있었던 것이다.

미래에 대한 불확실성과 구체적인 불안이 내 마음 속에서 싹트고 있었던 모양이다. 그건 정혜를 비롯한 나의 지인(知人)들이 공통적으로 내뱉는 말이기도 했다. 그 이전에 나는 그와 만나는 동안 내 감정에 충실했다. 그와 나는 사랑이라는 공감대를 누리면서 서로 충분히 행복했다.

그리고 상처나 책임을 물을만한 행동은 전혀 하지 않았다. 감정만 나누었을 뿐, 미래에 대한 약속이나 징표는 없었다는 이야기다. 그는 꽉 달라붙는 쫄티를 입은 가슴을 앞으로 내밀며 내 시선을 집중시켰다. 또 다시 역겨움이 가슴속에서 치받았다.

순간 왼쪽 가슴이 조이는 것 같았다. 긴장하거나 심하게 스트레스 받을 때마다 나타나는 현상이었다. 가슴을 움켜쥐고 자리에 주저앉는데 그는 이미 저만큼 걸어가고 있었다. 상대의 기분이 어떻든 상관 않고 제멋대로 행동하는 그였다. 이기적인 건지 순진한 건지 몰랐다.

한때 그에게는 사랑하지 않고는 견딜 수 없는 마력이 있었다. 그는 결코 카사노바는 아니었다. 아니 오히려 그 반대였다. 여자를 모르고 자기 일방적으로 몰아붙이는 걸로 봐서 연애 경험도 없어 보였다. 그의 친구인 차재우도 그랬었다.

"저 정명수는 아무것도 모르는 순진무구 그 자체에요."

세종문화회관 뒷길로 많은 차량들이 빠져나가기 위해 곡예를 벌이고 있었다. 관공서로 통하는 길은 이미 정체 현상을 빚고 있었다. 5호선 광화문 역 출구에서 사람들이 끊임없이 들어가고 나오고를 반복했다. 변호사 회관 앞 노점상들도 거의 거리를 장악하다시피 했다. 발걸음을 조선일보 쪽으로 향하는데 무릎이 시큰했다. 요즘 들어 이런 현상이 자주 나타난다. 중년의 신호인가 보다. 보도(步道)를 걷는다. 멀리 청계천 시작을 알리는 애드벌룬이 밤물결에 보인다.

동아일보 앞길은 꽃 잔치가 벌어진 듯 형형색색의 꽃이 행인의 눈길을 끈다. 인공과 자연이 만난 아름다운 조화가 사람들의 발걸음을 끌어당기는 것이다. 드디어 발길이 청계천이 시작되는 곳으로 가고 있다. 사람들이 물가에 떼 지어 모여 있다. 또다시 인공과 자연이 한데 어우러져 연출하고 있는 모습이 보인다. 어깨에 카메라를 멘 남자가 이쪽으로 다가온다. 나는 얼른 고개를 돌려 피한다. 나를 알아보면 곤란하다. 대인기피증이 있는 나는 사람들이 먼저 나를 알아보고 다가오는 것을 반기지 않는다.

"저 작가 서진희 씨죠?"

남자가 용케도 나를 알아보고 다가온다. 마치 그냥 지나치기라도 했으면 큰일 날 뻔이라는 듯 반가움마저 실려 있다.

"저, 선생님 이왕 만났으니 제가 사진 멋지게 찍어 드릴게요."

남자가 카메라를 마구잡이로 내 얼굴에 들이댄다.

"저 잠깐만 잠깐만요."

나는 손으로 얼굴을 가리며 다급하게 말한다.

"왜요?"

"저 거울 좀 보고요."

"거울 안 보셔도 됩니다. 이건 스냅사진이니까요 그냥 자연스럽게 찍으면 돼요."

"그래도……."

" 화보 잘 찍어서 다음 달 저희 문예지에 내보낼게요."

남자는 선심을 쓴다는 식으로 생색까지 내고 있다. 청계천을 배경으로 사진 몇 커트를 찍고 나자 남자의 말투가 달라졌다.

"선생님 이젠 사진도 다 찍고 했으니 저 술 한잔 사 주시죠?"

"저, 술 못 하는데요."

"선생님은 그냥 앉아만 계시면 돼요, 술은 다 제가 마실 테니까."

남자가 앞장 서 걷는다. 남자는 나보다 서너 살쯤 어리고 재작년엔가 모 문예지에 시인으로 등단했다. 어쩌다 문인 모임에서 한번 만난 적이 있는데 사진보다 실물이 훨씬 좋다며 동생이 누나에게 하듯 애교를 부렸다. 그는 여자에게서 모성 본능을 자극하는 묘한 분위기를 풍기고 있었다. 그때 딱 한번 보았는데 알아보다니 대단한 기억력이었다. 남자가 앞장 서 걷더니 포장마차 안으로 들어간다. 나보고 어서 들어오라는 듯 손짓을 한다.

"적당히 마시고 집에 빨리 들어가세요,"

나는 제법 누나다운 말투로 말한다.

"선생님 지난번에 모 신문에 연재했던 소설 말이에요— 혹 선생님 이야기 아닌가요."

독자들은 항상 이런 식으로 말을 띄운다. 뭘 알아내겠다는 의도가 분명하다. 지난달에 라디오 프로그램에 출연했을 때 기자도 저런 식으로 말했었다. 어쨌든 새빨간 거짓말을 사실로 믿어준다는 건 그만큼 내 창작능력이 뛰어나다는 말도 되니까 그다지 기분 나쁘지는 않다.

"독자들은 흔히들 그렇게 묻지요, 그렇지만 사실을 사실로 쓴다면 그건 수필이지 소설은 아니잖아요?"

"네 그렇긴 하지만, 그런데 선생님은 술을 안 드세요?"

"전 금주했거든요."

"언제요?"

"한 이십 년 넘어요."

그러면 꼭 묻는 질문이 있다.

"혹 크리스천이세요?"

"아뇨."

"그렇담 건강상 이유로."

남자는 이래저래 말이 많은 타입인 것 같다. 쓸데없는 신변잡기를 늘어놓으며 별걸 다 묻는다. 마치 나를 상대로 인생 상담을 하겠다는 것인지 말끝마다 의견을 구한다.

"선생님 전 어떡하면 좋죠?"

직장에서 실수한 일을 가지고 꽤 걱정이 되는지 심각한 어투로 묻는다. 나는 핸드폰을 열어 시간을 확인한다. 남자가 눈치 챈 듯 묻는다.

"선생님 빨리 들어가셔야 되죠? 아기가 학교에서 돌아올 시간이 넘었죠 밥해주셔야 하니까."

"그런데 청계천에 사람들이 굉장히 많이 몰려드네요."

"그래도 평일에는 좀 나아요, 휴일에는 엄청나게 많이 몰려와요. 저도 가끔씩 오는데 글감도 잘 떠오르고 좋아요"

남자는 술잔을 들어 입에 가져가다가 손을 내게로 내민다. 어서 한잔 받으라는 표시다. 나는 손으로 거부 의사를 표하며 웃는다. 그때 남자의 핸드폰에서 문자가 온 모양이다. 핸드폰 뚜껑을 열더니 자리에서 일어난다.

"집사람이 아침부터 몸이 안 좋다고 하더니 그예 탈이 난 모양이에요 그만 가 봐야겠네요."

남자가 포장마차 주인에게 돈을 내밀며 낮은 한숨을 내쉰다. 포장마차에서 나와 남자와 헤어진 뒤 나는 종로통을 걷는다. 종로는 언제나 젊은이들로 인산인해다. 상가마다 고가품을 가장 저렴하게 판다고 문구를 써 붙이고 있지만 발길은 뜸한 것 같다. 횡단보도를 건너고 인사동 골목으로 들어선다. 골동품 가게만 보일 뿐 화랑가는 좀처럼 나타나지 않는다. 대신 토속 음식점들만 보인다. 미술의 거리였던 이곳이 언제 이렇게 변했을까.

안국동으로 빠지는 중간쯤에 시인 고 천상병의 아내가 운영한다는 찻집 〈귀천〉이 보인다. 그 맞은편쯤에서 그가 전시회를 한 기억이 난다. 나는 그때 밖에서만 구경하고 들어갈 엄두도 내지 못했다. 그의 의중을 알 수 없었기 때문이다. 그는 몰려드는 손님들을 대하느라 나를 끝내 기억해 내지 못했다. 전시회는 9일간 성황리에 끝났다고 한다. 그는 기분이 좋아서 내게 계속 자랑을 했다. 추상화 그림만 6점이 팔렸다며 은근히 돈 자랑까지 곁들이며.

그 때는 지금처럼 대리석 길이 아니었다. 골동품 가게도 지금처럼 많지 않았다. 화랑가가 강남 쪽으로 대거 이사 가긴 했지만 그래도 인사동 하면 화랑가를 대표적으로 꼽았었다. 한국병원 앞에서 목발을 짚은 환자들이 나와 거리를 기웃거리고 있다. 골동품을 사려는지 가게 앞에서 자꾸만 서성인다. 그들은 무슨 심정으로 골동품 가게를 엿보는 걸까. 예나 지금이나 나는 골동품을 사는 사람들을 이해할 수가 없었다.

저 오래된 물건을 사다가 도대체 어디다 쓰려고? 가게 안에는 80년도 더 되어 보이는 회중시계와 호롱불, 엽전과 구슬 등 별별 물건이 많다. 그리고 언제부터 생겨났는지 모르지만 거리에는 리어카마다 달고나 또 뽑기 장사가 진을 치고 있었다.

설탕을 녹여 물고기와 별 모양으로 만들었다가 동그란 회전판을 돌려서 맞추면 모양대로 가져가고 못 맞춰 꽝이 나오면 손톱 크기만 한 설탕 과자를 가져간다. 커다란 프라이팬에 쟁반만한 부침개를 구워 파는 장사도 있다. 신 김치를 썰어 넣어 색깔을 빨갛게 물들인 뒤 콩기름을 넉넉히 두른 다음 부쳐내는 부침개는 보기만 해도 침이 고인다. 부추를 잔뜩 썰어 넣은 부침개도 있다. 풋고추를 썰어 한데 넣고 부쳐내면 향긋한 내음과 함께 입안에 군침이 돈다. 그것을 적당한 크기로 쭉 찢어 간장에 찍어 먹으면 맛이 아주 그만이다.

꿀을 여러 가지 재료와 혼합해 가는 실처럼 뽑아 만든 과자도 있다. 녹차와 밀가루를 섞어 만든 꿀 호떡도 사람들의 발길을 모은다. 예술의 거리였던 이곳이 언제 이렇게 먹자판이 되었을까. 거리는 화랑보다 음식점이 노점상이 골동품 가게가 다 차지해 버렸다. 일부러 그랬는지 어두컴컴한 가게 안에 호롱불을 켜놓고 손님을 기다리는 주인도 보인다. 유리창 안으로 들여다 본 순간 기겁할 듯이 놀란다.

불상(佛像)이 가부좌를 틀고 이쪽을 노려다보고 있는 것이다. 발자국을 옮길 때마다 파라솔을 펴놓고 점치는 상인들이 보인다. 요즘은 점의 종류도 많아진 모양이다. 옛날에는 토정비결 등 토속적인 것이 많더니 요즘은 점도 국제적으로 노는 모양이다. 인도에서 건너온 점치는 능력이 있다더니, 얼굴에 ‘위악’이라고 써진 여자들이 파라솔 안에서 행인들을 유혹한다. 그것도 젊은 연인들을 향해서.

그렇게 유혹해 놓고는 적당한 위협과 회유로 돈을 뜯어낼 목적이면서 신령한 체를 한다. 남의 운명을 놓고 저울질할 것이 아니라 너희들 운명이나 저울질해라. 한 치 앞도 못 내다보면서 무슨 남의 미래를 놓고 마귀 장난질이냐— 나는 소리 없는 항의를 쏟아 붓는다.

십 년 전, 내 언니는 바로 저런 장난질에 놀아난 희생자였다. 그 때 당했던 기억을 떠올리면 모골이 송연해진다. 십여 년 전, 어느 날이었다. 내 언니는 결혼할 사람이라며 늙수그레한 남자를 데리고 왔다.

첫인상부터가 개판 오 분 전이었다. 어디서 양복이라고 주워 입었는데 털면 먼지가 한 움큼 나올 만큼 지저분하기가 인상과 똑같았다. 거기에다 껌까지 질겅질겅 씹으며 나를 보자마자 내 몸매부터 훑어 내리는 게 아닌가. 음흉한 미소를 지으며 가슴과 아래쪽을 흘끔거리는데 나는 그때 할 수만 있으면 소리 없는 총을 구해와 탕! 쏴버리고 싶은 심정이었다. 그리고 어디서 저런 불한당 자식을 형부감이라고 데려 왔냐며 언니를 향해 멱살을 잡고 한바탕 퍼붓고 싶었다.

그런 대도 그 병신은 그 인간이 어디가 좋은지 절절 매며 커피를 탄다 과일을 깎는다 혼자 좋아서 난리를 치는 것이었다. 하는 품새를 보니 몸을 주어도 열 번 아니 백 번은 더 주었을 꼴 상이었다. 아버지와 엄마는 너무 기가 막혀 쓰러질 지경인데 언니 혼자 좋아서 집안을 콩콩 뛰어다니며 앨범을 보여 준다.

음식 대접을 하느라 난리인 것이다. 더 가관인 것은 나 보고 형부에게 잘 보여라 하면서 일침까지 놓는 것이다. 속에서 부아가 끓어올라 도저히 참을 수 없었다. 그때 만일 오빠가 집안에 있었다면 칼부림이 났을지도 모를 일이었다.

그만큼 사태가 기가 막히고 급했다.

"야이! 이 사기꾼 병신들아."

그때 내 입에서 막말이 나왔다. 정말이지 나도 모르게 튀어나온 말에 가장 먼저 놀란 건 역시 나였다. 어! 내가 왜 이러지? 하는 사이 또 다른 막말이 튀어나왔다.

"야! 이 정신 빠진 년아, 어디서 사내가 없어 저런 후레자식을 서방감이라고 데려 왔냐? 네년이 모자란 줄은 알고 있었다만 그래도 집안 식구 생각은 할 줄 알아야 할 것 아니냐? 내가 속이 터져서 아빠! 뭐하고 있는 거야? 저것들 당장 내쫓지 않고."

나는 거의 숨넘어갈 듯이 말하고는 자리에 털썩 주저앉고 말았다. 그러자 정신 못 차리고 시시덕대던 두 연놈이 자리를 박차고 일어나더니 나를 향해 거의 잡아먹을 듯이 째려보는 게 아닌가. 그런데 다음 순간 내 뺨에서 철썩! 하고 야멸친 소리가 나는 것이었다. 언니라는 정신 나간 여자가 제 남자 비위 맞춰 주겠다고 하나밖에 없는 여동생의 얼굴에 직격탄을 날린 것이다. 남자는 그 모양을 지켜보면서 쾌재의 미소를 지었다.

"아니, 뭐 이런 정신 나간 것들이 다 있어?"

그제야 아버지가 나섰다. 그러나 그 때는 이미 늦었다. 두 연놈이 대문 문지방을 넘어서고 있었다. 평상시에도 반편에다 푼수 노릇하느라 제 정신이 아니긴 했지만 무조건 막무가내는 아니었는데 그날 보니까 언니는 완전 남자에 미쳐 있었다. 언니는 어릴 때부터 제 처지는 모르고 사랑받고 싶어 몸부림을 했다.

나이가 들자 남자만 보면 시시덕거리며 좋아하고 누가 시키지도 않았는데 가서 매달렸다. 운 나쁘게도 언니는 육덕이 좋은 편이었다. 큰 키에 가슴과 엉덩이가 커서 길을 지나면 남자들이 힐끔거릴 정도였다.

그러다 보니 집안이 조용할 날이 별로 없었다. 툭하면 남자들에게 희롱거리가 되는데 언니는 그걸 자신에게 대한 관심과 사랑으로 알았다. 그리고 더 사랑받고 싶어 발악을 하는 것이었다. 가족들이 아무리 타이르고 달래도 소용없었다. 제 비위에 거슬리면 막무가내였다.

머리가 모자라면 온순하거나 착하기라도 해야 하는데 정반대였다. 매일 집안에 불란만 일으키면서도 저 하나만 떠받들어 달라고 별 말썽을 다 부렸다. 한 마디로 애정결핍 현상이었다. 어릴 때부터 그랬다. 특히 손님이 오는 날이면 바지를 내리고 오줌을 싸는가 하면 일부러 발악하듯이 울어 제켰다. 원수가 따로 없었다. 어떻게 알았는지 집안에 일이 있을 때면 기가 막히게 알아차리고 말썽을 부리는데 꼭 하는 짓이 마귀 형상이었다.

게다가 식탐은 어찌나 많은지 아예 밥통 째 끌어안고 숟가락질을 했다. 누가 빼앗아 먹을 세라 반찬을 있는 대로 다 붓고 나서 한꺼번에 비벼 먹었다. 볼따구니가 터지도록. 덕분에 배가 남산만큼 나와 임신부를 연상케 했다. 머리가 나쁘니 학교 공부를 시킬 수도 없고 그냥 놔두자니 매일 말썽만 일으키니 죽을 노릇이었다. 참다못한 내가 말했다.

"차라리 갖다 버려."

언제 들었을까. 그 소리를 듣고 나더니 더 사나운 짐승처럼 변했다. 제 하는 짓은 생각지 못하고 사랑받겠다고 미쳐 날뛰는 인간한테 갖다 버리라고 했으니 어떤 현상이 벌어졌을지는 상상이 가고도 남을 일이다. 그날 언니는 정신병동에 들어갔어야 했다. 그게 언니의 앞날이나 가족들을 위해서도 좋은 일이었다. 그러나 가정형편상 그야말로 돈이 원수인 까닭에 실패하고 말았다.

포효하는 짐승처럼 길길이 날뛰다가 잠이 든 것일까. 갑자기 조용해졌다. 그런데 그게 아니었다. 집안에서 갑자기 사라진 것이다. 어디로 갔을까. 가족들은 모두 불안에 떨었다. 아무리 사고뭉치인 자식이지만 안 보이니까 불길한 상상이 떠오르면서 피가 마르는 것 같았다.

"모자란 년 하나가 집안을 온통 쑥대밭을 만드는구나."

오빠가 낮은 한숨을 내쉬었다. 집을 나간 언니는 그 다음날도 들어오지 않았다. 가족들은 가출신고라도 해야 하는 거 아니냐며 얼굴을 마주보았다. 다음날 새벽이었다. 잠시 눈을 붙였는데 대문간에서 소리가 났다. 가족들은 모두 자리에서 일어나 귀를 기울였다. 언니가 제 방으로 들어가고 있었다. 어디서 뭘 하다 왔는지 몸이 지푸라기와 흙투성이였다.

"냅둬."

아버지의 지시에 따라 우리는 모두 함구했다. 아침이 되었다. 나와 오빠는 출근했고 그 다음 일은 잘 모르겠다. 엄마와 아버지 사이에 틈이 있었다는 사실 외에는. 어쨌든 언니는 그날 이후 몹시 바빠졌다. 그런데 문제는 다음에 있었다. 모자란 년이 어떻게 신용카드를 만들었는지 매달마다 청구서가 날아온 것이다. 내용도 가지각색이었다. 백화점에서 옷 산 거며 심지어 유흥업소에서 카드로 끊은 것까지 있었다.

누군가 시킨 게 틀림없다.

가족들은 단정 지었지만 소용없었다. 누가 시켰는지 도무지 입을 열지 않았다.

"남자가 있는 게 틀림없다."

오빠가 말했다. 그 말에 엄마는 통곡을 하며 말했다.

"아이고 저 모자란 년이 오만가지 지랄을 다 하는구나. 야! 이년아 차라리 너 죽고 나 죽자."

드디어 엄마는 언니의 머리채를 휘어잡고 나섰다. 그런데도 아무도 말리지 않았다.

"차라리 갔다 버려."

내 입에서 또다시 막말이 나왔다.

"저것만 없으면 두 다리 쭉 뻗고 잘 수 있을 텐데."

오빠가 옆에서 거들었다. 그러자 언니의 입에서 짐승 같은 소리가 흘러나왔다.

"나 갈 테야, 나 보내 줘."

"가긴 어딜 가, 이년아 누구 돈 갖다 줄 일 있냐, 이 모자란 년이 어디서 사내 맛을 알아 가지고 집안을 거덜 내는구나."

화가 난 어머니는 언니의 머리채를 끌고 밖으로 나갔다. 대문 밖으로 내쫓을 기세였다.

"다시는 못 들어오게 문 콱 닫아 버려."

나는 등 뒤에 대고 말했다. 오빠는 이상하게 입을 꾹 다물고 있었다.

"은행에 연락해 저년 다시 카드 못 쓰게 하라니까."

나는 신이 나서 떠들었다. 그러나 내 기대와는 달리 잠시 후 언니와 엄마는 도로 집안으로 들어왔다. 눈가에 눈물을 가득 달고서. 그 일 후에도 언니는 툭하면 집안을 뛰쳐나갔다. 아무리 눈에 불을 켜고 지켜도 소용없었다. 나갈 때면 꼭 엄마나 내 지갑을 훔쳐 가지고 갔다. 그 때문에 낭패 당한 일이 한두 번이 아니었다. 카드를 못 쓰게 하니까 이번에는 현찰을 물 쓰듯 하는 것이다. 그래서 집안에 비상이 걸린 적이 한두 번이 아니었다.

"이 망할 년아 나가려면 그냥 나가서 죽던가 왜 돈을 훔쳐 가고 지랄이냐."

엄마의 말에 언니는 지지 않고 대꾸했다.

"그래도 그 사람은 날 얼마나 예뻐한다고."

"그게 예뻐하는 거냐? 돈 뺏어내려고 수작부리는 거지, 그걸 그렇게도 모르냐 이 팔푼이 머저리 같은 년아."

아무튼 언니의 가출 사건 이후로 가족들은 날이 갈수록 욕설만 늘었다. 가족들은 언니에게 먹을 것 이외에는 절대 아무것도 주지 않았다. 단돈 천 원 한 장도 동전 하나도 주지 않았다. 주었다 하면 어느 사이엔가 뛰쳐나가 다음날 아침까지 돌아오지 않았다. 전화도 못 받게 하고 밤낮으로 지키는데도, 언니는 수시로 집을 뛰쳐나갔다. 더구나 언니에게는 핸드폰도 없었다. 도대체 어떻게 연락을 취했기에…….

"저년이 어딘가 단단하게 숨겨 논 샛서방이 있는 모양이여."

엄마는 땅이 꺼져라 한숨을 내쉬었다.

"있음 뭐 해? 결혼 안 시킴 그만이지."

나는 당연하다는 듯 말했다.

"그렇게 문제가 간단하믄 다행이게, 아! 막말로 저년이 애라도 배 가지고 나타나면 그땐 어떡하냐? 그게 걱정이 돼서 그렇지."

엄마의 걱정은 사실이 되어 나타났다. 그야말로 어느 날, 뱀같이 서방감이라고 떡하니 달고 나타난 것이다. 그것도 어디서 양아치 같은 걸 주워 가지고. 자다가도 벌떡 놀라서 뒤로 자빠질 일이었다. 그것도 모자라 엄마가 걱정했던 것처럼 뱃속에 새 생명까지 잉태하고서. 남자는 그 일을 기화로 한몫 단단히 뜯어낼 목적이었다. 우리가 아무리 팔팔 뛰고 난리를 쳐도 뱃속의 생명을 끝까지 물고 늘어졌다.

"저도 뱃속의 아기만 아니라면 이렇게까지 안 할 작정이었는데."

남자가 요구한 돈은 거의 아파트 한 채 값이었다. 그 돈이 집안에 있을 턱이 없었다. 그런데도 언니는 매일같이 그 돈을 해내라고 성화를 했다.

"차라리 니 부모 형제를 팔아먹어라 이년아, 어디서 근본도 모르는 놈의 씨앗을 배 가지고 와서는 큰소리냐."

어머니의 말에 내가 한마디 했다.

"차라리 병원 가서 수술해서 없애버리라고 해."

그러자 언니의 눈에 불이 켜졌다. 제 새끼를 보호하겠다는 결연한 의지가 저도 모르는 사이에 나타난 것이다. 제 배를 움켜쥐더니 나를 향해 표독스런 표정을 지으며 말했다.

"누구든지 내 애기한테 나쁜 소리하면 가만 안 둘껴."

"어이구, 그래도 제 새끼는 아는구먼."

엄마는 기가 막혀 혀를 끌끌 찼다. 이상하게 가족들은 아기 이야기만 나오면 꿀 먹은 벙어리가 되었다. 생명에 대한 경외심이랄까. 말도 못 꺼내고 끙끙 앓았다.

"뱃속에 든 어린 것이 무슨 죄가 있다냐, 다 즈이 에미 애비 잘못 만난 탓이지."

엄마는 눈물을 글썽이기까지 했다. 그러자 언니는 눈치 없게 나서며 말했다.

"그러니까 아파트 해달라니까."

"이년아, 아파트 해줄 돈이 어디 있냐? 그리고 설령 해 줬다 치자, 그때 너는 애기랑 함께 끈 떨어진 뒤웅박 신세 되는 거야 알았어?"

말뜻도 못 알아듣는 언니는 배만 쳐다보며 웃었다.

"아기가 발로 막 차."

그 말에 가족은 누구랄 것도 없이 눈물을 터뜨렸다. 죽일 놈은 바로 그 놈이었다. 산달이 가까울 무렵 남자가 찾아왔다. 아파트를 다음 달까지 해 주되 자기 명의로 해달라는 것이었다. 속셈이 뻔했다. 아버지는 단 한 마디로 잘라 말했다.

"해줄 돈도 없고 해준다 해도 생판 모르는 니 명의로 해줄 수 없다."

그러자 남자는 분한 나머지 언니의 배를 발로 뻥 걷어찼다. 그러더니 언니의 머리채를 휘어잡고는 땅에 메어꽂으려는 것을 오빠가 달려들어 간신히 말렸다. 정말이지 인간백정만도 못한 놈이었다. 그런데도 언니는 아픈 배를 틀어쥐고는 연신 아파트 아파트를 외치는 것이었다. 산달이 되어 산부인과에 간 언니는 아들을 낳았다. 그런데 그 사실을 어떻게 알았을까. 남자가 다시 나타났다.

남자는 잠시 엄마와 이야기를 하는 눈치였다. 그리고 다음 순간 아기는 강보에 싸여 쥐도 새도 모르게 사라졌다. 문제는 다음에 있었다. 언니가 아기를 찾고 난리가 난 것이다. 엄마는 아기가 죽었다고 거짓말을 했다. 그러나 언니는 믿지 않았다.

날마다 아기를 찾아내라고 울었다. 그 바람에 가족은 또다시 울음바다를 터뜨려야 했다. 한번 사라진 남자는 이후로 다신 나타나지 않았다. 그도 그럴 것이 남자에게 본부인이 있다는 사실이 밝혀진 것이다. 그것도 다름 아닌 엄마의 입에서.

"그러니까 저년은 씨받이였다, 그거여."

모자란 년, 어쩐지, 병신 갖은 풍상을 다 떨더니만.

또다시 언니에 대한 험담이 터져 나왔다. 아기를 빼앗긴 언니는 어느 날 집을 나갔다. 아기를 찾기 위해 나간 것 같은데 돈이 없어서인지 얼마 안 돼 들어왔다. 그런데 그게 아니었다. 들어오자마자 기상천외한 말을 하는 게 아닌가.

"엄마 지금 우리 아기가 아파서 울고 있대, 누가 막 아기를 때린대."

"때리긴 누가 때려, 아니, 이년이 어디서 무슨 말을 듣고 와서 뜬금없는 소릴 하는 거여?"

언니는 안타까워 거의 미칠 지경인데 엄마는 철저히 무시했다.

"엄마 그게 아니고 아기가 아파서 울고 있다니까."

"글쎄 누가 그런 쓸데없는 소릴 하더냐구?"

"저기 골목길 끝에 있는 무당집 아줌마가."

"뭐야?"

거의 미친 정신으로 돌아다니다 점치는 집에 들어간 모양이었다.

"그래서?"

"아기를 구해 오려면 굿을 해야 한 대."

새끼를 잃은 어미의 심경을 엄마는 끝내 외면하고 말았다. 언니는 아기만 찾아올 수 있다면 무슨 짓이든 할 태세였다. 그러나 아기가 있는 곳도 모를 뿐더러 안다고 한들 무슨 재주로 아기를 데려올 수 있단 말인가. 언니가 하도 못 견뎌 하자 가족들은 조금씩 돈을 주기 시작했다. 나가서 바람이나 쏘이고 다니면서 한을 풀어버리라는 것이었다. 정말이지 생각할수록 죽일 놈이었다.

버젓이 처자식이 있는 놈이 남의 집 처녀 망가뜨린 것도 모자라 자식까지 갖게 하고는 혼수로 아파트를 요구하질 않나. 그것마저 아니 되니까 끝내 자신의 정체를 드러내놓고는 아기만 빼앗아 가버리고 만 것이다. 짐승 중에서 가장 모성애가 강한 짐승이 곰이라고 한다. 새끼를 빼앗긴 암곰은 사나운 폭군으로 변해 물불을 안 가린다. 제 목숨을 바쳐서라도 새끼를 보호하려는 것은 비단 곰만은 아닐 것이다. 언닌 바로 그 곰이었다.

비록 지능지수는 떨어졌지만 애끓는 심정으로 자식을 찾고 있었다. 그런 언니의 모습을 지켜보면서 가족들은 남몰래 눈물을 흘리고 있었다. 차라리 그때 아기를 주지 말고 우리가 키울 걸 그랬나, 후회감이 들 정도로 언니는 너무 절박했다.

제 앞가림 못한다고 본인의 의사를 묻지 않고 성급히 처리한 게 화근이었다. 언니는 여러 곳으로 점을 치러 다니는 모양이었다. 거기에 온 희망을 걸고 있는 듯 보였다. 아침에 밥 한술 뜨고 나면 정신없이 밖으로 나갔다. 어느 흰 눈이 펄펄 쏟아지던 겨울날이었다. 마당에 내리는 눈을 바라보던 언니가 갑자기 밖으로 뛰쳐나갔다.

그리고 해가 지도록 돌아오지 않았다. 또 어떤 점쟁이의 꼬임에 빠져 길거리를 헤매는 모양이었다. 복채는 얼마나 주었는지 밥은 먹고 돌아다니는지 가족들은 이제 그 누구도 신경 쓰지 않았다. 이미 넌더리가 난 것이다. 핏덩이 때 헤어진 아이를 도대체 어디 가서 찾겠다는 건지 모를 일이었다.

설령 만난다고 해도 그렇지, 당장 DNA검사를 하지 않고야 어떻게 아이를 자기 친자식이라고 할 수 있단 말인가. 그러나 언니의 대답은 단호했다.

"그래도 난 알 수 있단 말야, 왜냐하면 내 아기니까."

첫눈 내리는 날이 무슨 디데이인 모양이었다. 마치 아기를 만날 수 있는 절호의 기회 같은……. 언니는 항상 첫눈 오는 날만 기다렸다. 아기를 만날 수 있다고 점쟁이가 말했던 것 같다. 그렇지 않고서야 어떻게 첫눈 첫눈하며 학수고대할까 말이다. 언니는 밤 열두 시가 넘어서야 들어왔다.

눈을 흠뻑 뒤집어쓰고 몸은 얼어 있고 제정신이 아니었다. 눈자위가 돌아가고 마치 성난 짐승처럼 미치기 일보직전이었다.

"그래 아기는 만났어?"

눈치 없이 내가 물었다. 언니는 대답도 없이 씩씩거리기만 했다.

"그러게 내가 뭐랬어? 소용없다구 했잖아."

"입 닥치고 가만있지 못해?"

"뭐라구?"

나는 어이가 없어 멍하니 언니를 올려다보았다.

"내, 그 놈의 점쟁이 가만 안 둘껴."

언니의 눈에서 파란 광채가 났다. 무슨 사태가 났는지 대충 감이 잡혔다. 사고뭉치 언니의 행적으로 보아 무슨 일이 발생했는지 저절로 구상이 잡혔다. 아마도 사기꾼 점쟁이에게 걸려 돈을 꽤 날린 모양이었다. 돈이라고 해봐야 몇 푼 안 되겠지만 그나마 언니에겐 큰돈일 터였다.

"그놈의 여편네가 내 돈만 먹고는 끝내 날아버렸구먼."

"그러면 그렇지."

"도대체 점쟁이가 뭐라고 그랬는데?"

"넌 알 것 없어."

"말해 봐."

"첫눈 오는 날 아기를 만날 것이라고 했어."

"어디서?"

"그 사람과 만났던 분식점 앞에서."

"뭐? 분식점?"

"거기 서 있으믄 그 사람이 아기 데리고 나타날 거라고."

"그래서 그걸 그 새빨간 거짓말을 믿었어?"

"그럼 믿고 말고지, 전에 그 사람이 나한테 그랬었거든, 첫눈 오면 이곳에서 꼭 만나자고."

"흐이구 병신들."

나는 기가 막혀 멍하니 천장만 바라봤다.

"그래 복채는 얼마나 주었는데?"

"많이……."

"도대체 얼마나."

"그건 말 못혀."

언니는 잠시 망설이는 눈치더니 다시 말문을 꺼냈다.
"그리고 너 사귀는 남자와도 헤어질 거라구 했구먼."
"뭐라구?"
나는 그 소리에 그만 뒤로 넘어가는 줄 알았다. 우둔한 언니가 어떻게 내 남자 일까지……? 언제 내 남자 일까지 마음에 두고 있었을까.
"나한테 사귀는 남자 있는 거 어떻게 알았어?"
"그 때 너 찾는 전화 왔을 때."
"언제?"
"너 화장실 들어간 사이, 니 핸드폰 내가 받았었어."
"왜?"
"그냥 궁금해서."
"뭐가 궁금한데?"
"나처럼 나쁜 사람 만나서 속고 마음 고생하면 안 되니까."
콧등이 찡했다.
"그런데 그거와 전화 받는 거와 무슨 상관이 있었는데?"
"내가 내 동생 잘 부탁한다고 말하고 싶었어."
"그리고?"
"암튼 어떤 남잔지 궁금하고 꼭 말하고 싶었어."
"그런데 그 점쟁이가 왜 내가 그 사람과 헤어지게 될 거래?"
"운 때가 안 맞는대, 궁합도 나쁘고."
"미친 여편네 지랄하고 자빠졌네."
언니는 불안한 눈빛으로 나를 쳐다보았다. 마치 그 눈빛이 불길한 암시를 담고 있는 것 같아서 나 역시도 불안했다.
"나는 아기를 꼭 한번 만나보고 싶어, 내 아기니까."
그 말에 그만 눈물이 왈칵 쏟아지고 말았다. 불쌍한 내 언니였다. 평생 사람대접 한번 받아보지 못하고 팔푼이 머저리 취급만 당하며 살다가 하나 뿐인 동생에게마저도 갖다 버리란 소릴 듣고 산 불쌍한 인생이었다.

그런 언니일망정 내리사랑은 존재하고 있었다. 가족에게 갖은 구박을 다 받으면서도 언니는 항상 나를 앞세우는 걸 좋아했다. 사람들만 보면 동생 자랑하는 걸 잊지 않았다.

나는 그런 언니가 정말 싫었다. 아니 창피하고 부끄러웠다. 수모스러웠다.

"그 남자랑 헤어져."

생각지도 않은 말이 언니의 입에서 튀어 나왔다.

"뭐라구?"

왜 그랬을까. 그 말에 화가 머리끝까지 치솟았다.

"남자라구 다 똑같은 줄 알어? 지가 그러니까 남도 그런 줄 알고. 너나 똑바로 하고 살어, 집안망신 동네망신이나 시키지 말고."

나는 야멸치게 쏘아붙이 자리에서 일어났다. 그런데 이상한 일은 그 다음부터 일어났다. 느닷없이 그를 볼 때마다 실증이 나는 것이다. 그의 미래가 무능력이란 단어와 함께 떠오르면서 언니가 한 말이 자꾸 생각났다. 그럴지라도 감정의 끈이 남아 있어서 헤어지기란 쉽지 않았다.

그는 누구보다도 순진무구하면서도 단순했다. 그것이 바로 내가 그를 사랑한 이유였다. 만일 내가 헤어지자고 하면 어떤 반응이 나올지 짐작이 안 갔다. 나는 그에 대한 시나리오를 여러 번 써보았지만 모두 감이 오지 않았다.

그와 교제를 계속하느냐 헤어지느냐를 놓고 한참 고민 중일 때였다. 어느 날 언니가 집안에서 감쪽같이 사라졌다. 그야말로 아주 눈에서 사라진 것이다. 고색창연한 가을빛이 거리를 뒤덮던 날이었다. 가로수에서 떨어진 은행잎이 보도블록을 이불 깔 듯 하던 11월의 어느 날이었다. 아기를 찾기 위해 나갔는지 아님 또 어떤 놈팽이에게 속아 나갔는지 그도 아님 사악한 점쟁이의 입놀림에 속아 나갔는지 모를 일이었다.

언니가 집을 나간 뒤 나는 거의 반미치광이가 되다시피 언니를 찾기 위해 돌아다녔다. 광고지를 만들어 뿌리기도 하고 인터넷에 사람 찾기 광고를 띄우기도 했다. 그리고 내가 제일 처음 한 건 그와 헤어진 일이었다. 언니가 내게 한 말을 그대로 실행한 것이다.

"그 사람은 평생 돈도 못 벌고 너만 죽도록 고생시킬 거래."

언니는 점쟁이의 말을 백퍼센트 그대로 신뢰하고 있었다. 그리고 나는 언니가 한 말을 그대로 실행에 옮기고 말았다. 그러면 마치 집 나간 언니가 돌아오기라도 할 것처럼. 그러나 언니는 끝까지 돌아오지 않았다. 나는 그와의 이별보다 언니가 돌아오지 않는 사실에 더 절망했고 애통해했다. 세상이 온통 새까맣게 보였다.

그런데 놀라운 사실이 곧이어 벌어졌다. 그가 나와 헤어지자마자 선배가 소개한 여자를 만나 그야말로 초스피드로 결혼한 것이다. 여자는 내 노라 하는 기업의 막내딸이었다. 그녀의 어머니는 인사동에서 유명한 화랑의 관장이었고 그녀 역시 프랑스에 유학을 다녀온 여류화가였다. 그들은 그의 재능을 곧 결혼의 조건으로 받아들여 의외로 쉽게 결혼이 결정됐다고 했다.

그는 처가의 도움으로 승승장구했다. 나와의 헤어짐이 그에겐 전화위복이자 전도양양한 새 인생의 출발점이었던 것이다. 그제야 나는 비로소 이별의 후유증을 앓기 시작했다. 놓친 물고기가 커 보인다고 누가 말했던가. 나는 뒤늦게 닥친 이별의 후유증을 달래다 못해 소설가가 되었고 그에 대한 분풀이를 모두 소설에다 쏟아 부었다. 소설은 잘 완성됐고 책도 많이 팔려 나갔다.

그리고 나는 어느덧 유명인사가 되어 있었다. 나는 세상을 등지고 오직 창작에만 몰두했다. 그러느라 그는 어느새 내 기억 밖으로 밀려나 있었다. 쏟아지는 원고청탁 앞에 그의 존재는 걸림돌조차 되지 않았다. 창

작은 그렇게 과거를 잊게 해주는 묘한 능력이 있었다. 그런데 언니에 대한 기억은 좀처럼 수그러들지 않았다. 해가 갈수록 걱정 근심은 두려움과 상상력을 동반하면서 내 뇌리를 압박했다. 어디 섬 같은 데 끌려가서 술집 작부가 된 걸 아닐까.

아님 또 못된 점쟁이에 속아 낯선 곳을 헤매고 있는 건 아닐까. 도대체 어디로 갔기에 나타나지 않는 걸까. 언니에 대한 궁금증은 때에 따라 고문 같은 효과로 나타났다. 정신이 가위 눌려 사고 기능이 정지되는 것 같았다. 그럴 땐 글감이 도무지 떠오르지 않고 두려움만 뇌와 가슴을 압박하는 것이었다.

찾아야 한다. 어떡하든 찾아야 한다.

동시에 얼굴도 알지 못하는 조카에 대한 그리움으로 미칠 것 같았다. 언니를 닮았을까. 혹시 나를 닮지는 않았을까. 이모를 닮았다면 성질이 보통은 넘을 텐데. 핏줄에 대한 그리움은 세월도 그 어느 것도 막지 못했다. 특히 고색창연한 가을날만 되면 그 그리움이 가슴과 목울대를 채웠다. 그리고 가끔씩 다 잊힌 그의 생각도 고개를 치밀고 올라왔다.

광화문 밤하늘이 빛으로 수놓아져 가고 있었다.

음악이 광풍처럼 휘몰아치면서 그 음악대 뒤편에서 쏘아대는 레이저 불빛이 하늘을 이리저리 옮기는 중이었다. 나는 그 하늘을 따라 발길을 옮겼다. 그러다 보니 어느새 세종문화회관 앞길을 걷고 있었다. 행인들은 악단을 따라 몸을 움직이며 환호하고 있었다. 역시 젊음이란 분위기에 금방 편승되는 모양이었다. 금세 음악이라는 만국공통어에 자기의 몸과 마음을 맡기고는 무아지경에 빠져들고 있었다.

나는 악단을 조금이라도 가까이 보기 위해 인파를 헤치고 앞으로 갔다. 까치발을 들고서 악단을 바라보는데 누군가 내 어깨를 툭 치고 지나가는 것 같았다. 누구? 나는 얼른 고개를 들어 사방을 휘둘러보았다. 머리를 길게 늘어뜨린 남자가 교보문고 쪽으로 쏜살같이 달려가고 있었다.

인파를 헤치고서.

그러나 사람이 너무 많아서인지 자세히 볼 수는 없었다. 악단은 최근 유행하는 음악을 싱어들과 함께 신나게 연주하고 있었다. 음악은 감정을 흥분시키는 마력이 있었다. 나도 모르게 어깨가 들썩거렸다. 대학 졸업하고 나서 몸을 움직여 춤을 추기란 처음 있는 일이었다. 대중 속에 파묻혀 춤을 추다 나는 감전되듯 깜짝 놀라 뒤를 돌아보았다.

맞아 그였어. 좀 전에 내 곁을 스쳐 지나간 그 남자, 바로 그였어.

나는 사람들 사이를 빠져나와 교보문고 쪽으로 정신없이 달려갔다. 달려가는 동안 나는 수없는 환청을 들었다. 내 언니와 아기의 울음소리를. 그리고 그들이 그리워 몸부림치는 내 안의 절규를. 광화문 하늘은 이제 점점 검게 물들어 가고 있었다.

거리 음악제가 끝나고 사람들이 집으로 가기 위해 발걸음을 옮기고 있었다. 그 발걸음은 점점 더 빨라지고 있었다. 하늘에서 빗소리가 들리고 있었기 때문이다.

다행이었다. 음악제가 끝났으니 망정이지 만약 진행 중일 때 비가 왔더라면 감전 사고라도 날 뻔하지 않았던가. 나는 쓸데없는 걱정을 앞세우며 5호선 전철 역사를 향해 정신없이 뛰어갔다.　　　　(조선문학 2003년도)

신촌 네거리

　신촌 기차역이 새롭게 단장을 했다.

　기존의 역사(驛舍)는 오른쪽으로 밀려나고 광장과 함께 빌딩이 우뚝 선 채로 사람들을 내려다보고 있다. 건물 1층은 패스트 푸드점이 들어섰고 핸드폰 기기를 파는 통신사와 커피 전문점이 보인다. 새로 생긴 역사는 가파른 에스컬레이터를 타고 올라가 건물 위층에 있다. 왼쪽으로 밀리오레 의류 도매점에서 음악이 흘러 나왔다. 역사 옆에 검정색 톤을 뒤집어 쓴 미용실에서는 손님을 맞기 위해 눈에 불을 켜고 있었다.

　문산으로 가는 열차와 의정부 행 열차.

　차편은 딱 두 개였다. 보통 한 시간에 한 번 출발했다. 역무실 앞에 대기용 플라스틱 의자가 보였다. 에어컨을 틀지 않은 탓으로 후덥지근했다. 개찰구 위로 전광판이 보였다. 다음 출발 시간을 알리는 숫자가 사람들의 시선을 당긴다.

　수많은 발걸음이 그 개찰구를 지나 도심 밖으로 몸을 숨긴다. 추억의 열차. 굳이 전철을 기피하고 기차를 타려는 건 여행이 목적이기 때문이다. 경수는 일단 역사를 빠져나왔다. 눈앞에 에스컬레이터가 보였다. 현기증이 일 정도로 경사가 높았다.

　내려오니 곧바로 광장이었다. 오른쪽에 무대와 함께 대형화면이 펼쳐지고 있었다. 비키니를 입은 여가수들이 온몸을 흔들며 춤을 추고 있었다. 음악이 꽝꽝 행인들의 귓바퀴를 물고 늘어졌다. 오른쪽으로 ○○여자대학교 학교명을 훈장처럼 달고 서 있는 빌딩이 보였다. 사방으로 펼쳐진 건물은 젊은이들을 마구 흡수하고 또한 배출하고 있다. 거리는 여자들의 패션 무대 같다. 왼쪽 어깨가 아예 사라진 검은색을 티를 입은 여자가 거리를 지난다.

끈달이 티를 입은 여자는 아예 가슴에 나비를 붙인 채 걸어가고 있다. 조선시대 기생 복장을 한 젊은 여자 둘이서 양산을 쓰고서 지나간다. 사람들의 시선이 모아진다. 영화촬영이라도 하는 걸까. 두 여자는 엉덩이를 흔들며 횡단보도를 건너가고 있다. 어떤 여자는 아예 비키니 차림이다. 가슴과 허벅지 부분만 간신히 가린 채 길을 지난다. 사람들의 시선을 끌기 위한 꼼수인지 여자들의 옷차림은 가지각색이다. 어떤 여자는 치부가 보일 듯 말 듯 아슬아슬한 옷차림으로 남자들의 시선을 유혹하고 있다. 굵고도 허연 허벅지가 차라리 역겹게 느껴진다.

어떤 여자는 풍선 같고 어떤 여자는 ET 같다. 어떤 남자는 비루먹은 하룻강아지 같고 어떤 남자는 레슬링 선수 같다. 또 어떤 여자는 이효리 같고 어떤 남자는 배용준 같다.

이곳 신촌은 온통 젊은이들의 무대이다. 젊음이 아니고서는 기가 죽어 이 거리를 지날 수 없을 정도로 온통 젊음 일색이다. 젊음이라는 분화구가 행복으로 표현되는 곳이기도 하다.

문혜는 그 관리인이나 마찬가지다. 그들의 일거수일투족을 체크해 메모를 하고 젊음의 광장이라는 방송 코너에 소개한다. 그 방송 코너에서는 젊은이들의 세태와 유행 감각을 현실감 있게 소개한다. 그들이 주로 쓰는 유행어라든지 관심사라든가 패션 감각이라든가 아무튼 그런 이야기를 가십거리와 함께 발굴 수집하여 방송 재료로 넘기는 것이다.

한동안 그녀는 구성작가로 활동한 적이 있었다. 7080세대와 386 정치인들을 상대로 글을 써 발표한 적도 있었다. 그때 주 무대가 이 신촌이었다. 7080세대 직장인들은 사회의 주축이 되어 어느덧 기득권층을 형성하고 있었다. 군부를 몰아내고 민주화의 기틀을 다진 그들은 나름대로 자부심도 대단했다. 그들은 정치권은 물론 경제권에서도 두각을 드러

냈다.

성공한 CEO들도 많았다. 그들은 격랑의 세월을 이겨내고 우뚝 선 장본인들이었다. 그러나 평범한 직장인으로 살아가는 범생이들도 많았다. 그 중의 하나가 이경수라는 남자였다. 그는 반듯한 외모에 평범한 직장인이었는데 세월의 때가 전혀 묻지 않는 의외의 인물이었다. 중후한 중년의 모습으로 호감 가는 스타일이었다. 그때 문혜는 속으로 생각했다.

어떤 여자인지 복도 많지, 저런 남자와 한 평생을 산다면 세상에 마음 고생 할 일은 없을 텐데.

그녀는 그때 경수를 취재하면서 신선한 충격을 받았었다. 세파의 때에 찌들고 탐욕과 이합집산(離合集散)에 능수능란한 사람들에 질렸었는데, 예외가 있다니 희망이 보이는 듯했다. 그 가벼운 충격은 그녀의 사람 보는 가치관을 새롭게 할 정도였다. 그러나 그녀 역시 세파를 거스르진 못했다. 그 이후부터였던가. 그녀는 자주 신촌에 발걸음을 옮기면서 글쓰기에 몰두했다.

세월 따라 신촌도 많이 바뀌는 것 같다. 대학생 아베크족들도 양상이 많이 바뀌고 문화의 흐름이 한눈에 보이기도 한다. 어떤 젊은 커플은 길거리에서 포옹을 하는가 하면 어떤 커플은 대낮에 전철이나 버스 안에서 아예 키스에 몰두하기도 한다.

창조주는 왜 남자와 여자를 만들었을까. 거기에다 왜 본능이란 마약까지 투입했을까. 쾌락도 창조주가 준 선물이란다. 경수는 자꾸만 핸드폰을 만지작거렸다. 초조할 때마다 나오는 그의 버릇이다. 그는 대학 졸업하고 나서 들어간 직장에서 20년간 다니다 어느 날 느닷없이 백수가 되었다. 회사가 공중분해 되는 바람에 퇴직금 한 푼 못 건지고 그야말로 황퇴(황당한 백수)가 된 것이다. 사주(社主)는 회사가 넘어가는 순간까지도 큰소리를 뻥뻥 쳤다. 마치 어느 한구석 믿는 데가 있는 것처럼.

나중에는 상황이 급박해지자 인천공항으로 가 날아버렸다. 거래처 사람들은 인터폴을 통해서라도 사주를 잡아들여야 한다고 난리를 쳤다. 사장은 미리 도망갈 곳을 정해 놓은 모양이었다. 처음에는 미국으로 날았다가 얼마 안 돼 캐나다로 날았다. 그러더니 다시 알래스카로 날아가 잠적해 버렸다. 거기에서 무엇을 하고 지내는지 아는 사람은 아무도 없었다. 직원들은 회사를 살리겠다고 예금통장을 터네 집문서를 잡히네 희생적으로 나섰지만 결국엔 사주의 도피를 돕는 꼴이 되고 말았다.

직원들은 모두 뿔뿔이 흩어져 제 살길을 찾아야 했다. 그중 경수가 제일 급박했다. 시골에서 상경한 노모가 며느리에게 얹혀사는 것도 모자라 급성 당뇨병이 온 것이다. 아내는 교양이 우상인 여자였다. 생전 남에게 싫은 소리 한번 할 줄 모르고 험한 말은 입 밖에도 낼 모르는 예의범절이 남다른 여자였다. 그러나 내내 편하게 살다가 시어머니를 모시는데 대해서는 난색을 표시했다. 체면상 할 수 없이 모시는데 날이 갈수록 불상사가 발생했다.

노모가 막내며느리에 대한 심사가 여간 까다로운 게 아니었다. 귀동이 막내아들에 비해 며느리가 턱없이 부족해 보였는지 노모는 사사건건 물고 늘어졌다. 아내는 구구절절 잔소리를 해대는 노모가 싫었는지 늘 밖으로만 나돌았다. 대놓고 대거리를 하지는 않았지만 불편한 심기를 참을 만큼 너그럽지도 못했다. 다만 말을 교양 있게 하느라 시간을 두고 있었을 뿐이다.

"우리 막둥이 널 낳고 얼마나 마음이 기뻤는지 아냐, 아가 나는 니의 형들보다 우리 막둥이를 제일 많이 아끼고 좋아한단다, 알쟈, 내 귀여운 새끼."

노모는 손자들이 보는 앞에서도 막내아들을 쓰다듬고 다리 주물러 주고 야단법석을 떨었다. 아내는 차마 그걸 눈뜨고 못 보는 눈치였다. 다 큰아들을 쓰다듬고 엉덩이 두들기고 예뻐하는 모습이 옛날 노인네 같지 않다며 눈을 흘겼다. 눈에 넣어도 아프지 않을 막내아들을 나이 마흔에

낳고는 동네잔치를 벌였다는 말이 전혀 거짓말이 아니었다. 이제 노모의 나이 내년이면 구십이다. 경수는 자신이 백수가 된 걸 알면 노모가 얼마나 걱정할까 미리 가슴이 무너져 내렸다.

그는 언젠가부터 현실도피자가 되어 거리를 헤매기 시작했다.

불안과 조급증 때문에 잠시도 가만히 앉아 있을 수 없었다. 거리에 나서면 시각적인 온갖 눈요깃거리가 많았다. 그 구경거리를 따라 걷다 보면 어느새 해가 기울고 밤이 찾아왔다.

밤은 지친 영혼을 쉬게 하는 묘한 마력이 있었다. 수치를 멈추게 하고 외로움을 극대화하면서 담대케 하는 효과도 있었다. 그래서 사람들은 밤만 되면 죄악의 온상지를 찾아 헤매는 것이다. 정신없이 상가 간판을 따라 걷는 그의 눈가에 희한한 글자가 들어왔다.

「사랑은 감정을 갖고 노는 권력 게임이다」

그는 글자 앞으로 가까이 나아갔다. 간판 불빛이 여자와 외국 남자를 강하게 비추고 있었다. 그들 사이에 또 다른 글자가 보였다.

〈로빈 꼬시기〉

영화 제목이었다. 영화배우 엄정화가 잘생긴 외국남자와 함께 웃고 있었다. 그 남자는 광고에도 몇 번인가 출연한 바 있는 유명 배우였다. 경수는 자신도 모르게 극장 안으로 발걸음을 디밀었다. 세찬 에어컨 바람이 얼굴로 덮쳐 왔다. 패스트 푸드점이 눈에 들어왔다. 젊은 연인들이 콜라와 함께 닭고기를 뜯고 있었다. 한쪽에 놓인 플라스틱 의자에는 백수(白手)로 보이는 남자가 멍하니 앉아 있었다.

남자는 시간을 보내다 못해 극장 안으로 쫓겨온 모양이었다. 그는 이마에 '백수'라고 써 붙인 듯 완전 낙심천만한 얼굴이었다. 보기에도 짜증이 날만큼 찌든 백수였다. 경수는 흡사 자신의 모습을 보는 듯 흠칫했다. 그는 일부러 멀리 돌아 매표구 앞으로 갔다. 8천 원이었다. 언제 이렇게 올랐담,

그러고 보니 영화를 안 본 지도 한참 되었다. 6천 원 할 때 보고 안 보았으니 벌써 4-5년은 된 것 같다. 그는 주머니에 손을 넣다 말고 밖으로 나갔다. 다시 밖으로 나오자 엄청난 시간의 소용돌이에 휘말렸다.

그는 수많은 젊은이들의 발걸음에 휘 묻혀 이대 쪽으로 올라갔다. 수많은 의류상가가 골목골목 운집해 있었다. 그나마 서점은 단 한 군데도 없었다. 국내 최고 명문이라는 여자대학이 이 정도라니……. 대학은 한창 신축공사 중이었다. 옛날에는 우거졌던 숲들이 하나 둘 사라지고 있었다. 거리에는 리어카 상인들도 한몫 했다. 각종 액세서리 장신구, 옷가지 등을 늘어놓고 불을 밝히고 있었다.

달라진 게 있다면 미용실과 음식점들이었다. 하나같이 고급 일색이었다. 경수는 골목길을 헤매다가 한 허름한 술집으로 들어섰다. 그곳은 계단을 한참 내려가 지하 동굴 같은 컴컴한 곳에 자리 잡고 있었다. 60-70년대에나 볼 수 있었던 미닫이문을 열고 들어서자 긴 나무 의자에 드럼통을 엎어놓은 식탁이 제일 먼저 눈에 들어왔다. 한쪽에선 곱창을 굽는지 연기가 자옥했다. 냄새가 코를 찔렀다.

벽 위에 써 붙여진 차림표를 보니 과연 음식 값이 쌌다. 다른 곳보다 절반가량이 쌌다. 열무김치를 안주로 막걸리를 기울이는 남자는 40대 중반으로 보이는데 인상이 곱상했다. 자세히 보니 꽤 잘생긴 얼굴이었다. 체격도 좋고 그만하면 모델 감이었다.

경수는 남자가 있는 앞 의자에 앉았다. 드럼통 위로 연기를 빨아올리는 기다란 후드가 천장에 연결돼 있었다. 그는 차림표를 보면서 습관처럼 손바닥을 비볐다. 그건 그가 초조하면 나오는 버릇이었다.

주방에서 주인여자가 나왔다.

"뭘로 해드릴까요?"

"우선 막걸리에다 오징어무침 주세요."

여자는 앞치마에 손을 닦으며 돌아섰다. 무심코 벽을 보니 흰 종이 위에 낙서가 가득했다. 이곳을 거쳐 간 많은 술객들이 써놓은 것들이었다. 빨강 파랑 검정색의 글씨가 마구 젊음을 휘갈기고 있었다. 그 중의 한 글자가 눈에 들어왔다.

김대성. 1979년도 이곳에 오다. 옆으로 빨간 글씨로 휘갈겨 쓴 사인이 보였다. 아마 대성이란 남자가 이곳에 술 마시러 왔다가 쓴 낙서 같았다. 한참 낙서에 시선이 집중하는데 막걸리와 오징어회 무침이 나왔다. 술을 잔에 부어 입에 가져가는데 앞자리에서 술을 마시던 남자가 다가왔다.

"보아하니 혼자인 것 같은데 합석해도 되겠습니까?"

경수는 허락의 표시로 고개를 끄덕였다. 남자가 자기가 마시던 술잔을 가지고 와 앉았다. 잔을 털더니 그에게 내밀었다. 경수는 속으로 찜찜했지만 거절할 수 없어 잔을 받아들었다. 남자는 이미 거나하게 취해 있었다. 전작이 있던 터라 그만해도 될 텐데 자꾸 술잔을 입에 가져갔다. 오징어무침을 연신 입에 가져가면서 이윽고 본론을 털어놓기 시작했다.

"제 전직이 뭘로 보입니까?"

"글쎄요, 평범한 직업 같진 않고 서비스업 계통이 아닐지."

"다들 그런 식으로 이야기하지요, 아닙니다. 전 배우였습니다. 그것도 연극배우."

"연극배우? 어쩐지."

"한때는 동숭동에서 잘 나가는 배우였지요, 각종 주연을 휩쓸었으니까요. 제 폼 좀 보세요― 아직도 연극배우 냄새가 나지 않나요?"

남자는 손을 옆으로 펼쳐 보이며 물었다. 앉아 있는 자세도 술을 마시고 이야기하는 투도 역시 배우다웠다. 그에겐 동작 하나 하나가 연기(演技)처럼 느껴졌다. 탄탄한 체격과 얼굴 생김새도 여느 배우 못지않게 수준급이었다.

"그런데 지금은요?"

어서 본론을 이야기하라는 투로 경수는 말을 재촉했다.

"어느 날 파멸했죠."

"네? 뭐라구요?"

경수는 귀를 의심하듯 재차 물었다. 이 남자가 갑자기 연극대사 외우고 있나 싶었다.

"그곳에도 세대물이라는 바람이 있긴 하지만 영화 쪽으로 진출하려다 그만 브로커에게 속아서……. 그저 한 우물만 팠어야 하는 건데 그랬다면 지금쯤 중견배우로 이름을 날렸을 텐데."

남자는 몹시 아쉬운 듯 마지막 남은 막걸리를 아예 병째 입에 털어 넣었다.

"그런데 형씨는 이 시간에 여기 있는 걸 보면 혹시 백수?"

남자가 아픈 데를 바늘로 콕 찌르듯 말했다.

경수는 풀 죽은 목소리로 그러나 약간 화난 듯한 목소리로 말했다.

"지난달에 다니던 직장에서 나왔소. 회사가 공중분해 되는 바람에."

"그렇군요, 요즘은 하도 그런 사람들이 많아놔서. 어쨌든 안 됐소, 집안 식구들은 알고 있소?"

그는 대답 대신 침묵으로 말했다.

"저런…… 그러고 보면 독신이 편하긴 하지, 책임질 일 따위는 없을 테니까."

"독신이라니, 그렇담 형씨는 여태 미혼이슈?"

경수는 부러운 눈빛으로 말했다.

"사실 인생이란 게 말이죠, 뜬구름 같다고나 할까, 아님 한편의 드라마라고나 할까, 참 허무하다 그 말씀이죠. 저도 한때는 잘 나가는 배우였다가 지금은 완전 무명, 아니 실업자 신세지 뭐요. 인생을 너무 과용한 탓이지요."

남자는 알쏭달쏭한 이야기를 하면서 천장을 올려다보았다. 마치 연극 대사를 외우듯 그는 말을 이어갔다.

"제 나이 올해 꼭 마흔 아홉이오, 그동안 산전수전 겪으며 살았지요, 난 누구보다도 인생을 성실하게 살리라 결심하고 열심히 살았는데 결과는 늘 허무예요. 젊었을 때는 연극에 미쳐 사느라 정신이 없어 결혼도 못했지요. 가진 거라곤 먼지뿐인 사글세방에다 앞날도 빤하지 누가 살아주겠어요."

"형씨는 인물도 좋고 얼마든지 여자는 널렸을 텐데."

"그럴 뻔했지요. 그러나 막상 결혼 이야기만 나오면 여자들이 꼬리를 내린단 말이요. 아무래도 불안하다 그거지. 또 내 눈이 여간 까다롭지 않았거든. 차암 인생이란 게 말요, 연극 같으면서도 생방송 현재진행형이라 그 말이죠. 무한책임을 질 수밖에 없는……. 이 나이 먹도록 무얼하고 살았는지, 뒤돌아보면 그저 방황한 기억밖에 안 나요. 성실하고는 거리가 멀어도 한참 멀어요, 형씨는 결혼해서 자식이라도 두었지."

"처자식 말고도 노모도 두었소."

"어머니 말씀이오?"

"예, 내년이면 꼭 구십이오."

"뭐요 구십? 장수하셨구만. 막내소?"

"예, 어머닌 지금도 막내아들이라면 애지중지 사족을 못 쓰는데 만일 아들이 백수가 된 걸 알면 충격이 이만저만이 아닐 거요. 그 생각만 하면 잠도 안 와요."

"고민이 크시겠구먼."

그는 심각한 어조로 물었다.

"아이들은요?"

"이제 큰애는 고등학교 들어가요. 작은놈은 아직 초등학교 다녀요."

"그런데 어쩌다 이 신촌까지 오게 되었소?"

"내 모교가 이 근처에 있어요. 난 전에도 마음이 쓸쓸할 때면 이 신촌을 찾곤 했지요. 내 젊은 날 꿈을 찾아서 헤매다 보면 마음은 어느덧 어려지고 그랬지요."

"명문대학 나오셨구만. 실은 내가 젊었을 때 좋아한 여자도 이 근처에 있는 명문여대를 나왔다오. 내 연극을 보러 왔다가 서로 눈이 맞았는데……."

남자는 담배를 꺼내 불을 붙이더니 눈을 지그시 감았다. 옛 추억을 떠올리느라 잠시 회상에 젖는 것 같았다.

"결혼 말까지 오갔는데 그쪽 집안에서 난리가 난 모양이오. 당연한 것 아니겠소, 직업도 변변찮고 벌어 논 돈도 없지, 당시로선 딴따라라고 무시당하기 일쑤고, 그런데 정작 문젠 다른 곳에 있었소."

경수는 귀를 쫑긋 세워 들었다.

"처음엔 여자가 집안의 반대쯤 아랑곳하지 않고 이겨내더니 그만……참 여자란 동물은 이기적이란 말요. 계산적이고."

남자는 담배 연기를 훅 내뿜더니 자조하는 목소리로 말했다.

"어릴 때 사고로 장애인이 된 내 여동생이 있어요, 하반신 장애인이라 휠체어 없이는 한 발짝도 못 움직이는데 그 애를 물고 늘어지더군, 어지간히 충격적이었던 모양이었소. 동생은 스무 살이 넘은 나이에도 체격이 어린아이 같은 데다 고집이 세고 내게 늘 의존적이었거든, 여자가 내 동생을 보더니 기겁을 한 거요."

그는 담배 연기를 길게 뿜어 올리더니 말했다. 표정이 인생 다 산 사람 같았다.

"그런 모습은 평생 처음 보았다는 게요, 하긴 그런 부잣집 아가씨께서 연극이나 보러 다녔지 사회의 어둔 그늘을 어찌 알겠소, 문제는 내 동생이 그녀를 보더니 노골적으로 질투를 한 거요. 자기에게서 오빠를 빼앗아 간다고 느낀 게지. 막 화를 내는데 그 작은 몸집이 요동을 하는 게야, 심하게 뒤틀리면서."

남자는 괴로운 듯 몸을 떨었다.

"여자가 놀란 나머지 자리에서 벌떡 일어나 가버리는 겁니다. 그리고는 마치 혐오스럽다는 표정으로 다신 연락하지 말라면서……. 난 한참을 울었소, 내 동생이 너무 불쌍해서 동생은 지금도 일급 장애인으로 살아요, 내 도움이 아니고서는 바깥출입도 제대로 못해요 화장실 갈 때도 내가 변기 앞까지 모셔다 줘야 해요."

"그동안 동생 때문에 마음고생이 많았겠습니다. 피붙이라 외면도 못하고."

"저야 뭐, 그렇죠. 불쌍한 건 제 동생이죠, 평생 방구석에서만 뒹굴다 요즘은 바깥세상 구경하고 살아요."

어떻게…… 묻고 싶었지만 참았다. 혹여 상처가 될까 싶어서였다.

"동네 사람이 전도를 해 작년부터 교회에 나가요, 교회 차로 30분 걸리는데 그 교회는 장애인 대교구가 따로 있어 지낼만해요, 서로 비슷한 처지의 사람들끼리 어울리다 보니 위로도 되고."

그렇담 생활은 어떻게? 경수는 제 처지는 잊은 채 궁금증을 나타냈다.

"지난 세월 동안 동생 치다꺼리 하다가 세월 다 보냈소, 동생은 저밖에 몰라요, 오직 제 한 몸만 위해 달래요, 생활보호대상자로 선정되어서 약간의 혜택도 받고 여러 친척의 도움으로 그럭저럭 살아가지요. 난 삶이 힘들 때마다 생각했어요, 이건 현실이 아닌 연극이다. 난 지금 연극을 하고 있는 거다. 심지어 내 동생도 극에 출연한 여배우로 생각할 때도 있었어요. 동생이 짜증낼 때마다 왜 이렇게 리허설이 길지 오늘은 연습이 영 시원찮은 걸."

남자는 말을 하다 말고 고개를 탁자에 떨어뜨렸다. 몹시 고통스러운 모양이었다.

"산다는 건 말이죠. 고통예요, 벗어날 수 없는 생라이브란 말입니다. 그건 중독되지도 않고 언제나 현재진행형이에요, 내성도 면역력도 없고 확대재생산만 되는……. 그런데 그 고통이 한 가지씩 추가될수록 새로운 지혜가 생기더라 그겁니다."

"꽤나 철학자다운 말씀입니다. 고통이 추가될수록 새로운 지혜가 생긴다."

"난 말이죠. 사람들이 말하는 진실을 믿지 않아요, 모두 다 연극처럼 여겨져요."

"연극배우다운 말씀입니다."

"형씨, 형씨는 외롭지 않수?"

느닷없이 외로움이라니, 경수는 남자를 빤히 올려다보았다. 취기가 오를 대로 오른 그의 얼굴은 푸르죽죽했다.

"아! 아무리 처자식이 있다 해도 인간 본연의 외로움 말이에요, 그런 게 있지 않나 그 말이죠, 내 말은."

"그거야 나밖에 모르는 그런 고통과 내면의 외로움은 항상 있죠."

"난 말이죠, 여동생 생각만 하면 더 미치도록 외로운 거 있죠, 내가 죽고 나면 저걸 어떡하나? 단 하나뿐인 저 피붙이를 어떡하나, 생각하면 잠도 안 오고 눈물만 나요. 평생 여자구실 한번 못해 보고 사랑 한번 제대로 못 받아보고."

남자는 울먹였다. 장애인 가족의 고통을 비로소 알 것 같았다.

"사람들은 말이죠, 외롭다고 말하지만 사실은 배가 고픈 거예요, 사랑이 고프고 정이 그립고 칭찬과 인정이 그리운 겁니다."

남자는 집에 가야겠다며 자리에서 일어났다.

"빨리 안 들어온다고 동생이 또 짜증내고 있을 겁니다. 빨리 가 봐야죠."

경수는 비틀거리는 남자를 부축해 전철역까지 걸어갔다. 남자는 많이 취했는지 팔자걸음을 걸었다. 신촌의 밤하늘이 취객들의 마음에 이슬방울을 뿌려대고 있었다. 네온이 아스팔트 위에 부서져 내리면서 불야성을 이루고 있었다. 대낮보다 더 밝은 불빛이 외로움을 한껏 부채질했다. 밤이 이미 깊었는지 젊은 발걸음들도 지하 계단을 향해 뛰어 내려가고 있었다.

  문혜는 신촌에서 가양대교로 방향을 꺾었다.
  도심의 휘황한 불빛이 차체를 부스러뜨릴 듯이 다가왔다. 자동차에 속력을 낼수록 거리는 좁혀졌다 넓혀졌다를 반복했다. 시퍼런 강물을 지나 국회의사당 앞을 통과할 때는 카타르시스를 느꼈다. 언젠가는 저 넓은 국회의사당 안을 신나게 달려 보리라. 그녀는 회심에 찬 미소를 지었다. 그녀는 언제나 자신만만했고 가슴엔 꿈으로 충만했다.
  꿈이 있는 백성은 절대로 망하지 않는다.
  그녀는 그 말을 믿었다. 그래서 수중에 돈 한 푼이 없어도 기죽지 않았고 항상 당당할 수 있었다. 이전에 프리랜서로 일하면서 돈이 풍족할 때는 누구보다 남에게 베풀기를 좋아했었다. 방송가 사람들과 어울리면서 멋 내기에 치중했고 꼭 필요한 것 외에는 돈 관리도 철저히 하고 살았다. 그러나 차츰 궁핍해지면서 마음이 옹색해지기 시작했다. 어딜 갈 때면 먼저 지갑부터 챙겼고 자동차 대신 지하철이나 버스를 이용했다.
  옷도 정장 대신 캐주얼을 이용했다. 그렇다고 뛰어난 외모가 달라지는 건 아니었다. 명철한 눈빛은 빈틈없는 두뇌를 나타내는 듯했고 날씬한 몸매는 군살 하나 없이 탄탄했다. 더구나 그녀의 건강은 어릴 때부터 태권도로 다져져 엄동설한에도 감기 한번 앓지 않았다. 대인관계도 원만한 편이었는데 세월 따라 달라지는가 보았다. 세월의 배반이라는 글을 쓴 적이 있었다.
  노력한 만큼 결과가 따라주지 않을 때 신뢰가 배반으로 이어질 때 나타나는 현상을 그녀는 지난 몇 년간 혹독하게 겪었다. 한번 무너진 인간 관계를 다시 회복하기란 어려웠다. 마음 씀씀이가 넓고 통이 큰 그녀도 차츰 생각 속에 피해의식이 깔리기 시작했다. 피해의식과 더불어 두려움도 슬며시 끼어들었다. 자동차가 여의도역을 지나 방송국 앞으로 돌진했다. 오늘은 방송프로를 담당한 피디를 만나기로 했다.

자동차가 방송국 주차장으로 진입할 무렵 문자메시지가 날아왔다. 중요한 사건이 발생해 약속을 다음 기회로 미루자는 것이었다. 여기까지 힘써 달려왔는데…… 그녀는 욕설이 목까지 넘어왔으나 참았다. 사람을 어떻게 보느냐고 항의하고 싶었지만 그래봐야 손해 볼 게 뻔했다. 그녀는 다시 자동차를 후진해 신촌으로 날았다. 가양대교를 신나게 달려 신촌네거리로 접어들었다.

신촌 기차역이 웅장한 자태로 나타났다. 이전에는 역 사무실에 나무 의자 몇 개가 고작이었는데, 어느새 빌딩처럼 우뚝 선 모습으로 사람들을 압도하고 있었다. 그 앞길을 많은 젊은이들이 오가고 있었다. 20대의 찬란한 젊음이 지나는 사람들에게 꿈과 용기를 선사하고 있었다. 젊음이라는 무한한 가능성은 그 자체가 행복이고 만족이었다.

문혜는 길거리에서 가까운 카페로 올라갔다. 강화 도어를 열고 들어서니 창가에 앉아 글을 쓰는 남자가 보였다.

청커버에 머플러를 목에 두른 남자는 봄 날씨에 맞춰 한껏 멋을 낸 모습이었다. 그는 가끔씩 창밖을 내다보면서 글에 몰두했다. 누가 봐도 그의 직업은 작가임이 틀림없었다. 문혜는 일부러 남자가 있는 탁자 앞을 지나 맞은편 의자에 가 앉았다. 그때였다. 기다렸다는 듯 남자의 목소리가 들려왔다.

"저 강문혜씨?"

그녀는 용수철이 튀어 오르듯 깜짝 놀라 뒤를 돌아보았다. 남자가 웃으며 손을 내밀었다.

"나, 민정호야, 그동안 잊진 않았겠지."

"아! 민선배."

그는 대학 선배인 평론가 민정호였다. 외국에 있는 대학에 교환교수로 가 있다가 얼마 전 귀국했다는 소식을 들은 적이 있다. 그는 여전히 자유분방한 모습이었다. 아직도 대학생인 걸로 착각하는지 차림새가 연예인 같았다.

"그동안 프리랜서로 잘 뛰고 있다는 소식은 들었어, 여전히 날씬하고 예쁘군."

그는 문혜의 몸매를 훑어 내리며 웃었다.

"그러는 선배는 배가 나와 중년 같은데."

"뭐? 배가 나오다니 내 배가 어때서?"

그는 배에 손을 갖다 대면서 아니라고 계속 우겼다. 그러더니 배에 힘을 주어 억지로 들여보내고는 그 자리에서 한 바퀴 팽그르르 돌았다. 그 모습이 꼭 연속극의 한 장면을 보는 것 같아 문혜는 한참을 웃었다.

"그런데 여긴 어쩐 일로?"

"방송국에 일거리 하나 맡을까 찾아갔다가 퇴짜 맞고 오는 길이에요. 이 짓도 오래 못 해먹겠어요, 다른 일거리를 알아보던가 해야지."

그녀는 언젠가 인터뷰를 했던 젊은 백수의 말을 흉내 내 말했다. 민정호는 그런 그녀가 귀엽다는 듯 말했다.

"있잖아, 그 구성작가 그만두고 영원한 취직을 하면 되잖아, 그게 가장 안전한 해결책 아니겠어?"

"영원한 취직? 그게 뭔데?"

"응, 솥뚜껑 운전수."

"뭐예요?"

문혜는 눈을 하얗게 흘겼다. 평소에 그렇게 독신을 외치고 다녔는데도 이젠 그 약발도 안 먹히는 모양이었다.

"인간성 좋고 확실하게 능력 있는 남자 만나서 꼭 붙잡으면 되는 거야, 이렇게."

민정호는 문혜의 허리를 꽉 껴안았다. 그는 이제 모교에서 막 교수 임용을 앞두고 있었다. 그런데 그 심사위원들과 문혜가 절친하다는 소문이 바다 멀리까지 나 있었다. 그는 누구보다도 문혜의 명철한 두뇌와 능력을 신뢰하고 있었다. 문혜는 그런 민정호의 계산적인 심리를 미리 내다보면서 잠시 이경수를 떠올렸다.

사람이란 게 이렇게 차이가 나는 거구나.

그러나 이내 현실과 포기라는 단어도 떠올렸다.

경수는 동네 골목길을 지나다 말고 갑자기 뒤를 돌아다보았다.

스산한 밤기운이 목덜미를 스치며 외로움을 부채질하고 있었다. 그동안 이 골목길을 오가면서 얼마나 바쁜 삶을 살았던가. 처자와 함께 미래를 향해 숨찬 발걸음을 내딛지 않았던가. 아내는 지방에 있는 모 여고를 수석으로 졸업하고 지방에 있는 국립대학을 4년 내내 장학생으로 다닌 수재였다. 교양이 우상인지라 상소리는커녕 남에게 싫은 말 한마디 안 하고 살아왔다. 그러나 시어머니를 모신 뒤로는 달라졌다.

과민성 체질에다 평생 겪어보지 못한 시어머니의 시집살이까지 견뎌내려니 죽을 맛이었다. 시어머니는 끔찍한 아들 사랑 앞에 며느리는 눈엣가시인 모양이었다. 늘 사사건건 간섭했고 손자 손녀에게도 옛날 방식으로 예의를 가르친다며 야단치기 일쑤였다. 그렇다고 노모에게 일일이 서는 이렇고 후는 이렇다는 식으로 설명할 수도 없는 노릇이었다.

"우리 귀둥이 막내아들이 이제 내년이면 나이 오십이 되는구나. 내가 어서 증손자를 보아야할 텐데."

노모는 벌써 증손자를 일곱이나 두었으면서도 막내아들을 통해 증손을 보고 싶어 했다. 그럴지라도 당뇨증세는 좀처럼 호전될 기미는 보이지 않고 있었다. 아내는 그런 시어머니에게 따로 식이요법을 하느라 이

중으로 고통을 당하고 있었다. 언제 폭발할지 모르는 뇌관처럼 속을 부글부글 끓이고 있었다. 그런데 막상 남편의 실직 사실을 알게 되면 그 반응이 어떻게 나올지 그는 등골이 오싹했다.

골목길의 어둠이 언제 튀어나올지 모르는 고양이처럼 불안했다. 그는 방금 전 만났던 연극배우와 했던 말을 떠올렸다.

"산다는 건 말이죠. 고통예요, 벗어날 수 없는 생라이브란 말입니다. 그건 중독되지도 않고 언제나 현재진행형이에요, 내성도 면역력도 없고 확대재생산만 되는……. 그런데 그 고통이 한 가지씩 추가될수록 새로운 지혜가 생기더라 그겁니다."

그래 어차피 인생은 고통의 연속이다. 회피한다고 해서 없어지지 않는다. 항상 맞닥뜨리고 치러내야 할 마음고생이다. 그리고 새로운 미래를 향한 도전이자 모험인 것이다. 그는 한순간 소심한 자신이 미웠다. 언제부터 이렇게 자신감이 없어졌을까. 쫌생이가 되어 무사안일주의에 빠지게 되었을까.

나도 한때 20대 때에는 민주화와 사회 정의를 부르짖는 투사 못지않았었는데. 그래서 신촌 네거리를 누비며 데모 행렬에도 참가하고 그러다가 노모의 걱정에 포기하고 말았지만. 이제는 무기력한 중년이 되어 생사의 갈림길 앞에서도 침묵과 방관으로 일관하려 드는구나. 그는 집 가까이 오자 발걸음을 멈춰 섰다. 그리고 자신과 굳은 결심을 했다. 오늘은, 오늘은 기필코 말하리라.

방안으로 들어서자 썰렁했다. 집안이 휑뎅그레 비어 있었다. 다들 어디로 간 걸까. 그는 양복 안주머니에서 핸드폰을 꺼냈다. 꺼져 있었다. 배터리가 수명을 다해 전원이 꺼진 상태였다. 불안이 파도처럼 뇌리를 엄습했다. 아내는 물론 어머니 방도 비어 있었다. 혹시 어머니에게 무슨 일이? 당뇨병성 혼수? 언젠가 의사에게 들었던 말이 생각났다. 그는 우선 핸드폰을 충전기에 꽂았다. 불안 때문인지 취기가 일시에 달아나고 말았다.

　아이들이 이 시간까지 돌아오지 않는 걸 보면 학원에 있거나 아님 아내와 같이 어딜 간 걸까? 어머니는 어떻게 된 걸까. 그는 상상 속에 휘말리면서 심장이 뛰었다. 그때였다. 핸드폰이 벽력같이 울렸다. 아내였다.

　"당신 핸드폰도 꺼 놓고 지금까지 뭐한 거예요? 어머니 지금 병원 응급실에 계시니까 빨리 오세요."

　"뭐? 병원이라니?"

　"당뇨병성 혼수 왔어요, 아까부터 형님들하고 동서하고 다들 와 계세요, 어머닌 계속 당신만 찾으시구요."

　화급을 다투는 내용인데도 아내의 말투는 너무나 침착했다. 마치 올 것이 온 것뿐이라는 당연한 말투였다. 그는 화가 치밀었지만 참을 수밖에 없었다. 아내의 교양은 이 화급한 지경에도 침착하게 나타나는 것인가. 그는 현관문을 박차고 나가며 절규했다.

　오! 어머니 제발, 제발……

　어머니는 중환자실에 옮겨져 산소 호흡기를 달고 있었다. 의식이 있는지 인기척이 들리면 반응을 보이기도 했다. 그가 막 병실 문을 열고 들어서자 아내가 어머니의 귀에 대고 말했다.

　"어머님, 아범 왔어요, 어서 눈뜨고 보셔야죠."

　그때였다. 노모의 잠겼던 눈이 떠졌다. 그리고 입가에 희미하게 미소가 번졌다.

　"아가…… 아가…… 우리 막둥이 아가."

　노모는 실눈을 뜨고서 아들을 향해 손을 내밀었다.

　"그토록 보고 싶어 하셨던 막내예요, 어머니 이제 안심이 되세요?"

　시골에서 상경한 큰누이가 막내 동생과 어머니의 손을 붙잡고 말했다.

　"그래 안다. 우리 막둥이."

　　노모는 다시 혼수상태에 빠졌다. 의사 말로는 오늘밤을 넘기지 못할 것이라 했다. 경수는 침대 아래 그대로 꿇어앉았다. 그동안 아들 사랑에 기운이 넘쳐 기마저 팔팔하던 어머니가 아니었던가. 막내아들 귀동이라고 그렇게 자랑자랑하고 다니시던 어머니가 아니었던가. 그런데 어떻게 하룻밤을 사이에 두고 유명을 달리한단 말인가. 이승과 저승의 차이가 어떻게 하룻밤 사이에 갈린단 말인가. 그는 오열했다. 할 수만 있다면 어머니의 생명을 연장해드리고 싶었다. 그동안 하고 싶은 말도 많았는데,

　　하나님 당신이 살아 계신다면 내 어머니 살려 주세요, 마지막 못다 한 효도할 수 있도록 저에게 기회를 주세요.

　　그는 생전에 찾지도 않던 신(神)을 향해 울부짖었다. 얼마나 안타깝게 울부짖었던지 병실에 있던 다른 환자와 보호자들도 함께 울었다. 그러자 벽 가까이 있던 침대 보호자가 다가와 그의 어깨를 두드리며 말했다.

　　"생명의 주관자는 하나님이시니 맡기고 기도합시다. 평소에 교회는 나갔습니까?"

　　보아하니 그는 목회자 같았다. 말투와 태도가 여느 사람 같지 않게 점잖고 품위가 있었다.

　　"난 그런 것 모르오. 그저 우리 어머니만 살릴 수 있다면 다른 건 아무래도 괜찮아요."

　　목사는 어머니의 귓가에 대고 뭔가를 한참 이야기하는 것 같았다. 그리고는 머리에 손을 얹고 간절히 기도했다. 어느새 들어왔는지 큰 누이도 같이 기도하면서 눈물을 흘리고 있었다. 누이는 시골 교회 권사였다. 평생 못 배운 한을 삭이다 교회에 나가면서부터 글을 깨우치고 신앙생활을 통해 사람대접을 받기 시작했다. 벌써 칠순을 넘긴 누이는 머리가 백발이었다.

어머니는 잠시 눈을 떠 목사가 하는 영접기도를 따라 했고 편안한 모습으로 눈을 감았다. 누이는 막내 동생이 충격을 입을까봐 안절부절못하는 눈치였다. 그러나 그는 마음이 의외로 평안했다. 마지막 길 떠나는 어머니의 모습이 너무도 평화롭고 좋아 보였기 때문이다.

"어머님 천국 가셨습니다."

목사는 가뿐한 마음으로 그의 귀에 대고 말했다. 장례식은 큰누이의 소원대로 기독교식으로 했다. 평상시에 그토록 귀애했던 막내아들이 운구를 맡았고 아주 평화롭게 진행되었다. 가족들은 경수가 백수가 되었다는 사실을 장례식이 끝나고 나서 알았다. 문상 차 왔던 전 직장동료가 먼저 말해 버렸다. 가족들은 잠시 충격에 빠진 듯했으나 이내 평정을 되찾았다. 큰누이가 말했다.

"고난은 축복이라는 가면을 쓰고 온다고 한단다, 이참에 모든 걸 하나님께 맡기고 새 길을 찾도록 하자."

큰누이의 아들은 서울의 모 기업에서 인사과장을 하고 있었다. 청렴결백하고 대가 세기로 소문났다. 그러나 그는 또한 인정에 약한 사람이었다. 막내처남 일자리를 알아보겠다고 다짐을 하고는 자리에서 일어났다. 약속에 신실한 그는 일주일 만에 소식을 들고 왔다. 경력 사원 모집에 막내처남을 천거한 것이었다. 너무나 쉽게 백수를 면한 그는 도무지 믿기지 않는 현실 앞에 가슴이 뛰었다.

큰누이는 하나님께 감사하라며 친척들만 만나면 전도를 했다. 중년의 가슴속에 용기와 꿈이 새로운 도전의식으로 살아나기 시작했다. 해가 바뀌고 신학기가 시작되자 그는 아이들을 자동차로 태워다 주고는 곧바로 신촌으로 날아갔다. 봄바람 난 여자들이 얇은 봄옷 차림으로 거리를 누비고 있었다. 뿐만 아니라 노랑 진분홍의 꽃나무들이 봄 향기를 날리고 있었다. 거리를 지나는 젊은 연인들이 말했다.

"인생은 살만한 것이야."

그들 뒤로 연극배우 출신 남자의 말이 떠올랐다. 고통과 외로움의 불가분의 관계에 대해서. 신촌네거리에 약동하는 젊음과 함께 열정이 타오르고 있었다. 거리 한복판에서 경수는 지난날 자신의 모습을 떠올렸다. 삶이 힘들고 피곤할 때면 잃어버린 옛 꿈을 찾아 신촌을 향해 달려왔었다. 대학가를 누비던 찬란한 꿈이 어딘가에 흩어져 있을 것 같아서였다.

새 직장에 들어와 육 개월쯤 지난 뒤였다. 그는 거리를 지나다 이상한 소리에 걸음을 멈춰 섰다.

"자꾸만 헛것이 보여, 또 귀신이 찾아 온 것 같아, 그래서 아버지 옆에서 개고기를 먹었어."

지나던 사람들이 그 소리를 듣고는 킬킬대고 웃었다.

"아! 글쎄 귀신이 왔다니께."

이번에는 초등학생으로 보이는 딸이 소리를 질렀다.

"엄마, 귀신 이야기 좀 작작해 듣기 싫단 말야."

두 모녀는 횡단보도를 건너더니 어두운 골목길을 향해 휘적휘적 걸어갔다. 어지러운 간판이 혼재한 그곳은 고통과 외로움이 아우성치면서 사람들의 마음을 마구 끌어당기고 있었다.

일 년이 지났다. 그는 큰누이의 손길에 이끌려 대형 교회 내로 들어갔다. 광장처럼 넓은 교회는 음악과 육성으로 가득했다. 천장에서 부서져 내리는 불빛은 마음속의 어둠을 쫓아내고 있었다. 찬양의 음률은 불안을 씻어내고 강대상에서 선포되는 메시지는 어지러운 마음을 한데로 모으고 있었다. 그 소리는 맑은 물소리 같았다. 불안을 씻어내고 안정과 기쁨을 부어주는데 잠시만 외면해도 그것은 곧 중단되었다.

교인들의 모습도 형형색색이었다. 다양한 감정의 파노라마가 연출되고 있었다. 그들은 메시지에 자신의 마음을 부딪치면서 화답했다. 그렇게 몇 차례 감동의 순간이 지난 뒤 예배가 끝났다. 연극으로 치자면 마지막 막이 내린 것이다. 목사와 음악 팀은 모두 무대에서 사라지고 빈

무대만 남았다. 사람들도 빠져나가기 시작했다. 그는 정문과 반대 방향인 서문을 택했다. 사람들이 적었기 때문이다.

긴 나무의자 사이를 지나 걸어가는데 눈에 띄는 장면이 있었다. 소녀를 휠체어에 태워 가는 남자였다. 뒷모습이 어디선가 본 듯한 느낌이었다. 그는 가까이 다가가 보았다. 휠체어에 앉아 여자는 초등학생처럼 체구는 작았지만 눈빛이 날카롭고 고집이 세 보였다. 언뜻 보아 30대 후반으로 보였다. 그에 비하면 남자는 체격이 크고 좋았다. 남자가 그에게 손을 내밀며 말했다.

"언젠가는 이렇게 다시 만날 줄 알았습니다. 그런데 형씨, 요즘도 신촌 네거리에 가끔 가쇼?"

"아뇨, 요즘은 잘 가지 않아요."

"취직이 된 모양이구먼."

"예, 하느님의 은총으로."

"잘 됐군요. 다음 주에 또 만납시다."

남자는 손을 흔들며 휠체어와 함께 문 밖으로 사라졌다. 봄기운이 찬란한 햇살과 함께 그들의 등을 덮쳤다. 경수가 가족들을 태우고 한참 아스팔트 위를 달릴 때였다. 창밖으로 문혜가 민정호와 함께 자동차에 오르는 모습이 보였다. 그들은 이제 막 결혼식을 올리고 난 뒤였다. 풍선과 장식을 매단 자동차가 하객들의 환송을 받으며 막 출발하고 있었다.

자동차는 가양대교를 건너 신촌역을 지난 뒤 그들이 알지 못하는 새로운 도로로 접어들었다. 미래라는 미지의 세계를 향해. 짙은 봄바람이 자동차를 에워싸고 힘껏 희망의 팡파르를 울리고 있었다.

(한국소설 2008년도)

마지막 사랑

자동차를 타고 한길을 지난다.

가을 솜구름이 빌딩 한가운데 걸쳐 있다. 살갗을 태울 듯한 맹렬한 더위도 시간에 쫓겨 허겁지겁 도망친 모양이다. 선선한 가을바람이 강쪽에서 몰아치고 있다. 바람은 살갗을 스치고 마음을 뒤흔든다.

열려진 차창 너머로 고급 카페 건물이 보인다. 저런 곳은 커피 값이 얼마나 될까 생각하다 그녀는 눈을 감는다. 자동차는 복잡한 시내를 벗어나 구리시로 접어들고 있다. 옥수수와 잡풀이 바람에 흔들린다. 해바라기와 때 이른 코스모스도 덩달아 흔들린다.

자동차는 이제 굴다리 밑을 지나 강변도로로 접어들고 있다. 진녹색의 강물이 흐른다. 가뭄도 아닌데 개울물은 바싹 말랐고 강물도 말라 거의 도랑물 수준이다.

강 한가운데 솟은 바위 덩어리가 흉물스런 괴물처럼 보인다. 차량이 뜸한 틈을 타 엑셀을 힘껏 밟는다. 속도기가 180을 가리키고 있다. 차체가 공중에 붕 뜬 느낌이다. 자동차는 산과 강물을 끼고 시원스럽게 잘도 달린다. 뻥 뚫린 도로는 마음마저 시원하게 한다.

"거 모처럼 원 없이 달려 보는구면."

그는 신이 나는지 콧노래까지 부른다. 이 길로 곧장 가면 양평이 나온다. 거기에 가면 그들이 잘 가는 카페가 있고 그곳에선 한때 유명했던 가수가 나와 노래를 부른다. 그는 그녀의 옛 애인이었고 남자와도 절친한 관계에 있다. 이제 그들은 모처럼 만나 회포를 풀 작정이다. 그녀는 흘러내리는 브래지어의 끈을 손으로 끌어올리며 남자의 어깨에 기댄다.

그가 한쪽 팔을 뻗어 그녀의 어깨를 감싼다.

자동차는 이제 간선도로로 접어들고 있다. 주변에 한갓진 농촌풍경이 보인다. 인가(人家)와 음식점도 보인다. 상가 건물과 진녹색의 강물이 동시에 보인다. 교각을 지나자 이윽고 풍차 모양의 건물 앞에 차량이 멈춘다. 하얀 목조 건물이다. 겉모습에 비해 내부 장식은 화려하기 이를 데 없다.

탁자와 소파 커피 잔 집기에 이르기까지 하나같이 고급 일색이다. 그 한가운데 무대가 설치돼 있다. 피아노 옆에 마이크와 연주용 높은 의자가 보인다. 가수가 기타를 들고서 연주할 자리이다.

"상모씨 이쪽으로."

그녀는 무대가 가장 잘 보이는 탁자에 가 앉는다. 그 자리는 로열석이지만 주인의 특별배려로 그들은 항상 그곳을 차지한다. 이제 조금 있으면 가수가 나타날 시간이다. 그녀는 남자의 팔을 끌어다 자신의 무릎 위에 놓으며 무대를 응시한다. 잔뜩 긴장한 표정이다. 남자의 손이 여자의 허벅지를 더듬는다. 밖은 어느새 어둠이 장악하고 있다. 가을은 햇빛을 단축하고 밤을 재촉한다.

여기저기 연인들이 보인다. 그들은 이 밤을 위해 멀리서 날아온 사람들이다. 가깝게는 서울에서 멀리는 대전 대구에서. 아는 이들의 눈길을 피해 아주 멀리 날아온 것이다. 그들은 밤과 야합하고 다음날 아침이면 자신들의 일자리로 돌아갈 것이다. 그리고 스스로 자신들의 행동을 파기할 것이다.

영혼의 일탈을 위해 잠시 연기(演技)한 것으로 치부하고 말 것이다.

사랑은 스스로 선택하는 것이다. 감정적 쾌락을 위해 육신이 그 대가를 치르는 것이다. 그들은 그렇게 주장하며 가을날만 되면 여행을 떠났다. 짙푸른 초록과 함께 선팅한 자동차에 몸을 숨기고 엑셀을 힘껏 밟았다.

그러다 그들 중 어느 한 쌍은 너무 힘껏 엑셀을 밟는 바람에 무인 카메라에 찍혀 상대 배우자들로부터 곤욕을 치렀다. 어느 쌍은 마주 달려오는 차량을 피하려다 전복되는 바람에 죽음 직전에서 살아난 케이스도 있다.

어떤 사람은 그 여행길에서 부모가 한꺼번에 상(喪)을 당했다는 말을 듣고는 놀란 나머지 핸들을 잘못 꺾어 강 언덕 아래로 추락, 급사한 경우도 있었다. 홀로 남은 아내는 가족장을 치르며 유전이란 단어를 떠올렸다. 시부모 역시 변괴로 사고를 당한 것이다. 남편의 불륜을 눈치 챈 시어머니가 심장발작을 일으켜 응급실로 실려 가자 시아버지가 병원으로 가던 도중 마주 오는 차량과 정면충돌, 즉사했다. 후에 들은 이야기지만 남편과 시부모상을 한꺼번에 당한 아내는 남은 재산을 놓고 시동생과 머리 터지게 싸웠다 한다.

더 기가 막힌 건 모텔에서 나오다 대학생인 아들과 마주치는 바람에 혼비백산한 여자도 있었다. 어떤 남자는 그 야합의 현장에서 직장 동료와 우연히 마주쳤는데 은근히 동지애를 느꼈다나……. 그들은 테이블을 사이에 두고 묵언을 신호로 서로의 비밀을 약속했다. 그들은 모두 신분 계층이나 나이와 상관없이 어울렸다. 아마도 그들은 죽음이라는 전제 하에서도 어울릴 것이다. 왜냐하면 모두 미쳐 있으니까.

카페에서 술을 마시고 가수의 공연이 끝나면 모두 자리에서 일어나 삼삼오오 흩어진다. 주변에 있는 모텔과 민가로 쌍쌍이 발걸음을 옮긴다. 그 모텔에선 밤마다 세기말적인 말세 현상이 벌어진다.

「말세에 고통하는 때가 이르리니 사람들은 자기를 사랑하며 돈을 사랑하며 자긍하며 교만하며 훼방하며 부모를 거역하며 감사치 아니하며 거룩하지 아니하며 무정하며 원통함을 풀지 아니하며 참소하며 절제하지 못하며 사나우며 선한 것을 좋아하지 아니하며 배반하며 팔며 조급하며 자고하며 쾌락을 사랑하기를 하나님 사랑하는 것보다 더하며 경건의 모양은 있으나 경건의 능력은 부인하는 자니 이 같은 자들에게서 네가 돌아서라……」

그들은 종말의 극단으로 치달으며 정신과 육체가 파멸의 위기를 당할 것이다. 그들 중에는 성전환자도 있고 동성연애자도 있다. 지하 나이트클럽에서 동료에게 커밍아웃을 선언한 밤무대 가수도 있다. 그들의 환락에는 마약과도 긴밀한 연계가 있었는데 그로 인해 종종 폭력배와의 칼부림도 발생하곤 했다. 공공연한 비밀이 되어버린 그들의 환락파티는 암암리에 진행되었다. 더 이상 숨겨질 수 없는 상황에 놓였을 때 그들에게 기막힌 소식이 들려왔다.

회원 중 하나였던 여자가 에이즈에 걸려 죽었다는 것이었다. 그녀는 그 사실을 끝까지 숨기기 원했지만 남편의 신고로 들통 나 버리고 말았다. 현재 그녀의 남편은 에이즈에 대한 공포 때문에 제대로 숨도 못 쉬고 있다고 했다. 자녀들도 눈치 채고는 밥도 못 먹고 학교도 못 다닌다고 했다. 그 소식을 들은 남자들은 죽음에 대한 공포 때문에 자살충동까지 일으켰다. 온몸에 반점이 생기고 감기증상이 일자 지레 겁을 먹은 것이다

그들은 죽음보다도 일상에서 분리되는 것을 두려워했다. 아이러니였다. 죄악을 행하는 데는 담대한 그들이 사람들과의 격리를 두려워하다니, 일탈은 결국 족쇄였다. 쾌락에 몸과 마음을 저당 잡힌 중년남자는 카드빚에 쫓기다 못해 사채까지 빌려 쓰다 마침내 폭력배의 칼침을 맞고 쓰러졌다. 그가 끝까지 장기(臟器) 팔 것을 거부했기 때문이다. 러시아어를 잘 하는 어떤 노처녀는 국제 마약단에 연루돼 비참한 최후를 맞았다.

그녀 한 사람 때문에 회원들은 차례로 수사본부에 불려가 조사를 받았다. 그래서 한때 조직이 와해되는 게 아닌가 근심하는 사람들도 있었다. 그 사건은 아직까지 미제로 남아 있는데 언제 또다시 불거질지 모르

는 휴화산이었다. 그럼에도 그들은 불안과 함께 쾌락을 끝까지 놓지 못했다. 한 가지 특징은 그들은 모두 본거지가 달랐지만 마음은 같았다. 거짓되고 부패한 마음. 쾌락에 목숨 걸고 신(神)을 부정하는 악마적인 심리. 그것은 그들이 공동으로 추구하는 이상이었다. 그들은 얼굴의 양면을 철저히 악용했다.

직장에서는 교양 있고 능력 넘치는 고급 두뇌였고 가정에서는 양의 탈을 뒤집어 쓴 가장이었다. 삶의 정상궤도 속에서 그들은 끊임없이 일탈을 추구했다. 허무와 무의미로 뚫린 가슴속으로 술을 붓고 거짓과 맹세했다. 그들의 마음과 귀는 언제나 악마에게 열려 있었다. 그들은 서로를 알려고도 묻지도 않았다.

바다이야기에 빠져 죽은 한 사내가 있다.

처음에는 경마에 빠지더니 나중에는 사행성 오락 게임인 바다이야기에 그만 풍덩 빠져버리고 말았다. 그는 평상시에도 자주 중독에 빠지곤 했었는데 이미 알코올 중독에 절어 있었다. 기분 나쁘면 폭력을 휘두르고 잠을 못 이루고 가족을 괴롭힌다. 늘 핏발 선 눈빛에 그는 감정과 이성의 기능을 상실한 터였다.

이미 사람이기를 포기한 그는 의지를 악마에게 저당 잡힌 채 이리저리 끌려 다녔다. 그 한 사람의 파산으로 온 가족은 살길을 잃었다. 밀린 카드빚으로 곧 집달리가 닥칠 위기임에도 남편은 여전히 바다에 빠져있다. 절망한 아내는 불면증 증세를 초래하고 하루 종일 전화도 불통이다. 사람들은 불안을 해소하기 위해 무언가에 심취되기 원한다.

불안은 마약처럼 사람의 뇌를 손상시키는 기능을 한다. 불안은 마음의 지옥이며 불행의 원초이다. 불안에 쫓긴 여자가 영등포 거리를 걸을 때였다. 누군가 그녀에게 다가와 말했다.

"뭐니, 뭐니 해도 마음 편한 게 제일이여."

그 옆에 커다란 나무 십자가를 지고 가던 초로의 남자가 말했다.

"인생을 향한 뜻은 내가 아나니 재앙이 아닌 평안이라."

평안, 평안……

여자는 시장 모퉁이에 있는 선술집으로 들어섰다. 남자들이 막걸리에 소주를 가득 부어 마셨다. 이른바 폭탄주였다. 불안도 함께 따라 마셨다. 경쟁사회에서 밀리는 것은 곧 죽음이다. 언제 백수가 되는지 그것은 아무도 모른다. 숨 막힐 듯한 긴장감이 불안과 함께 목줄을 죄었다. 여자는 한 귀퉁이에 앉아 술을 대접에 따라 마셨다. 아무리 마셔도 취기가 돌지 않았다. 헝클어진 머리칼과 때 묻은 옷깃을 보며 남자들은 손가락으로 동그라미를 그렸다.

여자는 취하고 싶었다. 그러나 시간이 갈수록 정신은 더욱 말똥말똥해졌다. 선술집을 나온 여자는 좀 전에 걷던 거리로 나왔다. 여자의 마음속에 음성이 들려왔다. 마음, 마음. 평안, 평안.

장난감을 파는 문구점과 식당가를 지나 발걸음을 대로변으로 향했다. 어디선가 쿵쾅거리는 카바레 음악이 들려왔다. 중년남녀가 서로의 허리를 부둥켜안은 채 계단을 오르는 모습이 보였다. 자세히 보니 이쪽은 물론이고 길 건너편 쪽에도 온통 번쩍이는 네온사인과 함께 도심이 쾌락으로 물들어 가고 있었다. 그 검은 길바닥 위로 비가 내리기 시작했다. 그 거리를 걸어가는 발걸음이 있었다.

이마에 내천(川)자를 그린 그는 체격이 건장하고 팔뚝이 굵어 언뜻 폭력배를 연상시켰다. 그가 어깨를 흔들며 카바레 건물로 들어섰다.

순간 그의 몸에서 전단지가 툭 떨어졌다.

「열심히 살겠습니다」

그 옆에 난 글자도 보였다. 「부킹 전문 100% 성사」

아하! 그러고 보니 그는 폭력배도 제비족도 아닌 카바레 웨이터였다. 카바레는 얼굴에 흉악이라고 써진 남녀들이 모두 발악을 하고 있었다. 왜 사람들은 춤을 추며 쾌락을 꿈꾸는 걸까. 춤과 쾌락은 밀접한 관계가 있는 모양이다. 폭력배로 보이는 어깨들과 꽃뱀으로 보이는 여자들이 홀 안을 오가며 물건을 고르고 있었다. 돈과 쾌락과 춤, 암투와 광기가 사람들 입가에 오갔다. 때마침 광란의 음악이 홀 안을 강타했다. 그러자 사람들은 용수철처럼 자리에서 일어나 스테이지로 뛰어 갔다.

그 순간 밖에서는 새로운 진풍경이 벌어지고 있었다. 남자들의 팔목을 잡아 챈 여자들이 서로 주도권 쟁탈전을 하고 있었다. 한눈에 보기에도 그들은 악덕 포주 같았다. 포장마차에서 들리는 괴성과 함께 그들의 싸움은 점점 양상이 심해 갔다.

그러다 어느 한순간 싸움이 일제히 멈춰지는 사건이 발생했다. 사거리 쪽에서 손에 칼자루를 쥔 검은 복장의 남자들이 떼로 몰려든 것이다. 사람들은 너나할 것 없이 걸음아 날 살려라 도망을 쳤다. 한바탕 광란의 난투극이 벌어질 줄 알았는데 이상하게 조용했다. 어디로 사라진 걸까.

그런데 다음 순간, 거리에 명함 크기의 흰 종이가 떨어져 나풀거리는 모습이 보였다. 퇴폐 업소 광고 전단지였다. 전단지 위로 여자의 눈물방울처럼 빗물이 스며들고 있었다.

여자의 나체 모습과 함께 글귀가 눈을 자극했다.

TO. 오빠
요즘 많이 덥고 힘들지?
오빠가 힘들어하는 모습 너무 보기 좋지 않다.
잠시나마 편하게 쉴 수 있도록
내가 이쁘게 서비스해 줄게!!
한번 놀러 올 거지? 오빠?

맨 마지막 하단 부분에 카지노 남성 스포츠 마사지라고 씌어 있었다. 그 밑에 빨간 글씨로 난 글자는 더 기가 막혔다. 일본식 마사지 러브

숍.

요즘은 인칭 대명사가 혼란에 빠진 세상이다. 가족 간의 호칭이 온통 타인에게 전이되어 누가 가족인지 남인지 모를 세상이 되어 버렸다. 오빠 동생 형 누나 등 친족인지 애인인지 불륜인지 온통 모를 세상이 되어 버렸다. 거리는 밤기운에 포로 된 영혼들이 어두컴컴한 골목길을 향해 발걸음을 옮기고 있었다.

금방이라도 쓰러질 듯 위태한 60년대 식 슬레이트집이었다. 그곳은 정육점과 세탁소, 여관과 미용실 중간에 있었다. 그곳은 막다른 골목이어서 더 이상 갈 곳도 없었다. 사람들은 하나 둘, 희미한 불빛이 새어나오는 곳을 향해 몸을 옮겼다. 이기심과 탐욕을 가지고서. 들어서는 순간 그들은 이상한 고정관념에 휩싸였다.

새파란 지폐가 그들의 주머니에서 나오자마자 악마의 검은 손이 잽싸게 삼켜 버렸다. 불안과 파멸이 계속 입을 벌리고 달려드는데도 그들은 정신과 돈을 맡기고는 스스로 나락에 빠졌다. 한번 나락에 빠진 영혼들은 다시는 그곳을 빠져 나오지 못했다.

한 여자가 있다. 그녀는 남편이 경마와 술 중독에 빠진 이후, 더욱 더 악해졌다. 집안 살림은 내팽개치고 온종일 나가 살았다. 카드빚은 나날이 불어나는데 옷은 최고급으로 연일 사들였다. 그리고 사람들을 만날 때마다 고급 레스토랑에 가 술과 식사를 대접했다. 그녀는 사람들의 마음을 사기 위해 BC카드를 꺼내 척척 긁어댔다. 그러다 어느 날 카드 정지를 먹자 거의 미칠 듯이 당황했다.

돈이 바닥나자 그녀는 극단의 조치를 강구하기 시작했다. 남편이 몰고 다니는 자동차를 팔기로 한 것이다. 남편이 경마장으로 갈 때 이용하는 에쿠스였다. 나중에 삼수갑산을 가더라도 우선 현찰이 급했다. 물론 남편이 아는 날이면 그때는 제삿날이었다. 그러나 그녀는 그런 것조차 눈에 들어오지 않았다. 사람들로부터 받는 찬사가 그리웠다. 너 참 괜찮은 여자다. 너 참 예쁘다. 나이에 비해 젊어 보이는구나. 별별 찬사를 다 듣고 싶었다. 생각 같아선 간이고 쓸개도 다 빼주고 싶었다.

자식들이 학교에서 집단 패싸움을 해 정학 맞을 위기에 있어도 아랑곳하지 않았다. 그녀는 무조건 사랑받고 싶었다. 그것도 오직 자기 한 사람만 바라보고 사랑하는 헌신적인 사랑을. 그러나 남편은 신혼 초부터 주먹을 휘둘렀다. 처음부터 애정 없는 결혼을 한 남편은 자식을 미끼로 끝까지 물고 늘어지는 그녀에게 진저리를 쳤다. 임신했으니 책임지라는 말에 그는 도리질을 했다. 애정 없는 결혼은 할 수 없다는 게 그 이유였다.

그러나 아내는 오빠와 일가친척까지 동원해 결혼을 강행했다. 주제에 걸핏하면 남편의 일거수일투족까지 감시하며 아내 노릇을 하려 들었다. 심지어 핸드폰 내역까지 따지고 들었다. 안 그래도 애정이 안 가는데 아내는 날이 갈수록 도를 더해 갔다. 더구나 부끄러운 줄도 모르고 부부관계까지 요구했다. 아내는 큰 몸집에 얼굴이 검고 못생긴 축에 속했다. 성격도 여자답지 않게 괄괄했다.

결정적인 건 애정결핍 증세가 심하다는 거였다. 사랑 받고 싶어 몸부림을 치는데 완전 병적이었다. 그는 날마다 술에 취해 들어왔다. 한 번도 아내의 얼굴을 쳐다보지 않고 지냈다. 밥도 나가서 먹었다. 아내는 안달이 나 미칠 지경이었다. 사랑해 달라고 안아 달라고 향수를 뿌리고 난리를 쳤다. 그러나 그는 끄덕도 하지 않았다. 아내는 그럴수록 사랑받고 싶어 몸부림을 했다. 태아에게 어떤 영향이 미칠지 뻔했다.

그럼에도 그는 아내에게 주먹을 휘둘렀다. 아내가 자신의 팔을 잡고 늘어지면서 한 번만 안아달라고 했기 때문이다. 그때 그의 후각을 자극한 건 알코올 냄새였다. 이 여자가 술을 먹었구나.

"임신한 여자가. 이게 완전 미쳤구나."

그가 뿌리치자 아내는 배를 움켜쥐며 그 자리에 주저앉았다. 정말 배가 아픈 건지 남편의 관심을 끌기 위함인지 알 수 없었다. 분노가 치민 그는 자신도 모르게 아내의 뺨을 후려쳤다.

"지겨워, 지겨우니까 제발 그만하자구."

다음 순간 아내의 표정이 독사처럼 변했다.

"내가, 내가 그렇게 싫어? 그럼 왜 결혼했어?"

"그걸 몰라서 묻냐?"

그는 아내의 배를 손가락으로 가리켰다. 뱃속에 든 아이 때문에 할 수 없이 했다는 뜻이다.

"그럼 왜 아이는 갖게 한 건데?"

아내는 끝까지 확인하려는 듯 물었다.

"니가 하도 보채서, 그날 밤 아무래도 내가 미쳤던 모양이야, 내 실수였어."

"뭐 실수? 그걸 지금 말이라고 해?"

아내는 분하고 슬퍼서 곧 쓰러질 기세였다. 그는 뒤도 안 돌아보고 나와서 곧바로 단골 술집으로 갔다. 더 이상 아내의 얼굴을 본다는 건 고역이었다. 그 후 그는 걸핏하면 아내에게 손찌검을 했다. 아이가 태어나고 자라고 둘째 아이가 또 태어났다. 아내는 아이들을 키우면서 사랑타령을 잠시 멈추는 듯했다. 하지만 아주 잠시뿐이었다. 날마다 그에게 몸짓을 했다. 중년이 되자 몸집이 더 불어났다. 배가 나오고 어깨가 두꺼워 역도선수 같았다.

욕구불만을 식욕으로 해결하는 모양이었다. 날이 갈수록 거구로 변해갔다. 그가 생활비를 최소한으로 주는 대도 어디서 끌어다 쓰는지 옷도 자주 해 입었다. 그는 일체 모른 체했다. 그리고 도박에 빠졌다. 싫은 여자와 살 맞대고 사는 것처럼 고역이 없었다. 도박에 빠지는 순간에만큼은 아무 생각도 나지 않았다. 그런 그에게 친구가 다가와 말했다.

"너 그렇게 네 마누라가 싫으냐? 그렇담 차라리 이혼을 해라."

“자식들은 어떡하고?”

“그래도 자식이 걱정되긴 하는구나. 그러게 애당초 실수를 말았어야지, 왜 건드려, 건드리길. 처음부터 조심했었어야지.”

그는 도박 빚에 몰리자 마지막으로 에쿠스 자동차를 팔 생각을 했다. 자동차를 팔아 빚을 청산하고 아내와도 갈라설 생각이었다. 그러나 그보다 아내가 한 발 앞서 있었다. 아내가 자신의 명의를 도용해 자동차를 매매 시장에 헐값에 내놓고 있었다. 정신이 번쩍 든 그는 아내의 행방부터 찾았다. 대낮에 집안에 들어선 그는 쓰레기장처럼 변해버린 거실과 안방을 보고 놀랐다. 옷가지가 흩어져 있고 악취가 코를 찔렀다.

언제 들어왔는지 도둑고양이가 똥을 싸 난리도 아니었다. 더 놀란 건 아이들의 행방이었다. 아들은 집 나간 지 달포가 넘었고 딸은 친구와 함께 동네 PC방에 갔는지 보이지 않았다. 집은 이미 각종 경매에 붙여진 지 오래 되었다.

“네 이놈의 여편네를.”

그는 처음으로 아내의 부재를 실감했다. 그제야 자신이 지금까지 무슨 일을 행했는지 알 수 있었다. 아내의 핸드폰에 전화를 걸어 보았다. 신호음은 가는데 받지 않았다. 일부러 안 받는 건지 아님 어떤 놈팽이와 놀아나느라 받지 않는지 알 수가 없었다. 초조한 그는 계속 핸드폰을 걸었다. 이윽고 술 취한 아내 목소리가 들려왔다.

“여, 여보세요, 누구세요?”

아내는 이미 술에 취해 제정신이 아니었다.

“너, 너 거기 어디야? 당장 들어오지 못해!”

“누구시더라?”

일부러 그러는지 아내는 과장된 목소리로 재차 물었다. 주변에서 시끄러운 음악소리가 들렸다. 카바렌지 아님 음란 퇴폐업소인지 남자들의 거친 입담도 들려왔다. 그는 그만 가슴이 무너져 내리는 것 같았다.

"너, 너 누구 맘대로 내 자동차 내 놨어?"

"자동차?"

그제야 아내는 정신이 드는 모양이었다. 크윽! 하고 트림하는 소리가 들렸다. 그러자 누군가 아내의 어깨를 내리 친 모양이었다. 둔탁한 소리가 나더니 아내의 입에서 악! 외마디 소리가 들렸다. 그리고는 이내 잠잠해졌다. 가슴에서 쿵! 하고 절벽 무너지는 소리가 났다. 이게 어찌 된 영문인가. 아내는 지금 어디에서 어떻게 된 걸까. 도대체 무슨 일이 발생한 걸까. 그는 잠시 몽롱한 환상에 빠졌다. 아내는 지금 카바레나 아님 술집에서 쓰러져 있을 것이다. 누군가가 휘두른 흉기에 맞아서 아마도 정신을 잃었는지도 모른다.

그런데 왜 아내는 거기에 가게 된 걸까. 자신도 모르게 슬며시 자책감이 들었다. 언젠가 소책자에서 본 '남편의 무관심이 부른 화근'이란 제목 글이 생각났다. 여자는 누군가에게 항상 관심 받고 사랑 받고 싶어 한다. 그것이 충족되어지지 않을 때 여자는 방황한다. 아이들도 내팽개치고 밖으로 나돌며 불륜의 싹을 틔운다. 극단적인 표현 같지만 전혀 이해가 안 되는 바도 아니었다. 왜 갑자기 그 생각이 났을까. 그는 또다시 가슴이 무너져 내리는 것 같았다.

한 번쯤, 단 한 번만이라도 눈길을 주었더라면 아내는 빗나가지 않았을지도 모른다. 천방지축 날뛰며 돌아다니지도 않았을 것이다. 아니 아내에게 남편으로서 도리만 제대로 했더라면 누구보다 가정에 충실했을 여자였다. 그런데 그녀가 어쩌다 그런 곳까지 가게 되었을까. 그나저나 아내의 행방부터 찾는 게 급선무였다. 방금 전까지는 자동차 문제가 시급했는데 그건 생각에서 벌써 사라지고 없었다. 그는 아내의 경대를 뒤지다 명함을 발견했다.

카바레의 위치와 웨이터의 얼굴 사진과 함께 핸드폰 번호가 적혀져 있었다. 그는 당장 그곳으로 달려갔다. 그가 카바레 입구에 도착하는 순간 들것에 실려 나가는 여자를 보았다. 긴 머리칼이 시트 밖으로 나와 있었다. 그는 돌아서는 순간 자신도 모르게 소리를 질렀다.

"자, 잠깐만."

들었는지 못 들었는지 사람들은 들것을 앰뷸런스에 옮겼다. 그는 큰 소리를 지르며 자동차로 뛰어 올라갔다.

"뭐야?"

얼굴에 마스크를 한 남자가 그를 강하게 밀쳐냈다.

"저 제 집사람이……."

그는 들것에 실린 여자의 얼굴을 보기 위해 시트 자락을 걷어냈다. 얼굴에 시퍼런 멍 자국과 함께 무엇에 찔렸는지 가슴에서 선혈이 흐르고 있었다. 얼굴이 하얗고 체격이 날씬한 게 아내가 아니었다. 그는 자신도 모르게 한숨을 후! 내쉬었다. 다행이었다. 긴 절망감 속에 안도의 한숨이 나왔다. 그는 급하게 앰뷸런스에서 뛰어 내려 아내에게 다시 핸드폰을 걸었다. 받지 않았다. 또다시 불길한 예감이 들었다. 도대체 아내는 어떻게 된 걸까. 생각하는데 핸드폰이 벽력같이 울렸다. 그야말로 벽력같이.

"여 여보세요?"

"네, 에쿠스 자동차 팔려고 내놓으셨죠?"

난 또. 그는 속으로 적이 실망했다.

"그, 그런데요."

"네, 적임자가 나타났습니다."

"얼마나……?"

"그건 만나서 이야기하시고요 당장 이쪽으로 오실 수 있죠?"

그는 당장 돈이 필요했기에 지체 없이 달려갔다. 얼마 전 끌어다 쓴 사채업자에게서 빚 독촉이 빗발 같았다. 그가 자동차 중개업소 사무실을 들어서는데 맞은편에 앉아 있는 남자가 아무래도 눈에 익었다. 어디서 만났을까. 도박장에서 만났을까. 아님 술집에서 만났을까. 그도 아님…….

그제야 생각이 났다. 남자와는 클럽에서 만났다. 조직을 통한 비밀 클럽이었다. 남자도 눈치를 챘는지 입가에 야릇한 미소가 피어올랐다.

그는 속으로 움찔했다. 하필이면 여기서 만날 게 뭐람. 약점을 잡히기라도 한 듯 그는 기분이 착잡했다.

"급매물이 있다고 해서 나왔더니, 이거 구면이구만요."

남자는 어떤 기대감과 호기심이 섞인 눈으로 그를 바라보았다. 순간 알 수 없는 공감대가 둘 사이에 흘렀다. 그는 언젠가 갔던 장소를 떠올렸다. 양평의 어느 호젓한 장소였던 것 같다. 그때 라이브 카페에서 공연이 끝난 뒤, 각기 약속된 장소로 향하는데 남자의 발걸음이 유난히 가벼웠었다. 남자는 체격이 우람하고 잘생긴 편에 속했다. 자동차는 항상 렌터카를 이용해 잘 모르겠지만 돈도 꽤 있어 보였다. 옷매무새가 고급스러워 보였기 때문이다.

다음날 그와 우연히 동행하게 되었을 때 남자는 말했었다. 상대 여자가 러시아어를 잘 구사해 처음엔 외국인인가 착각했었다고. 그런데 알고 보니까 국제 통역사였다나. 그는 자랑스럽게 말했는데 나중에 알고 보니까 국제적인 마약책과 연루된 스파이였다. 그녀가 어쩌다 거기까지 스며들게 되었는지 아무도 몰랐다. 그녀 덕분에 회원 모두가 경찰서 특수 수사대에 불려가 한바탕 곤욕을 치렀다는 사실 외에는.

그런데 그 기분 나쁜 기억이 남자를 통해 다시 떠오르게 된 것이다. 재수 없게스리. 그는 재빨리 머리를 굴렸다. 남자가 과연 에쿠스 값을 얼마나 쳐줄까. 인상 봐서는 제대로 쳐줄 것 같지 않았다. 어쩌면 그나마 다행인지 모른다. 아내보다 먼저 자신이 팔게 되었으니까. 만일 아내가 먼저 선수를 쳤더라면 그나마 있던 자동차 날리고 나서 노숙자가 될 판이었다.

"얼마나 쳐 드리면 될 것 같습니까?"

"시세로 따지면야, 사실 자동차 산 지도 얼마 안 되고 해서, 사실 자식 같은 놈입니다. 워낙 급하다 보니……."

"전혀 모르는 사이도 아니고 제가 섭섭지 않게 쳐드리겠습니다. 대신……."

남자가 은근히 운을 떼려는 사이 핸드폰이 울렸다.

"저, 이순지 씨 남편 되시는 분이죠?"

뜬금없이 묻는 말에 그는 아연 긴장했다.

"무, 무슨 일이시죠?"

그는 너무도 당황해 몸이 덜덜 떨렸다.

"여기는 ○○경찰서입니다. 확인할 게 있으니 좀 나와 주셔야겠습니다."

"확인이라뇨? 그게 무슨 말씀이십니까."

"글쎄 나와 보시면 압니다."

찰칵하고 전화 끊는 소리가 났다. 그는 너무 마음이 급해 할 말을 잊었다.

"우리 지금까지 무슨 말을 했죠?"

그가 남자를 향해 묻자 남자의 표정이 묘하게 일그러졌다.

"무슨 일입니까 혹 경찰서?"

어떻게 눈치 챘을까. 남자가 자세를 고쳐 앉으며 물었다. 마치 자동차와 관련된 일이기라도 한 듯 그는 긴장하는 기색이었다.

"그, 그게 아니고 집사람이, 그 망할 놈의 여편네가."

그는 자신도 모르게 욕설을 내뱉고 말았다.

"자, 그럼 다시 대화를 시작해 볼까요?"

그러나 남자의 태도는 이미 달라져 있었다.

"저 잊고 있었던 급한 일이 생각나서 나중에 만나서 협상하도록 합시다, 그럼 이만 바빠서.”

남자는 마치 도망치듯 급하게 자리를 털고 일어났다. 그는 닭 쫓던 개 지붕 쳐다보는 격으로 멍해졌다. 망할 놈의 여편네 어딜 가나 속을 썩이는구먼. 그나저나 무슨 일이 발생했기에 경찰서에서 호출이란 말인가. 갈수록 머리가 복잡해졌다. 방금 전 자동차 매매 사건이 무산된 데다 아내 문제 때문에 경찰서까지 가야 하다니 그는 머리가 복잡해 당장이라도 이승을 하직하고 싶은 심정이었다. 도박할 때는 그렇게 머리가 잘 돌아가고 살 판 나더니 경찰서 소리가 나니까 갑자기 머리가 확 돌아버릴 것 같았다.

자업자득이다.

마음 한 구석에서 자책의 음성이 들려왔다. 요즘 따라 자책의 음성이 자주 들려오는 게 아무래도 심상치 않았다. 내부에서부터 조짐이 보이는 게 이상했다. 평생 양심의 가책 따위와는 무관하게 지낸 자신이 아니었던가. 그런데 왜 요즘 따라 마음속에 반성의 기운이 싹트는가 말이다. 아무리 생각해도 알 수 없는 일이었다.

그는 중개업소 사무실을 나와 근처 버스정류장에서 잠시 망설이다 버스를 탔다. 에쿠스를 타고 다니다 버스를 타기란 학창 시절 이외엔 처음 있는 일이었다.

아내와 자식들에겐 버스나 지하철 등 대중교통을 이용하게 하고는 자신은 언제나 고급 승용차를 이용했었다. 그래야 술집에서든 도박장에서든 큰소릴 칠 수 있었기 때문이다. 내 신세가 말이 아니구나. 쌍! 욕이 나왔다. 그가 발걸음을 버스에 올려놓자 운전기사가 말했다.

“손님 요금 내셔야죠.”

“요금? 얼맙니까?”

그는 정말 몰라서 물었다.

기사가 그를 아래위로 내리 훑더니 말했다.

"천 원입니다."

그는 주머니를 뒤적여 천 원을 꺼내 요금 함에 넣었다. 썅! 인간 유인철 체면이 말이 아니구나. 순간 그의 눈에 짧은 팬츠를 입은 여자의 빼어난 각선미가 들어왔다. 키가 170센티쯤 되었을까. 날씬한 체격에 다리 곡선이 환장할 만큼 예뻤다. 나이는 삼십쯤 되어 보였다. 어떤 놈인지 복도 많지.

그 외중에 그는 여자의 남편 아니 애인일지도 모를 사내를 향해 강한 질투심을 나타냈다. 아내의 거무튀튀한 얼굴이 떠올랐다. 욕구불만을 오직 식욕으로 해결하느라 배가 나오고 육중한 체격으로 변해버린 아내의 모습이 떠오르자 그는 자신도 모르게 입이 불쑥 나왔다.

망할 여편네 못난 주제에 사고까지 치다니, 그것 때문에 경찰서 출입이 웬 말이냐. 그러나 그 소리는 이내 사그라들고 자책의 음성이 들려왔다. 오죽 했으면 그 짓거리까지 했을까. 남편이란 게 밤낮 여편네 구박이나 하고 도박이다 술에 미쳐 돌아드니 어떤 여자인들 제정신 갖고 견뎌내겠는가. 참으로 이상했다. 다 늦은 중년에 철이 나려나. 그나저나 현 상황을 바라보니 재앙이 따로 없었다.

돈 문제도 문제려니와 아이들도 어디서 무얼 하는지 알 수가 없고 아내는 아내대로 저 모양이니, 생각할수록 자신의 불찰이 컸다. 그는 버스에서 내려 경찰서 조사계로 들어가는 동안 내내 불안감에 휩싸였다. 혹시 아내의 신변에 이상이 발생한 건 아닐까. 이 여편네가 혹시? 그는 카바레 입구에서 보았던 앰블런스를 떠올렸다. 아니지 고개를 흔들었다. 미리 방정맞은 생각은 말자. 그 순간 그는 마음이 아주 넓어지는 것 같았다.

아내가 무사하기만 하다면 무슨 일이 있었던지 다 용서할 것 같았다. 갑자기 넓어진 포용력으로 조사계 문을 여는 순간 그는 깜짝 놀라 뒤로 넘어질 뻔했다. 아내가 웬 남자와 더불어 몸싸움을 하고 있었다. 경찰이 호통을 치는 데도 둘은 멈추지 않고 계속 욕설을 퍼부어 대며 싸움을 했다. 싸움의 발단은 이러했다.

남자는 아내가 돈 많은 이혼녀라고 해서 돈을 빌려 주었는데 알고 보니 새빨간 거짓말이라는 것이었다. 그래서 이자와 원금을 갚으라고 했는데 아내는 전혀 그런 일이 없다는 것이다.

이혼녀라고 한 일도 없고, 더구나 돈을 빌린 일은 더더욱 없다고 했다. 남편이 두 눈 시퍼렇게 뜨고 살아 있는데 이혼녀라고 할 이유도 없고 또 뭐가 아쉬워 남의 남자에게 돈을 빌리겠는가 하는 것이었다. 그런 아내의 얼굴에 멍 자국이 파랬다. 얼마나 맞았는지 거무튀튀한 얼굴에 퍼런 멍 자국이 무슨 삼류 영화를 보는 듯 사태를 짐작케 했다. 그런데 저 둘은 어떻게 알게 된 걸까. 혹시?

"저 여자가 그 카바레에서 돈을 물 쓰듯 제일 잘 썼다니까요."

"야! 그렇다고 돈을 차용증도 안 쓰고 빌려 주다니 그게 말이 된다고 생각하나?"

형사로 보이는 남자가 가소롭다는 듯이 말했다.

"아무리 그래도 그렇지 여자를 왜 패나 패길, 넌 상해죄에 걸린 거야, 알았어?"

형사가 말하자 남자가 분하다는 듯 말했다.

"글쎄, 저 여자가 먼저 내 바지를 물고 늘어지면서 이렇게 이렇게 했다니까요."

남자가 자기의 주먹을 사타구니를 향해 쳐들어 보였다. 이야기를 들어보니 남자와 아내는 카바레에서 만난 그렇고 그런 사이 같았다. 서로 돈을 뜯어낼 목적으로 만났는데 서로 물렸다는 주장이었다. 기가 막혔다. 그는 자신의 처지도 잊은 채 벽력같이 소리를 질렀다.

"야! 망할 연놈들아! 그러게 누가 돈을 꿔주고 빌려주고 하랬어?"

그가 대뜸 욕설부터 퍼붓자 남자와 아내는 그제야 그의 존재를 눈치 챈 듯 멍하니 바라보았다.

"그런데 도대체 저는 왜 부르신 겁니까?"

그러자 형사가 그를 바라보며 물었다.

"예, 우선 누구의 이야기가 맞는 건지 확인도 필요하고, 아드님이 학교에서 패싸움을 하고 사라진 모양입니다."

"예? 패싸움을요? 사라져요? 누가요?"

그가 놀라서 거듭 묻자 아내도 그제야 정신이 든 모양이었다.

"우리 아들이 패싸움을 하고 사라졌다니, 그게 무슨 말씀이시죠?"

"이제야 정신이 드냐? 이 정신 나간 화냥년아."

그가 아내를 향해 종주먹을 들이대자 아내가 말했다.

"내가 화냥년이면 넌 뭔데? 이 나쁜 놈아."

아내가 지지 않고 말대꾸를 했다.

"이 양반들 여기서도 쌈박질이네. 자, 그건 그렇고 아들이 갈만한 데가 어딥니까? 저쪽에서도 찾고 하니 서로 좋게들 타협하는 게 낫지 않습니까?"

"저쪽이라뇨?"

"아! 댁의 아들이 때려서 상처 입힌 피해자 학생 말입니다, 지금 병원서 진단서 끊어 가지고 온다고 하지 않았습니까?"

갈수록 태산이었다. 살다가 이런 일은 처음이었다. 그는 오직 자기 한 몸만 위하고 살았기에 이런 일이 발생하리라곤 꿈에도 생각지 못했다. 죄악을 행하는 데는 담대하고 머리가 잘 돌아가더니 막상 여러 가지 일이 한꺼번에 닥치자 머리가 복잡해지기 시작했다. 더구나 아내의 불륜의 현장과 아들이 패싸움이라니, 피해 학생의 부모에게 위자료까지 물어주어야 하다니 엎친 데 덮친 격이었다.

도대체 어디서부터 일을 시작하고 끝맺음을 해야 할지 난감했다. 머릿속에서 불길 같은 것이 치솟는 것 같았다. 그런데도 아내의 태도는 너무도 태평했다. 마치 남의 집 불구경 하듯 관심조차 없었다. 저 여자가 돌아도 단단히 돌았구나. 한 순간이나마 아내를 불쌍하게 생각하고 자책했던 자신에 대해 분노가 치밀었다. 그는 아내가 들으라는 듯 말했다.

"지금 집이 경매에 붙여져 언제 넘어갈지 모르고 위자료 해 줄 능력이 없으니 감옥에 가두든지 마음대로 하쇼."

형사가 어이가 없는지 멍한 표정으로 물었다.

"이봐 당신들, 당신들 부모 맞아?"

형사가 이번에는 아내를 향해 말했다. 아내는 남자와 핏대를 올리며 싸우다 실성한 목소리로 말했다.

"지금 무슨 소리하는 거예요?"

"지금 당신 아들이 학교에서 패싸움해서 철창신세 지게 되었다구, 알겠어?"

"우리 아들이라구요? 아들."

아내는 잠시 정신이 드는 듯했으나 이내 정신 나간 소리를 했다.

"그건요, 저 사람 보고 해결하라 하세요, 저 사람이 애비되는 작자니까요. 사실 저 인간은 애비 될 자격도 없어요, 맨날 술만 처먹고 도박이나 하고 처자식 두들겨 패기나 하고, 그러니까 아들이 미쳐서 패싸움한 거라구요."

"그러는 너는 안 미쳐서 카바레 가서 놈팽이랑 붙어 먹냐? 이 정신 나간 년아."

"피장파장 막가파가 따로 없군."

곁에서 지켜보던 또 다른 형사가 말했다.

그때였다. 그의 핸드폰에서 신호음이 울렸다. 시경(市警)에서의 출두 전화였다. 재작년에 국제 마약단 사건에 억류되었을 때 사건을 담당했던 형사였다. 그가 또 무슨 볼일이 있다고 전화를 한 걸까. 생각해 보니 그 때 그 사건이 미제로 끝나 언제나 마음이 조마조마했었다.

"또 무슨 일 때문에 그러십니까?"

"별건 아니고 몇 가지 물어볼 게 있으니까 그때 조사 받았던 곳으로 오십시오."

또. 짜증이 울컥 일었다. 그러면서 불안이 태풍처럼 머릿속에 휘몰아쳤다. 사건의 단서를 잡기 위해 끈질기게 질문을 유도하던 담당 형사가 생각났다. 단지 회원이었다는 이유 하나만으로 너무나 큰 곤욕을 치른 것이다.

에이 쌍! 그가 자리에서 일어나자 형사가 물었다.

"아니, 지금 이야기하다 말고 어딜 가요?"

"시경(市警)에요, 에이, 또 귀찮게 되었네."

그는 형사에게 아내를 가리키며 말했다.

"저 여자가 엄마 되는 여자니까 알아서 하쇼."

"이거 완전 콩가루 집안이구만."

형사는 기가 막힌 듯 남자와 아내, 그를 돌아보며 말했다. 온통 흙탕물을 뒤집어 쓴 기분이었다. 자포자기. 막가파, 인생막장, 이판사판 갖가지 불길한 단어들이 떠올랐다. 형사가 한심하다는 표정으로 아내와 그를 돌아보았다.

그는 문을 박차고 나와 시경으로 가기 위해 택시를 집어탔다. 그날 끝내 합의를 못한 아들은 유치장 신세를 지게 되었다. 그리고 다음날 경매에 붙여진 집은 세금과 은행 대출금 상환으로 모두 날아가 버렸다. 일주일 후 정신을 차린 아내가 집으로 돌아왔을 때 그녀는 자식의 가출과 남편의 잠적으로 미치기 일보직전이었다. 결국 악의 종말은 파멸이었다.

시경 입구에 이르렀을 때 그의 입에서 거친 말이 튀어 나왔다.

"야! 이거 유인철, 인생 너무 막 가는 거 아냐?"

그는 조사실이 있는 7층을 누르며 엘리베이터 안에서 탄식했다. 그가 조사실에 이르렀을 때였다. 저쪽에서 걸어오는 사람이 있었다. 김상모?

그 뒤에 또 다른 얼굴도 보였다. 그와 함께 했던 여자였다. 그 뒤에 또 다른 얼굴들이 계속 나타났다. 그들은 모두 조직에 몸담았던 회원들이었다. 이게 도대체 어떻게 된 일이지? 그들은 불안감과 동시에 적대감을 나타냈다. 혹시 네가? 모두 서로를 의심하는 눈치였다. 한때 서로 은근한 동지애로 비밀을 공유했던 그들은 격랑의 파도에 휩쓸리기 시작했다.

국제 마약단 사건의 본말은 이러했다. 얼마 전 시내 모처에서 발생했던 폭력배들의 패권 싸움에 국제적인 마약단이 연루된 사실이 경찰에 포착되었다. 그런데 그 사건에 조직의 회원이었던 김상모가 자신도 모르게 깊숙이 관여돼 있었다. 한때 그의 연인이었던 여자가 옛 애인과 그러니까 김상모의 친구였던 가수와 재결합하면서 마약이 본격적으로 조직에 유입된 사건이 밝혀진 것이었다.

가수였던 친구는 처음에는 대마초를 피웠다가 다시 코카인으로 히로인으로 마지막으로 공포의 백색가루인 히로뽕으로 바꾸었다. 그리고 그것이 회원들에게 알게 모르게 유입돼 중독현상을 일으켰던 것이다.

회원 중의 하나였던 여자가 교통사고로 입원했는데 검사 도중 마약중독 증세가 나타나 수사에 착수한 결과 사건의 본말이 밝혀진 것이었다. 쾌락 중독과 화인 맞은 양심이 빚어낸 극단의 결과였다. 히로뽕이 어떤 경유로 유통되었는지 또 어디로 흘러갔는지 조사하던 중 회원 모두에게 골고루 혜택이 주어졌음이 증명되었다. 그날 시경에 불려온 사람들은 모두 심각한 마약중독 증세를 나타내고 있었다.

수없이 주사바늘이 꽂힌 팔뚝을 손으로 쓸어내리며 환청증세를 보이는 사람도 있었고 핸드폰이 울리지도 않았는데 자꾸만 핸드폰을 열며 강박 증세를 보이는 사람도 있었다. 언제 소문을 들었는지 기자들이 몰려들기 시작했다. 그들은 국제적인 마약단 사건에 어떤 사람들의 명단이 들었는지 알기 위해 머리 터지게 경쟁하고 있었다. 서로 대박을 터뜨리겠다는 욕심에 해괴한 질문을 마구 퍼부으며 범인들의 윤곽을 잡기 위해 애를 썼다.

그 중의 한 기자가 연예인 출신의 남자를 가리키며 말했다.

"당신 말야. 에이즈란 소문이 있던데 맞습니까?"

어디서 들었는지 그는 소문의 근거까지 대며 심각한 표정으로 말했다. 그러자 한쪽 구석에 몰려 있던 여자들이 갑자기 발악을 하며 울부짖었다. 남자들은 모두 한발 뒤로 물러서며 공포심을 나타냈다. 남자가 부정의 뜻으로 고개를 흔들자 기자는 또다시 물었다.

"당신 작년에 커밍아웃 선언한 것 맞잖아요."

그러자 여자들은 일제히 울음을 터뜨렸다. 기자들은 카메라 플래시를 터뜨리며 기사 작성하기에 바빴다.

다음날 일간지 톱기사를 어떤 문구로 장식할까. 고심하는 눈치가 역력했다.

「국제적인 마약단과 연루된 사회 저명인사들. 그들의 현장 취재를 가다」

그들 중 유인철은 직간접으로 피해를 입은 당사자였다. 그는 마약과는 거리가 멀어도 한참 멀었다. 다만 조직의 핵심이었던 여자와 관계를 맺었다가 파편을 맞은 피해자일 뿐이었다. 그는 이미 가정과 경제가 파탄 나 더 이상 망가질 것도 없는 상태에서 최대의 기로에 선 셈이었다. 언젠가 느꼈던 자책감이 정죄감과 더불어 소리도 없이 목울대를 채웠다.

망신살이 뻗친 회원들 중에는 사회 저명인사와 젊은 층도 있었다. 그들은 몰려드는 기자를 향해 두 팔을 내저으며 항의를 했지만 소용없었다. 그러한 그들의 모습은 다음날 일간지에 모두 대서 특필됐다. 기자들은 세기말적 말세 증상이란 표현으로 그들을 매도했다. 그들 중 한 기자는 다음과 같이 표현했다.

「그들은 모두 중독에 빠지고 정신적 감옥에 갇혀 제정신을 잃은 사람들이었다. 죄악의 온상지에서 살다 경건의 기능을 상실하고 자긍하고 교만하다 끝 간 지옥까지 떨어진 자들이었다. 그들은 신을 부정하고 조롱하다 스스로 죄의 결과를 자초한 양심에 화인 맞은 자들이었다. 」
　신의 마지막 사랑까지 외면한 그들은 블랙홀을 빠져나가면서 마지막으로 절규했다. 그들의 귓가에 들려오는 말이 있었다.
　「또한 네가 청년의 정욕을 피하고 주를 깨끗한 마음으로 부르는 자들과 함께 의와 믿음과 사랑과 화평을 좇으라.」

(조선문학 2009년도)

객지의 밤

20년 전 시외버스를 타고 양평에 간 적이 있다.

아마도 밤 아홉 시가 넘었으리라. 버스터미널 뒤로 읍내 거리가 형성돼 있었다. 한쪽으로 개울이 흐르고 좁은 상가 골목도 보였다. 그때만 해도 매우 낙후된 탓인지 밤거리가 그다지 화려하지 못했다. 도심과 달리 번쩍이는 네온도 없었고 차량도 드물었다. 그는 혼자서 상가 건물이 밀집된 거리를 걸어갔다.

작은 점포는 흐릿한 전등불로 간신히 어둠을 면하고 가난한 농촌 정경을 그대로 담아내고 있었다. 멀리 기차가 지날 때마다 그는 점점 흥분되기 시작했다. 한참을 걷다 보니 오른쪽으로 강물이 나타났다. 어둠에 싸인 검은 강물이었다.

강물은 마음마저 검게 물들이는지 느닷없이 욕정이 치솟았다. 군대 있을 때 들은 야담(野談)이 문득 생각났다. 그때는 그것이 유일한 낙이었다. 동료들끼리 자리에 누워 주로 하는 이야기가 사회에서 주워들은 섹스담이었다. 당시 유행어로 EDPS였다.

아직 어린, 이제 갓 스무 살이 넘은 초년병들이 무슨 화려한 과거가 있겠는가마는 그들은 주워들은 이야기에다 거짓말을 잔뜩 묻혀 신나게 노가리를 깠다. 키가 작고 얼굴이 못생겨 별명이 난쟁이인 일등병 정창식이 제일 많이 노가리를 깠다. 행당동에 있는 대학을 다니다 군대에 왔다는 그는 거짓말에 천재였다. 진실 1퍼센트에 거짓말이 99프로일 정도로 거짓말에 명수였다. 못생긴 주제에 웬 여자 이야기는 그리 많은지 거짓말인 줄 알면서도 모두가 그의 이야기에 귀를 기울였다.

그중 대표적인 거짓말이 단 한 번도 여자에게 퇴짜를 맞아 본 일이 없다는 거였다. 못난 주제에 씨도 안 먹힐 거짓말을 하고 있네. 모두 터져 나오는 웃음을 참느라 야단이었다. 동료 중 가장 짓궂은 하상병은 비웃음을 참지 못하고 말했다.

"얌마, 씨도 안 먹힐 거짓말일랑 그만 두고 니 애기 좀 들어보자, 너 여자한테 채인 이야기 말야."

"채이다뇨? 제가 왜요?"

정창식이 놀란 토끼눈으로 물었다. 전혀 의외라는 듯 정창식은 정색을 했다. 그 모습이 우습기도 하고 재미있었다.

"야! 솔직히 니가 말야, 여자들이 좋아하는 그런 스타일은 아니란 걸 너도 알잖아. 그런데 넌 왜 매일 남의 이야기를 니 이야기처럼 꾸며 대냐 말야. 남 애기 말고 니 애기 해봐."

하상병은 아예 정창식을 야코죽이기로 작정한 모양이었다. 그러자 여기저기서 이구동성으로 야유가 터져 나왔다.

"야! 그래 임마 남 애기 말고 니 애기 해봐, 너 여자한테 채인 애기 말야, 아마 모르긴 해도 엄청나게 많이 채였을 거다."

그러자 정창식은 아예 입을 다물고 말았다. 자존심이 엄청 상한 모양이었다. 한참 고개를 숙이고 있던 녀석이 이번에는 어렵사리 여동생 이야기를 시작했다.

"제 여동생이 말이죠, 기막힌 미인이란 말이죠. 올해 이화여대 입학했는데 고등학교 다닐 때부터 남학생들이 줄을 잇는데……."

말이 끝나기도 전에 야유가 먼저 터져 나왔다.

"야! 너 거짓말 당장 집어 치워."

"아예 소설을 써라 소설을 써."

"니 말이 사실이면 다음번에 면회 올 때 나 소개시켜 주라."

"야! 너 닮았으면 미인은커녕 옥돌매 메주일 게 뻔하다."

“설마 너랑 붕어빵 아니겠지, 그렇담 안 봐도 뻔하다.”

그러자 녀석은 부인도 시인도 않은 채 밖으로 나가더니 다시 들어오지 않았다. 엄청 자존심이 상한 모양이었다. 짜식 그렇게 거짓말을 해도 적당히 해야지, 못난 주제에. 모두 그의 등 뒤에 대고 실컷 야유를 퍼부었다. 바로 그때였다. 어디선가 펄럭하고 뛰어 내리는 소리가 들려왔다.

양평의 밤거리는 어딘지 을씨년스럽고 무서웠다. 골목 구석 어디엔가 간첩이 숨어 있다가 튀어 나와서는 총을 쏘고 달아날 것 같은 위기감이 팽배했다. 하긴 읍내에서 조금 떨어진 곳에 특공대 훈련본부가 있어 그럴 염려는 적었지만. 그는 군에 있을 때의 추억을 떠올리며 불빛이 환한 술집으로 들어섰다.

이런 날은 소주 한잔에다 삼겹살이 제격이다. 기분도 쓸쓸하고 객기도 발동했다. 입구에 들어서자 삼겹살 굽는 냄새가 코를 찔렀다. 연기가 채 빠져나가지 않아 자욱했다. 자리에 앉자마자 그는 소주부터 시켰다. 주문을 받으러 온 종업원이 물었다.

“일행은 따로 있으신가요?”

모두 가족 단위로 와서 먹는데 웬 젊은 남자가 혼자 와서 술부터 시키니까 이해가 가지 않는 모양이었다. 아마 일행이 따로 있겠지 생각하는 눈치였다.

“여기 삼겹살 말고 다른 것 없소?”

“뭐 식사 종류 말씀이신가요.”

“뭐 아무거나.”

그는 마침 출출했기에 된장찌개를 주문해 마구 퍼먹었다. 몹시도 배가 고팠다. 생각해 보니 아침을 먹은 이후로 여적 굶은 상태였다. 상추쌈에다 밥을 얹어 입으로 가져가는데 옆에서 왁자하니 웃음소리가 들렸다. 술에 취한 남자가 술을 따른다는 게 옆 사람의 손등 위에 붓고 만 것이다.

그들은 수저통을 흔들며 거친 몸짓으로 춤을 추다 옆 사람의 발을 밟기도 했다. 옆 좌석에 앉은 사람들이 눈살을 찌푸려도 아랑곳하지 않았다. 마치 미치기로 작정한 사람들 같았다. 중년의 마지막 발악을 보는 것 같아 그는 마음이 몹시 언짢았다. 마지막 남은 반찬 한 가지를 입에 넣고는 밖으로 나왔다.

찻길 옆에 채마밭이 보였다. 그 위로 그림 같은 밤 풍경이 펼쳐지고 있었다. 강물 위로 유람선이 떠 있었다. 당시 유행하던 락음악이 폭풍처럼 들렸다. 주변에 밤낚시를 하는 사람들도 있었다. 야참을 팔러 나온 장사꾼과 즉석에서 음식을 만들어 파는 노상 음식점도 있었다. 불륜으로 보이는 커플들이 자동차에서 내리며 주변을 살피는 모습도 보였다. 그들은 정신없이 사방을 둘러보며 모텔 건물로 들어섰다.

마음은 항상 가을이다.

찬바람이 빈 가슴을 헐어내는, 구름 아래 햇빛이 프리즘 현상을 일으키는 가을은 항상 나그네다. 그는 나그네 된 심정으로 여기 저기 떠돌아다니는 것을 좋아했다. 그의 주머니는 언제나 넉넉했고 마음은 넘치는 자유와 시간에 개방된 상태였다.

남에게 피해 주지 않는 한도 내에서 그는 영원한 배가본드를 꿈꾸었다. 아버지는 국내 굴지의 유력한 수출업체를 경영하고 있었다. 그의 형제들은 아버지의 사업을 이어받기 위해 유학을 끝내고 돌아온 뒤부터 아예 회사에 처박혀 지냈다.

큰형과 작은형은 이미 아버지 회사에서 요직을 차지하고 있었다. 재물은 늘 넉넉했고 가족 분위기는 화기애애했다. 특히 그의 집안은 다른 돈 많은 가문과 달리 의(誼)가 좋았다. 집안에 대소사가 있을 때에도 큰소리 한번 나지 않았다. 물론 재산 다툼 같은 일은 전혀 없었다. 모두가 신사적이고 인격자였고 특히 아랫사람에 대해서는 더없이 너그럽고 인자했다.

더구나 그의 큰형은 막내 동생을 끔찍이도 사랑했다. 열 살 터울이 지는지라 늘 어린아이에게 하듯 했다. 일을 하다가도 동생에게 신경을 쓸 만큼 항상 동생에 대해 마음이 열려 있었다. 그래서 그는 큰형의 그늘 아래 항상 여유롭게 생활했다.

"널랑은 나처럼 얽매여 살지 말고 니 맘껏 살아봐라. 그러다 싫증나면 언제든 돌아와라. 니 자리는 항상 마련돼 있으니까."

형은 그에게 군대 가는 것조차 말리려 했다. 그러나 그는 대한민국 남아로서 군대만큼은 꼭 가야 한다고 우겨 기어코 국방의 의무를 다했다. 그 일을 두고 그의 부친은 정관계 인사를 만날 때마다 입에 침이 마르게 칭찬했다. 군 제대 후 그는 복학을 했고 대학을 졸업하자마자 방황이 시작됐다. 무의미와 허무가 가슴에 몰아닥치면서 모든 게 시들해졌다.

한번 시작된 그의 방황은 멈출 줄 모르고 계속됐다. 나이 삼십이 넘어설 때까지도 그는 혼자서 떠돌아 다녔다. 가족들은 그에 대해 별반 말이 없었다. 저러다 말겠지 싶은 모양이었다. 그의 방황은 처음에는 만족을 추구하는 데서 비롯됐다. 무의미와 허무를 벗어나기 위한 최후의 방책은 인생의 참된 의미와 만족을 아는 것이었다. 목숨 걸고 매달리기 위한 명분과 그에 합당한 일이 필요했다. 세상에는 분명 그와 같은 일이 있을 것이다. 죽어도 후회 않을 그런 일들이.

그렇게 시작된 그의 방황은 해가 가도 멈추지 않았다. 처음에는 방관 자세를 취하던 가족들도 시간이 흐르자 달라지기 시작했다. 그의 방황이 예사롭게 여겨지지 않게 된 것이다. 시간이 지나면 좀 나아지겠지 싶었는데 달라지는 게 없었다. 방황하는 동안 그는 끊임없이 독서에 몰두했다.

지방의 유명한 산사(山寺)에 머물면서부터는 두꺼운 불교철학에 관통할 만큼 몰두했고 산사를 내려와서는 지방 유지를 찾아다니며 고서(古

書)에 집착했다. 원래 두뇌가 명민했던 그는 박식하여 하나를 알면 열을 꿰뚫을 만큼 많은 지식을 쌓아갔다.

그야말로 각종 방면에 대해 논문 수십 권을 써낼 만큼 지식의 명사(名師)가 되어 갔다. 그러나 가족들은 그것에 대해 별로 탐탁지 않게 여겼다. 전문적인 지식을 쌓아 교수가 되지 않을 바에야 그런 것들은 재물과 하등 관련이 없다는 이유에서였다. 더구나 연로한 그의 어머니는 큰형을 부추겨 막내아들을 집안에 들어앉히고 싶어 했다.

"어린 나이도 아니고 이제 그만하면 됐다. 이젠 안정돼서 가정도 꾸리고 형들과 함께 가업을 착실히 물려받아야 할 것 아니냐."

그러나 그는 듣지 않았다. 그렇게 떠돌아다니는 동안 그의 현금 카드는 늘 빼곡히 차 있었고 덕분에 그는 지치지도 않고 지방의 여러 소도시를 다녔다. 그러는 동안 그는 자신이 알지 못하는 많은 인생문제를 보게 되었다. 환경 재앙으로 인한 농어민의 극심한 피해현황을 보았고 개발이라는 명목으로 마구 죽어 가는 산천초목을 보았다.

강자에 의해 엄청난 피해를 당하는 약자의 설움도 보았다. 한 가지 공통적 것은 청년 백수가 가는 곳마다 넘쳐난다는 사실이었다. 그것은 나라의 정책으로도 그 어떤 개인의 노력으로도 해결 안 되는 중차대한 문제였다.

취직 못한 젊은이들은, 모두가 컴퓨터로 해결되는 세상 앞에 절망했고 미래에 대해 극심한 공포를 나타냈다. 그뿐만이 아니었다. 하루아침에 직장에서 쫓겨나 아내에게 이혼 요구를 당하는 가장도 있었다. 절망에 빠진 사람들은 술에 몸과 마음을 맡기고 저승길로 가는 열차에 합류하고 있었다. 그런가 하면 예술이라는 미명 아래 방종과 쾌락 속에 정신을 맡기고 살아가는 사람들도 있었다.

우스운 건 대중예술이 순수예술을 압도하고 순수가 대중에게 이용당하고 있다는 사실이었다. 예를 들자면 발레를 전공한 무용가가 밤무대

댄서로 변신하는가 하면 소설가가 포르노에 가까운 연애소설에 목을 매는 것이었다. 성악가 지망생이 대중 가수로 변신하는 건 그래도 나았다. 색소폰을 불면서 여자들을 유혹하는 치들도 부지기수로 많았다.

그런가 하면 유적지를 관광명소로 개발해 놓고 간단하게 이익을 챙기는 치들도 있었다. 지방자치제도로 말미암은 폐해도 적지 않았다. 겉으로는 풍요가 꽉 들어차 보여도 안에는 빈궁(貧窮)이 도적처럼 들어앉아 애끓게 하는 가정도 수두룩했다.

그러나 어쨌든 신(神)의 은총으로 모두 죽지 않고 살아가고 있었다. 정말 기적 같은 사실이 아닐 수 없었다. 양평의 물가에서 밤을 새운 그는 다음날 일찍 시외버스에 올랐다. 입안이 까칠했다. 낚시꾼들 옆에서 밤을 샌 탓인지 피곤과 함께 갈증이 몰려왔다.

머리를 창에 기대는 순간 그의 눈에 전광석화처럼 빛이 들어왔다. 얼굴이 해맑고 조각 같은 몸매를 한 여자애가 그를 바라보고 웃고 있었다. 어깨까지 치렁한 머리칼을 한 여자애는 스물다섯쯤 되어 보였다. 손에 악기가 든 검정색 케이스를 들고 있었다. 언뜻 보아 음악도 같았다. 바이올린으로 보이는 검은색 케이스는 재색(財色)이란 단어를 떠올리게 했다.

그녀는 그 바이올린을 들고서 드라마의 여주인공처럼 서 있었다. 잠시 후, 그녀는 창가에 있는 자리에 가 앉았다. 알고 보니 그녀는 자신을 바라본 게 아니라 그가 앉아 있는 광고 표지판을 보고 있었다. 머쓱해진 그는 시선을 창밖으로 돌렸다. 돌 사이를 비집고 흐르는 시냇물이 보였다.

언젠가 옛 선비가 머물렀을 정자나무도 보였다. 토담집도 보였다. 불에 그슬린 아궁이도 눈에 들어왔다. 울창한 녹음이 꽃향기와 함께 시골 동리에 내려와 있었다. 보랏빛 꽃 잔디가 산등성이에 피어 있었다. 그는 앞자리에 앉은 여자애의 뒤통수를 바라보다 깜빡 잠이 들었다. 잠시 귓가에 물소리가 들렸던 것 같다. 환청이었을까. 갓난아기의 울음소리도 들렸던 것 같다. 잠에서 깨어 눈을 떠보니 버스가 물가를 지나고 있었다.

세월 앞에 장사 없다. 갑자기 우스개 농담이 생각났다.

머리 좋은 년이 얼굴 예쁜 년 못 당하고, 얼굴 예쁜 년이 서방 잘 둔 년 못 당하고, 서방 잘 둔 년이 자식 잘 둔 년 못 당한다. 또 자식 잘 둔 년이 돈 많은 년 못 당하고, 돈 많은 년이 건강한 년 못 당하고, 건강한 년이 세월 못 당한다. 그는 언젠가 들었던 농담을 생각하며 앞자리를 보았다. 없었다. 언제 내렸는지 치렁한 머리칼을 한 여자애가 보이지 않았다. 그는 아쉬운 듯 속으로 혀를 찼다. 어디선가 힘찬 군가 소리가 들려왔다.

'사나이로 태어나서 할 일도 많다만 너와 나 나라 지키는 영광에 살았다. 전투와 전투 속에 맺어진 전우야, 산봉우리에 해 뜨고 해가 질 때에 부모 형제 나를 믿고 단잠을 이룬다.'

차창 밖으로 녹색 삼림과 푸른 강물이 교대로 지나갔다. 이따금 눈에 쌓인 산야도 지나갔다. 장맛비에 불어터진 논밭과 범람한 흙탕물도 지나갔다. 눈을 찌를 만큼 화려한 가을 단풍도 지나갔다. 황량한 봄날의 거친 흙먼지 날리는 벌판도 지나갔다. 그렇게 객지의 밤이 수없이 지나갔다.

그 사이 그의 머리는 세상적인 지식과 허무가 더 두껍게 쌓여갔고 마침내 20년이란 세월이 흘러가고 말았다. 그런데 어느 날 복병이 들이닥쳤다. 가업을 물려받아 날로 번창일로를 걷던 큰형의 사업체가 부도를 만나는 사태가 발생한 것이다.

십여 년 전 만난 IMF가 그 주범이었다. 그때 외환위기의 직격탄을 맞고 주저앉았다가 간신히 기사회생하는 줄 알았는데 또다시 쓰러지고 만 것이다. 작은형이 운영하던 사업체도 도미노의 영향으로 그대로 쓰러지고 말았다. 그 충격으로 그의 부친은 뇌경색이 와 식물인간이 되었고 어머니 역시 심장병으로 운명을 달리하고 말았다.

처음 겪어 보는 시련 앞에 가족은 모두 맥없이 쓰러지고 만 것이다. 다만 그 중 조금 나은 큰형은 처가의 도움으로 간신히 재기에 몸부림치고 있었다.

그의 나이도 어느덧 40대 중반이 되어 있었다.

어느 봄날, 그의 핸드폰에 문자메시지가 도착했다.

「어서 돌아오라, 큰형과 아버지가 위급하시다」

그는 정신없이 달려갔다. 이제까지 나태의 그물 속에 갇혀 지내던 정신이 와장창 부서지는 소리가 났다. 그때 그는 바닷가 횟집에서 낮술을 마시고 있었다. 갓 잡아 올린 돔어 회를 안주로 소주를 마시는데 갑자기 문자 메시지가 도착한 것이다. 처음에는 내용이 이해가 되지 않아 몇 번이고 반복해 읽었다.

그 의미는 이제까지 그가 누려오던 모든 안전의 근거가 사라졌다는 것이었다. 그건 그가 세상에 태어나 처음으로 겪는 몰락이었다. 그 위기감이 뼛속으로 전해져 오면서 엄청나게 당황하기 시작했다.

횟집에서 나와 읍내에 있는 고속버스터미널로 달려가는데 그는 심장마비로 죽을 것 같은 위기감에 사로잡혔다. 하늘이 캄캄하다느니 땅이 꺼지는 것 같다느니 하는 말이 무슨 뜻인지 처음으로 느껴졌다. 버스가 중간에 휴게소에 들를 때마다 그는 화장실에 가 용변을 봤다. 술기운이 가신 것은 물론 입안이 바짝 바짝 타는 데도 전혀 물 한모금 삼킬 수 없었다. 생각해 보니 그동안의 방황은 그만이 누릴 수 있었던 지나친 감정의 호사요 예정된 몰락이었다. 세월을 방종에 묶어 놓고 받은 형벌이나 마찬가지였다.

참된 의미와 만족을 추구하기 위해 방황했다는 건 순전히 자신이 꾸며댄 거짓말 같았다. 그동안 후회가 없었다면 물론 그것도 거짓말일 것이다. 그러나 그는 거듭되는 방황을 멈출 수가 없었다. 자신도 알 수 없는 조급증과 불안이 내부에서 끊임없이 부채질했기 때문이다.

환락과 방종, 무의미와 허무에 세월이 젊음이 광선처럼 지나가 버리고 말았다. 휴게소처럼 중간 중간 쉬어가던 적도 있었다. 그러나 아주 잠시뿐이었다. 종착점도 없이 달려가던 인생길에 브레이크가 걸리고 만 그는 서울에 도착하자마자 극심한 불안감에 휩싸였다.

그건 방황할 때 느끼던 불안보다 더 크고 강력했다. 집으로 돌아가는 택시에 오르면서 그는 수전증 환자처럼 손이 부들부들 떨렸다. 대문 앞에 이르렀을 때 벌써 호곡이 시작되고 있었다. 가족과 일가친척들은 한꺼번에 일어난 줄초상 앞에 망연자실했다.

그의 큰 형수는 까무러쳤다 깨어나길 반복하다 마침내 응급차에 실려 갔다. 더 기가 막힌 건 장례식을 치르기도 전에 집달리가 들이닥친 것이다. 설상가상이란 말이 꼭 이런 걸 두고 하는 말 같았다. 한쪽 구석에서 멍하니 서 있는 그를 보고 작은형수가 말했다.

"아버님과 큰형님은 돌아가시기 직전까지 서방님 걱정만 했답니다, 왜 이제야 오셨습니까, 모두들 얼마나 기다렸는데요, 보시다시피 상황이 이러니 앞으로는 서방님 도울 길도 없을 것 같습니다."

그 말은 곧 앞으로는 그 어떤 경제적인 도움도 기대하지 말라는 뜻이었다. 그로서는 청천벽력이 아닐 수 없었다. 세상에 태어나 단 한 번도 돈벌이를 해본 일이 없는 그였다. 나이 40대 중반에 이르도록 그는 삶의 방관자요 무능력자였던 것이다.

그는 뼈저린 후회감과 수치심으로 온몸이 굳어버리는 것 같았다. 응급실에 실려 간 큰형수는 링거에 의지해 며칠을 견디다가 간신히 퇴원했다. 그녀가 돌아간 곳은 집이 아니고 친정이었다. 이미 대학생이 된 두 자녀와 함께 친정에서 더부살이를 시작하게 된 것이다. 그나마 다행인 건 친정의 재력이 아직까지 막강하다는 사실이었다.

집달리가 닥친 집은 곧 경매에 붙여졌고 그는 트렁크에 간단한 짐을 꾸려 밖으로 나왔다. 작은형이 다가오더니 말했다.

"그동안 가족 덕분으로 걱정 없이 산 것만으로 감사하게 생각해라. 너도 보다시피 이젠 더 이상 일어설 기력도 없구나, 앞으로 네 인생 스스로 개척해라, 강해져야 한다, 그 길만이 살길이다. 더 이상 형제들 괴롭히지 마라."

그 마지막 말 한 마디가 가슴에 칼끝처럼 와 닿았다.

더 이상 형제들 괴롭히지 마라.

그는 형의 얼굴을 물끄러미 쳐다보다 돌아서 걷기 시작했다. 느닷없이 막연하다는 단어가 떠올랐다. 시간이 홍수처럼 가슴속으로 몰려왔다. 발걸음 내딛는 곳마다 차이는 게 시간이었다. 어떡하든 살아야 한다. 그는 동네 버스정류장을 지나쳐 고가도로 밑, 개천으로 나갔다. 말이 개천이지 일 년 내내 장마 때 말고는 바짝 말라 있는 맨 땅이었다.

바닥이 모래로 뒤덮여 있었다. 주변에 잡풀이 자라 바람결에 흔들렸다. 둑막이로 쌓아놓은 암석 사이로 버드나무가 뿌리를 내리고 온몸을 바람에 내맡기고 있었다. 자세히 보니 돌 사이에 쑥도 자라나 있었다. 그것도 한두 뿌리가 아닌 무더기로.

민들레, 엉겅퀴도 어지럽게 떼를 지어 피어 있었다. 어디서 물을 뿜어 올려 꽃을 피웠을까. 민들레 노란 꽃잎이 돌 틈에서 싱싱한 자태를 뽐내고 있었다. 아예 군건한 바위 위에 뿌리를 내리고 가지를 뻗은 나무도 있었다. 자연의 끈질긴 생명력은 그의 의식에 많은 도전을 불러 일으켰다.

이제껏 취생몽사하면서 살아온 자신의 삶이 부끄러웠다. 저런 잡풀마저도 자신의 생명력을 보존하기 위해 애쓰는데 그는 세월을 낭비하며 살았던 것이다. 그동안 머릿속에 쌓아 두었던 지식마저 무용지물처럼 여겨졌다.

돈벌이가 되지 않는 지식이라면 그게 다 무슨 소용이 있단 말인가.

가족들이 보내주는 돈으로 온갖 정신적 풍요를 누리며 살아온 자신이 진정 부끄럽게 여겨졌다. 그동안 여행하면서 보았던 많은 실업의 문제와, 특히 청년 백수의 문제가 비로소 피부에 와 닿았다. 그가 그들의 고통에 귀 기울였을 때 제일 많이 들었던 소리가 '포장마차나 해 볼까.'였다. 불현듯 그 말이 떠올랐다. 그는 개천에서 올라와 가까운 포장마차 안으로 들어갔다. 아직 낮 시간이라 안은 텅 비어 있었다. 40대 후반으로 보이는 남자가 앞치마를 두른 채 말했다.

"어서 오십시오, 뭘로 해 드릴까요."

그는 술을 시키려다가 잠시 망설였다. 술을 마시기엔 아직 이른 시간이었다. 그렇다고 배가 고픈 것도 아니었다.

"우동 한 그릇이오."

"예, 곧 해드리겠습니다."

남자는 돌아서더니 면발을 구멍 뚫린 국자에 넣고 휘휘 젓기 시작했다. 그런 다음 흰 플라스틱 대접에 팍 엎었다. 그 위에다 고춧가루와 파, 유부. 양념을 끼얹고는 뜨거운 국물을 부었다. 간단했다. 김이 무럭무럭 나는 우동 그릇을 앞에 두고서 그는 잠시 고개를 숙였다. 마치 그 자세가 기도하는 모습 같았다.

"교회 나가시나 보죠?"

"네?"

그는 의외의 물음에 잠시 당황했다.

"식사 기도하시는 것처럼 보여서요."

그러고 보니 먹는 것도 신의 은총이었다.

"장사는 잘 되십니까?"

"웬걸요, 옛날 같지 않습니다."

"다들 그렇게 말하더군요. 전에는 무슨 일을 하셨습니까."

그는 실례라는 걸 무릅쓰고 물었다.

"회사 다니다 명퇴 당했습니다."

"저런, 하긴 그런 사람이 어디 한두 사람입니까."

"그러는 댁은요?"

그는 댁이라는 단어가 어색했지만 다음 말에 집중하지 않을 수 없었다.

"보아 하니 지금 이 시간에 여길 오신 걸 보면 평범한 분 같지는 않습니다."

"저도…… 이 포장마차 하나 하는데 얼마나 들까요?"

"여기 오시는 많은 분들이 그런 질문을 하시더군요."

주인이 투명한 유리잔에 소주를 따라 그에게 건넸다. 그리고 자신도 한잔 따라서 마셨다.

"인생사 다 새옹지마 아닙니까. 길을 찾다 보면 다 찾아지는 겁니다. 저요 이 포장마차 하나 하는데 얼마나 오래 걸린 줄 아십니까, 우습게 보여도 이 포장마차 말입니다."

그가 막 운을 떼려는 순간 한 떼의 무리가 들이닥쳤다. 인근에서 놀던 청소년들이었다. 아직 솜털이 보송보송한 것들이 옆에 여자 아이들을 끼고 있었다. 게다가 손에는 담배까지 물고 있었다. 그들은 한손으로는 담배를 또 한 손으로는 여자의 허리를 감아쥐고 나서 입에서는 연신 쌍욕을 했다. 그러다 주인 남자와 눈이 마주치자 거만한 눈짓으로 말했다.

"여기 쐬주 댓 병 하고요. 안주, 안주는 뭐가 좋을까."

동년배들에게 묻자 역시 여자아이 허리를 끼고 앉아 있던 키 작은 사내 녀석이 침방울을 퉁겨가며 말했다.

"야! 아무거나 시켜, 빨리 마시고 취할 수 있는 걸로."

녀석은 안주를 술이라는 말로 착각한 모양이었다.

"야! 씨팔새꺄, 술 말고 안주 말야, 안주."

얼굴이 새까만 또 다른 동년배가 신경질적인 말투로 말했다.

"글쎄 아무거나 시키라니까, 음 그러니까 꼼장어, 꼼장어 어때?"

"꼭 저 같은 걸로만 시켜요."

그들은 누구랄 것도 없이 술을 잔에 따르더니 부어라 마셔라했다. 어떤 남자 녀석은 여자애의 가슴에 손을 집어넣기도 했다. 그런가 하면 허벅지를 더듬는 녀석도 있었다. 아직 마빡에 피도 안 마른 녀석들이…… 그는 자리를 박차고 일어났다.

"야! 녀석들아. 니들 도대체 몇 살이야?"

그러자 놀란 주인 남자가 그의 입을 막았다.

"당신 죽으려고 환장했소? 저 녀석들이 어떤 녀석들인 줄 알고."

"뭐야! 씨팔 아저씨가 도대체 뭔데 잔소리야."

팔뚝을 걷어붙인 녀석은 이미 얼굴이 술에 취해 발그레했다. 주먹을 쥐어 보이는데 깨진 병 조각을 들고 있었다. 눈빛마저 붉어 꼭 마귀 형상 같았다. 녀석에 이어 다른 녀석들도 일어섰다. 함께 있던 여자애들도 자리를 박차고 일어섰다.

"아찌, 술을 마시려면 곱게 마실 일이지 나이는 왜 묻는 건데?"

그중 한 녀석이 턱을 그의 얼굴 가까이 대며 말했다. 녀석은 시비를 붙자고 아예 작정한 것 같았다.

"쪼그만 녀석들이 겁대가리 없이, 내가 누군 줄 알고 까불어?"

그는 한껏 우악스런 태도로 말했다. 그러나 자신이 들어도 풀죽은 목소리였다.

"누구? 누군데? 대통령 아들이라고 되나."

한 녀석이 깨진 병조각을 그의 머리 위에 세우고 당장 내리칠 기세로 말했다. 잘못 걸렸구나. 그는 속으로 뜨끔했다. 잘못 대들었다간 피투성이가 될 판이었다.

"아찌, 재수 없게 여기서 얼쩡대지 말고 썩 꺼져 알겠어."

턱 가까이 대고 떠들던 녀석이 느닷없이 그의 멱살을 쥐더니 밖으로 나갔다. 나머지 녀석들도 따라 나왔다. 그들 중 한 녀석이 그의 가슴팍을 향해 발길질을 날렸다. 퍽! 소리가 나면서 그는 뒤로 나뒹굴어졌다. 이어 다른 녀석들도 합세에 쓰러진 그의 몸뚱이에 대고 발길질을 했다.

하는 짓이 청소년 갱단 같았다. 어린 녀석들에게 한참 당하고 난 그는 서러움이 목구멍에서 올라왔다. 세상에 태어나 그런 수모는 처음이었다. 그렇게 더럽게 비참한 기분도 처음이었다. 그것도 어린 녀석들에게. 몰락, 그건 완전한 몰락이었다.

그는 녀석들이 사라지고 난 길바닥 위에 누워 꺼이꺼이 울었다. 생각해 보니 그렇게 울기도 처음이었다. 설움이 목구멍을 타고 끊임없이 올라왔다. 울다 보니 부끄러운 생각이 들었다. 그는 자리를 털고 일어나 버스 정류장을 향해 비칠비칠 걸어갔다. 고가도로 밑 횡단보도를 힘들게 걸어가는 장애인이 보였다. 심하게 뒤틀어진 다리로 걸어가는데 여간 불안한 게 아니었다. 등에는 무거워 보이는 검은 가방이 들려져 있었다.

장애인은 버스정류장 앞에 이르러 간이 의자에 앉았다. 힘들게 걸어오느라 땀이 흐르는 모양이었다. 이마에 땀이 송글송글 맺혔다. 주머니를 뒤적거리더니 담배를 꺼내 불을 붙였다. 연신 담배 연기를 뿜어 올리는 그의 눈빛에 광기가 출렁였다. 거친 숨을 몰아쉬더니 괴성이 터져 나왔다. 처음에는 그게 무슨 소린가 했다. 입 꼬리가 올라가고 표정이 사납게 일그러진 걸로 보아 좋은 말은 아닌 것 같았다. 그는 자세히 귀를 기울여 보았다.

세상에……. 그건 자신과 세상을 향한 저주였다. 비웃음과 원망과 탄식이 뒤섞인 악마의 소리였다. 또한 분노와 상처가 결집돼 만든 분화구였다. 그는 순간적으로 엄청난 두려움에 휩싸였다. 두려움에 싸인 그는 맨 먼저 도착한 버스를 향해 정신없이 뛰어 올랐다. 버스는 도심의 야경을 뚫고 어디론가 한없이 달려갔다. 중간에 승객들을 태우기도 하고 내리기도 하면서 사람들을 목적지로 데려다 주었다.

그는 또다시 여행을 했다. 이제까지는 삶의 의미를 찾기 위한 배부른 투정 같은 것이었다면 지금은 그야말로 생존을 위한 것이었다. 취직하기에는 너무 나이가 많았고 창업을 하기 위해서는 경험도 자금도 없었다. 그래도 처음에는 어느 정도 자신감도 있었고 뭔가 시작만 하면 될 것 같다는 긍정적인 느낌도 있었는데 갈수록 자신감이 없어졌다. 점차 낙심이 밀려오면서 자포자기가 되었다. 정말이지 이대로 가다간 노숙자 되는 것도 시간문제일 것 같았다.

생애 처음 열등감이 몰려오면서 그는 무능감에 휩싸였다. 막말로 노동을 하자니 몸과 자존심이 허락지 않았고 장사를 하자니 그 역시 여건이 따라주지 않았다. 평생을 남에게 자존심 상하거나 손 한번 내밀어 본 적이 없는 그였다. 스스로 자책감이 들었다. 아! 그러고 보니 내가 인생을 그야말로 무의미하게 살았구나. 살면서 나쁜 경험도 더러 했어야 하는데 대접받고 편하게만 살다 보니 위기 대처 능력이 전혀 생기지 않았던 거구나.

갑자기 정창식이 떠올랐다. 군에 있을 때 그의 형편없는 외모를 두고 비아냥과 놀림감을 삼던……. 그날 밤 자살 쇼를 벌이느라 모두의 밤잠을 설치게 하던 기억이 났다. 녀석은 그날 온갖 수모를 다 당한 뒤 부대 뒷산에 있는 높은 바위에서 뛰어 내렸다.

뛰어내려 봤자였다. 기껏해야 찰과상이나 입고 말 높이였다. 녀석이 뛰어 내린 건 순전히 쇼였다. 더 이상 자기에게 모욕적인 언사는 삼가달라는 일종의 시위였다. 그 사건 때문에 녀석은 더 혼쭐나고 왕따 신세가 되었다.

그 사건으로 막사 안에 있던 부대원들은 y담 이야기 듣는 것을 포기해야 했다. 녀석이 입을 굳게 닫아버렸기 때문이다. 후에 들은 이야기지만 녀석은 전역한 후, 복학하는 것을 포기하고 신학교에 들어갔다고 한다. 아무래도 제 외모나 실력으로는 취직하기가 불가능하다고 판단했는지 모른다. 그렇다고 신앙심도 없는 녀석이 신학교라니, 자다가도 웃을 일이었다. 만일 그 소문이 사실이라면 그 신학교는 사이비 집단이거나 정신병자들이 모인 괴 집단일 것이다.

y담이나 지껄이고 순 노가리만 까는 녀석을 받아 줄 신학교라면 그게 어디 신학교란 말인가. 어떻게 그런 녀석을 장차 목사가 될지도 모를 신학교에 입학시킬 수가 있단 말인가. 그때 그는 정창식의 앞날을 심각하게 고민하며 내린 결론 끝에 말했다.

녀석은 신앙을 자기 도피처로 삼은 게야. 아님 신앙을 핑계로 여자를 꾀기 위한 계획이던가.

또다시 군에서의 기억이 떠올랐다. 군가를 부르며 행군할 때였다. 다리가 유난히 짧은 정창식은 행군할 때마다 곤욕을 치렀다. 낑낑대며 죽을힘을 다해 따라 하느라 그는 혼쭐났다. 그때 그는 얼마나 속으로 비웃었던가. 아무리 작은 고추가 맵다지만 저건 아니지. 못난 주제에. 유격훈련은 물론이고 산악훈련에서도 정창식은 꼴찌를 면치 못했다. 키도 작고 몸집이 작아 힘이 드는 건 당연했다. 그래도 정창식은 끈질긴 오기로 모든 훈련을 다 버텨냈다.

오히려 그가 더 문제였다. 체격도 좋고 몸도 민첩한 편이라 잘 할 줄 알았는데 그게 아니었다. 체격으로 보면 그는 특공대 감이었다. 그런데 그만 방심한 탓일까. 밧줄을 타고 도하하는 훈련이었다. 절반쯤 왔을 때 그만 손목에 힘이 풀려 강물에 빠지고 말았다. 그건 그야말로 순간적으로 일어난 실수였다. 왜 손목에 힘이 풀렸는지 어쩌다 강물에 빠졌는지 그는 순간적으로 정신을 잃어 기억할 수가 없었다. 한참 후 정신을 차리고 보니 정창식이 자기를 내려다보고 있었다.

그제야 그는 가까스로 정신이 들었다. 몸이 강에 푹 빠지면서 동료들의 함성이 들렸던 것 같다. 강은 수심이 깊었다. 마침 전날 비가 온 탓에 물의 흐름도 강했다. 모두들 발을 구르는 사이 정창식이 물속에 뛰어 들었다. 동료들 말에 의하면 그는 수영 실력이 물개 수준이었다. 언제 봐 두었을까.

정창식의 손에는 밧줄마저 들려져 있었다. 그것을 들고서 강물에 휩쓸려 가는 그를 붙잡아 매는데 성공했다. 그것을 자신의 허리에 매고는 힘겹게 물 밖으로 나왔다. 그 작은 몸뚱이로 그야말로 사투 끝에 말이다. 어찌 보면 그의 행동은 위험천만하기 그지없는 것이었다. 물살이 거세 아무도 뛰어들 생각도 못했는데 용감하게 뛰어든 것이다. 평상시에 그와 감정이 좋았던 것도 아니었다.

부대에서는 그런 그의 행동을 살인성인이라 높이 치켜세웠다. 그럼에도 그의 마음은 별로 달라지지 않았다. 제대 후 정창식이 신학교로 편입했을 때도 그랬다. 그런데 왜 갑자기 지금 이 순간 그 정창식이 떠오른단 말인가. 그는 그동안 정창식의 인생이 궁금해졌다.

녀석도 많이 늙었을까. 그 작은 몸집에 중년의 티를 내느라 배가 나왔을까. 그러면서 그는 공중 화장실에 들어가 거울을 들여다보았다. 잘 생기고 어디 내놓아도 빠지지 않을 건장한 남자가 서 있었다. 누가 봐도 30 중반으로밖에 안 보일 정도로 젊은 남자의 모습이었다.

됐다, 이 정도면.

그는 회심의 미소를 지은 채 밖으로 나갔다. 여름 날씨 치고 청명했다. 따가운 햇살이 당장이라도 피부를 태울 듯이 달려들었다. 그는 핸드폰을 꾹꾹 눌렀다. 익숙한 목소리가 흘러나왔다.

"여보세요."

가느다란 여자 목소리였다.

"형수, 저 막내 동완이에요."

"네? 서방님?"

목소리는 반가움과 염려가 반반씩 섞여 있었다. 형수는 평소 막내 시동생인 그를 귀애하고 있었다. 그와 나이 차가 열 살도 더 났다. 늘 방황하는 그를 안주시키기 위해 애쓰던 기억이 났다. 형수는 이전에도 방황하는 그에게 일자리를 찾아보라고 진작부터 채근하고 있었다. 그것도 다 지난 일이었다. 형수는 재벌은 아니더라도 그래도 꽤 큰 규모의 기업체를 운영하는 아버지 덕으로 평생을 여유롭게 살고 있었다. 그녀는 재벌 2세로부터 수많은 프러포즈를 받았지만 큰형의 인품에 반해 결혼을 결정했다고 한다.

가족, 특히 막내 동생을 위할 줄 아는 넓은 아량과 마음 씀씀이가 마음에 들었다고 한다. 그녀는 어릴 때 꿈이 소설가였다고 했다. 집안의 반대로 꿈을 이루는 데는 실패했다. 그러나 꿈을 이루지 못한 아쉬움으로 막내 시동생의 방황을 어느 정도 이해하고 있었다.

"서방님, 지금 거기 어디에요?"

"저, 지금……."

갑자기 울음이 나오려고 했다. 군(軍)에 있을 때 쓸데없는 자존심은 개에게나 던져주라던 말이 생각났다. 농담으로 들었던 그 말이 하필이면 지금 이 순간 생각나는 걸까.

"형수님 저 좀."

"서방님 거기 어디죠? 제가 데리러 갈게요."

그는 이내 핸드폰을 끊었다. 어느새 위치 추적을 한 것일까. 10분도 안 됐는데 사람이 나타났다. 형수가 보낸 것이다. 공교롭게도 형수가 사는 집은 바로 인근에 있었다. 엎드리면 코 닿을 거리였다. 거실에 들어서니 대학에 다니는 조카가 그를 보더니 반가워 어쩔 줄 몰라 했다.

"삼촌."

"그래 현민아."

형수는 미망인답지 않게 혈색이 좋았다. 전에 비해 몸집도 불고 안정돼 보였다. 그는 은근히 부아가 났다. 죽은 형이 얼마나 끔찍하게 사랑하던 여자였던가. 몸과 마음이 아름다운 여자라고 자랑 자랑하지 않았던가. 그런데 남편이 죽은 지 얼마나 되었다고 저렇게 희희낙락이란 말인가. 그저 죽은 사람만 불쌍하지.

"그래 그동안 생활은 어떻게 하셨어요? 아무리 형님이 안 계시다고는 하지만 그래도 연락은 하셨어야죠."

형수가 책망조로 말하는데 이번에는 느닷없이 마음이 편안해지는 것이었다.

"형수 그 동안 얼굴이 좋아지셨습니다."

"네 그 동안 미뤄 두었던 소설을 쓰고 있어요, 형님이 돌아가시기 전 저에게 그러셨어요, 꿈을 반드시 이루라고요, 요즘 제가 쓰고 있는 소설 내용이 뭔지 아세요. 바로 그 사람과의 이야기예요, 나중에 완성되면 서방님께만 살짝 보여 드릴게요."

조카 현민이가 주스를 쟁반에 받쳐 내왔다.

"삼촌, 이제 그만 방황하고 우리랑 함께 살아요."

그는 그만 가슴이 뭉클해졌다.

"그래요. 서방님, 이제 그 지긋지긋한 방황 멈출 때도 되었잖아요, 제가 우리 친정아버지께 서방님 직장 부탁해 놓았어요, 그러니 이젠 좋은 여자 분도 만나시고 형님 소원도 풀어 드리세요."

"형님 소원이라뇨?"

그는 깜짝 놀랐다.

"형님은 서방님이 안정되는 걸 누구보다 원하셨어요."

"저도, 저도 이젠 그러고 싶어요."

자신도 모르는 말이 툭 튀어 나왔다. 형수는 안으로 들어가더니 작은 성경책 하나를 들고 나왔다. 그것을 가슴에 받아드는데 느닷없이 정창식이 떠올랐다.

그는 그날 밤 형수의 집에서 잠을 잔 뒤 이튿날부터 새로운 인생 여정을 시작했다. 난생 처음 직장생활을 하려는데 몸과 마음이 따라주지 않았다. 일정한 시간에 따라 몸을 움직여 주어야 한다는 사실이 그렇게 고역일 수가 없었다. 그 못지않게 사람들과의 부딪침도 만만치 않았다.

친교와 이해(利害) 관계의 차이가 그렇게 실감날 수가 없었다. 그래도 돌아다니면서 배운 지식이 있어서인지 그런 대로 일은 해낼 수가 있었다. 특히 다방면에서 쌓은 지식이 나름대로 노하우를 발휘하는데 스스로도 놀랄 지경이었다. 그렇게 그가 직장이라는 단체와 사람들과의 관계를 설정해 나가는 데는 엄청난 노력과 땀이 필요로 했다. 한 가지 이상한 건 그를 만나는 사람마다 그를 미혼으로 생각한다는 점이었다.

그의 나이가 40 중반임에도. 그에게서 어떤 분위기가 감지되었기 때문일까. 점차 생활인으로 면모를 갖추어 갈 때마다 그의 내부에서는 환호성이 들려왔다. 뭔가 해냈다는 자신감과 삶에 대한 열의가 솟아났다. 그건 방황 끝에 찾아온 새로운 결론이었다. 이따금씩 객지의 밤이 생각났지만 그건 그야말로 일시적인 것이었다.

가슴이 휑할 정도로 쓸쓸할 때면 혼자서 저잣거리를 헤맸다. 그때마다 후회감이 물밀 듯이 몰려왔다. 진작 정신 차렸어야 하는데. 그깟 참된 의미가 뭐라고 그렇게 시간을 물 흐르듯 떠나보냈던가.

또다시 가슴속에서 찬바람이 휑하니 지나가는 소리가 들렸다. 그때였다. 시장 모퉁이 한 편에서 핸드 마이크로 떠드는 요란한 소리가 들려왔다.

"너희가 세상을 이기는 것은 이것이니 믿음이니라."

이어 복음성가가 들렸다. 요즘은 복음도 앰프 시설을 사용한다. 신나는 음악을 행인들 귓가에 들려주고는 짧은 성경구절을 쏟아 놓는 것이다. 그 앰프 시설이 그의 옆을 지날 때였다. 복음성가 가사 내용이 그의 마음을 확 흔들어 놓는 것이었다.

"그가 나를 단련하신 후에는 내가 정금같이 나아가리라."

남자 가수의 굵은 저음이 가슴속에 잔잔한 파문을 일으키는데 눈에서 눈물이 솟았다. 그러더니 손등 위로 눈물이 툭 떨어지는 것이었다. 누군가 그의 손에 쪽지를 놓아주었다. 전도단에서 나누어주는 쪽지였다. 쪽지 글에 시선이 머무는데 누군가 반갑게 그의 팔목을 툭 쳤다. 그는 그를 확인하자마자 벽력같이 소리쳤다.

"아아, 정창식 너 정창식 맞지?"

"예, 이상병님 저 정창식 맞습니다."

왜소한 체격이 옛날과 조금과 달라지지 않았다. 둘은 반갑다고 악수를 하고 어깨를 부둥켜안았다.

"야! 이게 정말 얼마 만이냐, 이십 년도 넘었지?"

"그러게 말입니다."

"그런데 소문에 신학교 갔다고 하던데……."

"예, 어쩌다 보니 그렇게 됐습니다."

"그런데 너 장가는 갔나?"

"그럼요, 애가 둘인데요."

"뭐? 짜식 여전하구나."

그는 속으로 은근히 질투심이 솟았다.

"그런데 뭐하는 여자냐?"

"뭘 하다뇨?"

"전직이 있었을 것 아냐?"

그는 아무래도 미심쩍어 다시 한 번 물었다. 어떤 여자기에 저런 못난 녀석에게 일생을 맡기려 들었을까. 아무리 신앙심이 두터워도 그렇지.

"바이올린 전공한 음악도였습니다."

"뭐? 바이올린?"

"네, 같은 교회 성가대에서 만났죠, 제 인생이 불쌍해 보였는지 결혼해 주었습니다, 제 집사람 꽤 미인입니다."

"그래?"

그는 차오르는 질투심으로 정신이 어찔어찔했다. 이상하게 내부에서 분노와 열등감이 똬리를 틀고 일어났다. 남들은 …….

동시에 참을 수 없는 궁금증이 그의 머리를 강타했다. 어디서 음담패설이나 지껄이고 노가리나 까던 녀석이…….

"야! 한 가지 궁금한 게 있는데 물어 봐도 되냐?"

"무슨 말씀이든 해 보십시오."

"야! 솔직히 너 군대 있을 때 말이다. 너 EDPS 전문가였잖냐? 그런데 너의 하나님이 어떻게 널 목사가 되게 하셨냐? 나 아무래도 그게 궁금해서 미칠 지경이다. 솔직히 말해 봐라."

"저희 하나님은 과거를 묻지 않으시는 분이랍니다."

"뭐?"

그는 뒤통수를 탕 맞는 기분이었다. 하긴 과거를 묻는다면 세상에 용서받을 인간이 어디 있으며 당장 예수 믿을 사람이 과연 몇 사람이나 되겠는가.

"그래, 넌 니 직업에 만족하냐?"

그는 느닷없이 만족이라는 단어를 들이댔다. 당황한 정창식이 말했다.

"예? 만족합니다."

분명 만족이라고 했지만 그는 당혹한 표정을 감추지 못했다.

"어느 면에서?"

그는 또다시 이죽거리듯 물었다.

"참된 의미를 찾았기 때문입니다. 영혼을 구원하는 일은 무엇보다 시급하고 값진 일이기 때문입니다."

웃기고 있네. 그는 속으로 비웃으며 또 물었다.

"그래서? 얼마나 구원했는데?"

그 말에 정창식은 고개를 떨구었다. 아무래도 자신 없는 표정이었다.

그러면 그렇지 제까짓 녀석이…….

"그래도 전 세상이 줄 수 없는 참된 의미를 찾았기에 진정 행복합니다."

정창식은 이번에는 자신 있게 말했다. 당황한 건 오히려 그였다. 어디에서 그런 자신감이 우러난 갈까. 정창식이 쪽지를 그에게 내밀며 말했다.

"다음 주 일요일 저희 교회 한번 방문해 주십시오, 제가 잘 모시겠습니다."

정창식은 다음 일정이 있는지 바삐 일어나 걸어갔다. 그는 정창식의 왜소한 체격을 바라보며 옛날처럼 비웃으며 말했다.

짜식 옛날이나 지금이나 여전하네. 그나저나 재주도 용치 못난 놈이 어떻게 장가는 갔을까.

그때였다. 그의 뇌를 스치는 것이 있었다. 저 자식이 옛날에 내가 물에 빠졌을 때 구해 주었던……. 아! 왜 그게 이제야 생각난 걸까. 그는 혼자서 탄식을 했다. 진작 생각났더라면 말을 좀더 신중하게 하는 건데. 그는 방금 전 정창식에게 말을 너무 함부로 한 것 같아 속으로 가슴을 쳤다. 그런데 왜 난 그 동안 그 사실을 까맣게 잊고 살았을까. 은혜는 물에 새기고 원수는 바위에 새긴다더니 내가 꼭…….

그는 정창식에게 어떤 식으로든 꼭 보답을 하고 싶었다. 자신을 구해 주었던 은인이 아니던가. 그래, 다음 주에 정창식이 한다는 교회에 가보자. 그런 다음 결정해도 늦지 않을 테니까. 경제적으로 도울 일이 있으면 돕고 일손이 필요하다면 기꺼이 봉사도 하리라. 악이 선으로 바뀌는 순간이었다. 생각해 보니 정말 20년이란 세월이 장난이 아니었다.

그동안 남들은 세월의 결과로 나름대로 의미 있는 삶을 살아가는 데 자신만 세월 밖으로 밀려나 있었다. 후회감이 거셀수록 안에서 조급증이 일었다. 지난 세월을 만회하려면 이제부터라도 보람찬 인생을 살아야 한다. 새로운 결의를 다질수록 그는 몸과 마음이 강건해져 갔다. 지난 20년의 세월이 미래를 향해 발돋움을 하면서 그의 의식을 제켜버렸다. 시장 골목을 나와 버스 정류장을 향하는데 등 뒤에서 또다시 정창식의 목소리가 들려왔다.

"내가 너희에게 평안을 주노니 내가 주는 것은 세상이 주는 것과 같지 아니하리라."

복음성가도 들려왔다.

"나의 등 뒤에서 나를 도우시는 주 때때로 뒤돌아보면 여전히 계신 주."

방금 전에 들었던 정창식의 말이 떠올랐다.

"그래도 전 세상이 줄 수 없는 참된 의미를 찾았기에 진정 행복합니다."

그 참된 의미를 찾기 위해 20년이란 세월을 허비한 자신의 옛 모습이 떠올랐다. 나는 객지의 밤을 헤매는 동안 녀석은 제 자리를 찾아가고 있었구나. 부끄러움이 소리 없이 목울대를 채웠다.

다음 주 일요일은 무슨 일이 있더라도 정창식의 교회에 가 보리라. 가서 나도 그 참된 의미를 맛보리라. 그리고 그가 미인이라고 주장하는 그의 아내의 얼굴을 꼭 확인하리라. 그는 급한 마음으로 횡단보도를 건너가다 건너편에 떠오르는 찬란한 무지개를 보았다. 참으로 오랜만에 보는 희망의 무지개였다. 자신도 모르게 안에서 자신감이 불끈 솟아올랐다. 그는 희망의 무지개를 향해 점점 더 가까이 나아갔다.

(상록수문학 2010년도)

기적

형민은 어릴 때부터 늦된 아이였다.

성장발달이 느리고 두뇌 수준이 낮은 것은 태생이 그러했던 것으로 보인다. 아이가 태어나 초등학교에 들어가기 직전이었다. 그의 부모는 그에게 한글과 숫자를 가르쳤다. 집안이 넉넉하다면 유치원을 보내도 될 일이었겠지만 형편이 빈한한지라 집에서 간단한 숫자놀음부터 가르친 것이다.

그런데 그는 하나에서 열까지 세지를 못했다. 겨우 자기 이름 석 자 쓰고 나서 초등학교에 입학한 그는 학습능력 부진이라는 오명을 썼다. 주변 친구들 사이에서 왕따 당하기 일쑤였고 판단력 없는 것도 모자라 성격은 소심하고 옹졸했다. 더구나 친화력이 없어 친구 한명 없이 늘 외톨이로 지냈다.

좀 더 자라면서 그는 각종 질고에 시달리기 시작했다. 특별한 병명도 원인도 없는 통증이 몸 전체를 돌아다니면서 몸과 마음을 가위 눌리듯 했다. 잘 먹지 못해 얼굴에는 항상 버짐이 퍼져 있었고 뼈만 남은 듯한 몸매는 바람만 불면 곧 날아갈듯 위태해 보였다. 가정은 늘 풍비박산 일보직전이었다. 그는 자주 자리에 앓아누웠다.

그의 가족은 그를 애물단지 취급하며 아예 무관심으로 일관했다. 그가 열두 살 되던 무렵이었다. 기운이 없어 바닥에 누워 잠든 그를 친척 어른이 업고 병원으로 뛰어간 적이 있었다. 장티푸스에 걸려 거의 다 죽어가던 그를 살려낸 은인이었다. 그는 머리칼이 홀랑 빠지고 죽음 직전까지 갔다가 가까스로 살아서 돌아왔다.

아무리 부족하고 힘들어도 옆에서 용기를 주고 조언해 주면 나아질 것을 주변 사람들은 그에게 철저하게 무관심으로 대했다. 그는 스스로 일어서야 했다. 사실 그의 두뇌 수준보다 더 힘든 건 인간관계였다. 적응력이 부족해 학교생활을 매우 고통스러워하는 그에게 아이들은 돌아가며 때렸다. 어떨 땐 여자애들까지 가세해 주먹을 날렸다.

그가 맞고 돌아오면 가족들은 창피하다며 문도 열어주지 않았다. 공포에 질린 그는 울다가 바지에 오줌을 싼 적도 있었다.

"저 새끼 저렇게 크다 군대나 갈려나 몰라."

그의 부친은 그의 귀에 대고 수없이 많은 악담을 날렸다.

"그러지 마세요. 쥐구멍에도 볕들 날 있다고 누가 알아요, 좀 더 커지면 나아질지."

집에 놀러온 숙모가 말했다. 학년이 올라갈수록 그의 성적은 조금씩 나아지는 양상을 보였다. 바닥을 맴돌던 성적이 중간 근처로 진입하자 가족들은 조금씩 관심을 보이기 시작했다. 혼미하던 정신이 조금씩 안정을 찾아가던 시기도 그 즈음이었다. 그러나 정신쇠약이라는 병명은 그를 쉽사리 놓아주지 않았다.

그는 자주 자리에 앓아누우면서 허무맹랑한 공상에 시달렸다. 그건 현실을 부정하는 얼토당토않은 인생역전이었다. 그는 백지를 꺼내 글자를 쓰기 시작했다. 현실 대신 미래라는 단어를 써 넣었고, 가난 대신 부자라는 단어를 썼다. 그 외에 명예, 성공, 자긍, 겸손, 사랑이라는 단어도 써 넣었다.

그리고 마지막 부분에 소영이 사랑해라는 단어를 써넣고는 밀봉해 버렸다. 해가 바뀌고 6학년이 되었다. 조그만 시골 읍내 학교에서는 전학 사태가 벌어졌다. 중학교 입시를 앞두고 서울로 대전으로 청주로 대도시로 이사와 함께 전학을 가는 것이었다. 소영이도 예외는 아니었다. 소영이는 아빠가 서울로 전근 가는 바람에 자연스럽게 서울로 가버렸다. 반에서 제일 예쁘고 마음씨 착한 소영이는 누구보다도 그의 마음을 다독여준 은인이었다.

"형민아, 내가 서울 가면 너한테 꼭 연락할게, 그리고 고등학교는 꼭 서울에서 같이 다니자, 알았지? 그땐 우리 모두 서울 하늘 아래서 잘 지내자."

소영이는 손을 흔들며 떠나갔다. 소영이 가족이 서울 가는 기차를 타고 떠나던 날, 그는 울고 또 울었다. 소영이는 떠나던 날 그의 귓가에 대고 속삭이듯 말했다.

"아프지 말고 꼭 건강해야 돼. 그래, 이다음에 꼭 서울서 만나자."

읍내 중학교에 진학한 그는 더 단절된 외로움을 느꼈다. 사춘기에 접어들자 몸도 마음도 자라면서 소영이에 대한 그리움이 물밀듯이 달려들었다. 그러나 한번 떠난 소영이에게는 어떤 기별도 오지 않았다. 서울 생활에 재미를 붙이느라 바쁜 모양이라며 그는 공부에 최선을 다했다. 쇠약한 육신 붙잡고 공부하느라 애썼지만 간신히 상위권 언덕을 넘볼 뿐이었다.

가정도 조금씩 형편이 나아지면서 그의 서울행은 기정사실화 되는 듯 보였다. 그러나 어머니의 갑작스런 별세로 그는 고향에 주저앉고 말았다. 장남이 고향을 지켜야 한다는 게 그의 부친의 고집이었다. 한번 고향을 떠나면 다시는 고향을 찾지 않는다는 게 마을의 정설처럼 전해지고 있었다. 고등학교 나와 농사지으며 고향을 지키는 게 뱃속 편하다는 게 부친의 변함없는 생각이었다.

그러나 그는 어떡하든 서울에 있는 고등학교에 진학해 꼭 대학을 가고 싶었다. 사실 서울에 가봐야 마땅히 기거할 집도 없었다. 자취를 해야 하는데 그의 병약한 몸으로는 어림도 없는 일이었다. 그럼에도 그가 굳이 서울행을 고집하는 데는 소영이에 대한 그리움 때문이었다.

태어나 한 번도 서울을 가 본 적이 없는 그는 서울만 가면 곧 소영이를 만날 줄로 알았다. 그래서 집안의 반대를 무릅쓰고 서울에 있는 고등학교에 진학했다. 처음에는 학교 근처에 있는 쪽방을 얻어 자취를 시작했다. 먹을거리는 시골에서 부쳐오는 농산물로 해결했다. 학자금도 해결되었지만 용돈 조달은 스스로 해야 했다.

그는 아침에 일어나 신문 돌리고 도서관 청소도 하면서 모은 용돈으로 당시로서는 거금인 컴퓨터도 장만했다. 몸집이 불어나면서 멋도 내기 시작했다. 모자와 티셔츠, 청바지로 빼입고 길을 나서면 여학생들이 흘끔거리며 눈길을 주기도 했다. 그는 차츰 서울 지리도 익히면서 촌티를 벗기 시작했다.

시간 날 때마다 소영이가 다닌다는 고등학교를 찾아가 기다렸지만 허사였다. 수없이 많은 여학생들 가운데 소영이를 찾는 것은 남산 밑에서 김서방 찾기였다. 그래도 서울 생활은 재미있었다. 새로운 환경은 과거의 아픔을 잊게 하는 마력이 있었다.

몸도 건강해져 그토록 소원하던 운동도 할 수 있게 되었다. 공부는 서울 애들에 비해 훨씬 뒤떨어졌지만 그는 전혀 개의치 않았다. 처음부터 일류대학은 기대 하지도 않았고 오직 목적은 소영이를 만나는 것이었다. 고향을 떠나던 날 소영이와 하던 약속을 그는 철저하게 믿고 기억하고 있었다.

"형민아, 내가 서울 가면 너한테 꼭 연락할게, 그리고 고등학교는 꼭 서울에서 같이 다니자, 알았지? 그땐 우리 모두 서울 하늘 아래서 잘 지내자."

그때 소영이는 손을 흔들며 귓가에 대고 속삭이듯 말했다.

"아프지 말고 꼭 건강해야 돼, 그래 이 다음에 꼭 서울서 만나자."

그런데 이 넓고 넓은 서울 하늘 어디에 소영이가 살고 있단 말인가. 그때 문득 소영이 아버지가 다닌다는 직장이 생각났다. 그녀의 아버지는 교정직 공무원이었다. 틀림없이 서울 근처에 있는 교도소에 다니고 있을 것이다. 그러나 안다한들 어떻게 만날 수 있단 말인가. 이름도 직책도 모르는데.

윤중로에 벚꽃이 만개하던 어느 봄날이었다. 학교 별 백일장 대회가 있던 날이었다. 경복궁 연못가에서 각 고등학교에서 선발된 재량들이 모여 기량을 뽐내는 데 하나같이 총명한 눈빛을 하고 있었다.

그는 저절로 기가 죽었다. 온몸에서 기가 빠져 나가면서 영감(靈感)이 하나도 떠오르지 않았다. 그때였다. 누군가 그 앞에 나타나 불쑥 악수를 청하며 말했다.

"이름이 형민이 맞지?"

놀라 얼굴을 쳐다보니 거기엔 이목구비가 선명하고 날씬한 여학생이 서 있었다.

"소 소영이?"

"그래 나 소영이야, 형민이 너 많이 컸네, 옛날엔 쬐그만 어린애였는데."

그는 꿈인가 생시인가 싶어 몇 번인가 살을 꼬집어보았다. 천사가 따로 없었다. 옛날보다 더 성숙한 모습이 영화에 나오는 신인배우 같았다. 그때였다. 그의 뇌리 속에 온통 영감(靈感)이 충만하게 떠오른 것은. 그는 그날 백일장 시 부문에서 장원을 했다. 소영이는 장려상을 받았다. 그것도 그가 코치해 준 덕분이었다.

그날 둘은 경복궁 경내를 걸으며 많은 이야기를 했다.

"소영이, 넌 그동안 내 생각 한 번도 안 했나?"

"생각할 틈이 어디 있어? 공부하느라 바빴지. 나는 죽어도 꼭 이화여대 갈 거야, 우리 엄마 아빠가 꼭 그러랬어."

"뭐? 이화여대? 대단하다."

그는 놀라서 입이 딱 벌어지고 말았다.

"넌 어느 대학 갈 건데?"

여자는 남자보다 훨씬 현실적이고 계산적이다. 앞날에 대한 예측과 자신의 꿈을 결코 간과하지 않는다. 그는 순간 낙담했다. 남들처럼 학원도 과외도 하지 못하고 알바에 매달리는 자신의 현실이 슬펐다. 잠시 후 소영이의 입가에서 야무진 일성이 나왔다.

"아빠 여전히 시골에서 농사짓고 계셔?"

가슴이 무너져 내리는 것 같았다. 슬픔과 충격으로 그는 자리에 주저앉아 울고 싶은 심정이었다.

"응, 내가 잘 되기만을 항상 기도하고 계시지."

"너희 아빠 하나님 믿으시니?"

"응, 응? 아 아니 그게 아니고, 그렇단 말이지."

"무슨 말이 그래?"

이제 완전히 비아냥조로 변했다. 그때 소영이가 인왕산을 가리키며 말했다.

"역대 대통령 부인들 중에 이화여대 출신들이 많대, 우리 엄마가 그랬어."

"그 그래?"

"뭐야? 그럼 여적 모른 거야? 우리 아빠가 그러는데 이화여대 나오면 시집 잘 간다고 꼭 이화여대 가라고 했어, 넌 어느 대학 갈 건데?"

소영이는 그의 눈을 빤히 쳐다보며 말했다. 눈길 속에 조소가 담겨 있었다.

"난, 난 영화감독이나 시나리오 쓰는 작가가 될 거야."

"뭐라구? 그거 하려면 돈이 많이 들 텐데, 그보다 아빠가 허락하실까."

"상관없어, 내 마음이니까."

천만에 만만에 콩떡이었다. 영화감독은커녕 대학도 언감생심이었다. 간신히 대학에 붙었다 해도 소나 논마지기나 팔아야 대학 등록금이 나올 판에 영화감독이라니. 아무리 대답이 궁해도 어디서 그런 거짓말 할 용기가 났을까. 그는 부끄러움에 심장이 두 방망이질을 했다. 고등학교도 겨우 알바해 용돈이나 해결하는 주제에 게다가 그의 두뇌는 여전히 둔치에 가까웠다.

시골 읍내 중학교에서도 상위권 진입에 실패했던 성적은 서울로 오자 중위권에도 미치지 못했다. 더구나 친구들은 고액과외에다 쪽집게 과외까지 해가며 소위 스카이 대학을 가기 위해 불을 켜는데 자신은 그저 급한 현실 불끄기에도 바쁜 것이다. 그런데 소영이에게도 어느새 일류 바람이 불어 상류사회 진출을 꿈꾸고 있었다.

가난한 농사꾼 집안 장남에 동생이 넷이나 되는 자신의 처지와는 달라도 너무나 달랐다. 그동안 소영이를 향해 품었던 꿈들이 얼마나 무모하고 헛된 것인지 처음으로 깨달았다. 그날 소영이와 이야기하는 동안 얼굴이 하얗고 모델 같은 남학생들이 계속 주변에서 맴도는 걸 볼 수 있었다.

경복궁의 아름다운 정취와 더불어 소영이는 화보에 나오는 모델 같았다. 근처 삼청동에서 산책을 마친 그들은 악수를 한 뒤 각각 헤어졌다. 버스 창밖으로 고풍스런 거리와 광화문 일대의 고층 빌딩들이 휙휙 지나갔다. 그는 어머니가 돌아가신 이후 처음으로 많은 눈물을 흘렸다. 어릴 때 친구들로부터 따돌림을 당하고 외로울 때는 옆에 소영이가 있어 얼마나 든든했는지 모른다.

그런데 그 한 가닥 희망이 세월과 함께 스러진 것이다. 그는 버스에서 내려 인사동 거리를 걷기 시작했다. 화랑과 골동품 가게와 토속음식점을 지날 때마다 그는 아련한 꿈을 꾸었다. 내 인생도 저렇게 예술적인 분위기에 휩싸여 화려해질 수 있다면 좋겠다. 그림을 그리고 시를 쓰면서 문화적 향락에 취해 산다면 인생은 얼마나 아름다울 것인가.

현재와는 비교도 안 되는 얼토당토않은 꿈을 꾸며 인사동 거리를 걷

는데 그야말로 환상적인 분위기를 만났다. 조명이 부서져 내리는 노천극
장에서 아이돌 그룹이 모여 격렬한 댄스와 힙합노래를 부르는 것이었다.
구경꾼들이 새카맣게 모여 있었다. 그들의 거침없는 동작은 자유 그 자
체였다.

좁은 공간에서 마음껏 자유와 노래를 구가하는 그들은 어린 방랑자들
이었다. 그들의 공연이 끝나자 비보이들의 춤이 이어졌다. 인간의 한계
를 뛰어넘는 듯한 동작은 춤, 연기(演技) 아니 묘기(妙技)였다. 머리를
거꾸로 처박고 맴을 돌 때면 환호성과 함께 격정 어린 탄성이 터져 나왔
다.

그런데 오른쪽 삼일공원에서는 노인들의 힘겨운 표정과 고양이들의
숨바꼭질 속에 또 다른 세상이 펼쳐져 있었다. 살인적인 물가 시대에
2000원 짜리 곰탕과 자장면, 국밥이 노인들의 주머니를 달래주고 있었
다. 아! 세상은 이렇게 이분법적이구나. 발길을 종로 쪽으로 돌리니 예
쁘고 날씬한 여자들이 하이힐을 신은 채 어디론가 바쁘게 가고 있는 모
습이 보였다.

어떻게 보면 그녀들은 소영이보다 더 예쁘고 환상적이었다. TV속에
서나 봄직한 여자들이 몸에 쫙 달라붙는 옷에다 매끈한 다리를 허벅지
까지 내놓은 채 마구 활보하고 있었다. 드라마의 한 장면처럼 발걸음은
각양 소리를 내며 차도와 인도를 향해 걸어갔다. 저들은 어디를 향해 저
렇게 바삐 움직이는 걸까.

순간, 인생이란 단어가 생각났다. 어린 나이였지만 그는 삶에 대한 진
지한 자세를 가졌다. 한번 뿐인 인생길 어떻게 살아야 값지고 보람된 걸
까. 많은 단어가 떠올랐다.

명예, 부, 행복한 가정, 권세, 사랑, 예술, 애국, 종교, 선과 정의.

맨 마지막 부분이 그의 마음에 와 닿았다. 선과 정의는 가치관의 척도
였다. 그건 현실과 타협하지 않는 유일한 길이기도 했다. 하지만 그건

힘이 없으면 지켜내지 못할 덕목이기도 했다. 더구나 세상은 돈과 권세가 먼저 상통한다. 또한 빠르게 변하는 세태 속에 선과 정의의 기준은 형태를 매우 달리할 것이다.

힘이 없으면 악조차 선을 누르고 승리하는 것은 역사가 증명하지 않는가. 역사는 악의 심판을 거론하지만 그것도 다 때가 지난 다음의 후손에 의해 진실이 밝혀졌을 경우에만 해당된다. 고래(古來)로 악처럼 끈질긴 것도 없으리라. 그는 어릴 때 땅 문제 때문에 집안 친척 어른과 다툼을 벌이는 아버지를 보았을 때 처음 느꼈다.

힘이 없으면 있는 재산도 빼앗기는구나. 친척 어른은 면(面) 서기하는 자기 아들을 앞세워 집안에 몇 뙈기 남지 않은 논밭 문서를 가로채 갔다. 그렇지 않아도 어린 자식들과 살기 힘들 지경인데 있던 것마저 빼앗기고 나자 아버지는 거의 제정신이 아니었다. 날마다 술로 연명하던 아버지는 정신을 수습한 뒤, 소작을 부쳐 간신히 호구지책은 면했지만 그 사건을 떠올릴 때마다 게거품을 물었다.

집안 친척은 전답 문서를 빼앗아 갈 때 아주 합법적이고 교묘한 방법을 썼다. 그게 바로 배운 자의 횡보였다. 한마디로 사기(詐欺)였다. 만일 그때 정의(正義)의 신(神)이 살아 있었다면 그와 같은 수모는 당하지 않았으리라. 가난은 때로 불운을 부르고 피해의식과 함께 분쟁을 낳기도 했다.

그리고 끝내 어머니의 목숨을 앗아갔다. 도시에 나가 수술만 받으면 살 수 있었는데 그 원수 같은 돈이 없어 생떼 같은 목숨 줄을 놓고 만 것이다. 그런데도 아버지는 후회의 기색도 없이 장례비 걱정만 했다. 자식들이 상급학교 진학할 때도 돈 많이 들어간다고 성화를 부리다 술주정까지 했다.

그럴망정 그는 돈에 목숨 걸고 싶지는 않았다. 차라리 예술적 상상에 파묻혀 살고 싶었다. 그건 그가 꿈꾸는 마지막 도피처이자 정신적 허영심이었다. 또 하나 그는 행복한 가정생활을 꿈꾸었다. 예쁘고 착한 아내를 만나 다정하게 서로 아껴주고 사랑하면서 똑똑한 아들 딸 낳고 살고 싶었다.

물론 그 이면에는 소영이가 그림자처럼 마음속에 숨어 있었다. 그런데 그 소영이를 더 이상 마음속에 품었다간 큰 상처를 받을 것 같았다. 현실적이고 영악한 소영이가 한낱 어릴 때 기억 하나만으로 자기를 받아줄 리가 없기 때문이었다. 그때 마음속에 미래라는 단어가 떠올랐다. 과거가 움직일 수 없는 진실이라면 현실은 그 토대이고 미래는 현실을 뛰어넘어 달려가는 미지의 세계이다.

또한 미래는 무한정의 가능성이 내재돼 있는 보물창고와 같다. 노력과 운만 따라준다면. 그는 현실이 깜깜할 때마다 그것을 부정하고 미래에 집착하던 어린 시절을 떠올렸다. 그건 현실의 고통을 잊는 유일한 방법이었다. 그는 무작정 미래에 대한 찬란한 꿈을 꾸었다. 갖가지 단어를 떠올리며. 바로 지금 이 순간처럼.

그는 종로 거리를 걷다 무심코 한 발걸음을 따라가기 시작했다. 손에 검은색 가방을 들고 반짝 반짝 윤이 나도록 닦아 신은 구두를 신은 그 발걸음은 차도를 건넌 채 지하도로 내려갔다. 지하상가를 걷다가 그는 문득 전철역 개찰구 앞에 섰다. 따라 걷기 시작한 발걸음이 그곳에서 멈췄기 때문이다.

발걸음의 주인공은 40대 중반의 남자였다. 감색 싱글 양복에다 눈빛이 온순하고 이지적이며 정감이 흘렀다. 카리스마와 권위가 느껴지는 인상은 어떤 든든한 믿음마저 갖게 했다. 개찰구를 빠져나간 발걸음은 달려오는 전동차를 향해 나는 듯이 달려갔다. 문이 열리자마자 몸을 들이민 그는 뒤따라오는 존재를 눈치 챈 모양이었다.

부드러운 눈빛으로 말했다.

"학생, 지금 어디로 가는 거지?"

"네? 뭐라구요?"

갑작스런 질문에 그는 너무도 당황해 할 말을 잊었다.

"몇 살이지?"

"열일곱이요."

"그래 그럼 앞으로 진로 계획은 세워 놓았나?"

"아 아직요."

부끄러움이 온몸을 타고 흘렀다. 불가능이란 단어가 재빨리 머릿속을 훑고 지나갔다.

"성경에 이런 말이 있지, 사람이 마음으로 자기 일을 계획하여도 그 일을 성취하시는 이는 여호와시다. 또 이런 말씀이 있지. 여호와여 내가 알거니와 인생의 길이 자기에게 있지 아니하고 걸음을 지도함이 걷는 자에게 있지 않도다."

"그게 무슨 뜻인가요?"

"학생 잘 하는 게 뭐지? 아니 하고 싶은 게 뭐지?"

"글쎄요."

그저 자신이 없어 주저주저했다. 혹시 멸시 당하지 않을까 두려움이 엄습했다. 그건 다름 아닌 대인공포증이었다. 상처에 대한 일종의 피해 의식이었다.

"하나님은 인생을 이 땅에 보내실 때 다른 사람이 할 수 없는 재능 하나씩은 주셨지. 그 재능을 가지고 먹고살도록 말야."

생각해 보니 이제껏 자신의 재능이 무엇인지도 모르고 살았다. 아둔 한 탓이리라.

"전 공부도 잘 못하고 잘 하는 게 없는 걸요."

"아니 분명히 있을 거야. 뭘 잘하지?"

"……."

"그럼 뭘 좋아하지?"

"책 읽고 상상하기, 그림 그리고 드라마 보기, 뭐 하나같이 비생산적인 거예요."

"음 그렇담 말이지, 일단 글을 써 봐, 그림도 배우고."

"그림을요? 돈이……."

그는 말을 얼버무리고 말았다.

눈치 챈 남자는 명함을 그의 손에 쥐어주더니 다음 역에서 내렸다. 그는 받아든 명함을 읽지도 않고 주머니 속에 구겨 넣었다. 전동차가 다음 역에 닿았다. 그는 내리자마자 끝도 없이 높아 보이는 계단을 에스컬레이터도 타지 않고 걸어서 올라갔다. 그리고 길거리에 보이는 쓰레기통에 명함을 아무렇게나 던져 버렸다.

짐작하건데 남자는 프리랜서이거나 교육 계통에 근무하는 요원이리라. 말투로 보아서는 목회자나 학원 강사 같기도 했다. 그러나 차림새나 어딘지 모르게 경직된 듯한 인상으로 보아서는 목회자 같은 분위기가 더 강했다. 그날 집으로 돌아온 그는 난생 처음 자신의 정체성에 대해 골몰했다.

나는 누구인가?

이 지구상에 홀로 남겨진 듯한 내 모습은 어디서 와서 무엇 때문에 살며 어디로 가고 있는가.

그러다 그는 아차! 싶었다. 낮에 자기에게 명함을 주었던 남자가 떠올랐다. 공연히 명함을 쓰레기통에 버렸구나. 그날 밤 그는 자면서 수없이 많은 꿈을 꾸었다. 그건 20년 후 자신의 모습이었다. 꿈에 그는 많은 사람들에게 둘러싸여 있었다. 여기저기서 카메라 플래시가 쉴 새 없이 터지고 있었다.

가끔씩 탄성도 터졌고 알 수 없는 음성들이 그에게 수많은 질문을 던지고 있었다. 그는 쏟아지는 질문에 답하느라 무진 애를 쓰고 있었다. 천장에서 빛이 온몸을 덮으면서 박수갈채 소리도 들렸다. 칭찬과 야유,

부러움과 시새움의 소리도 들렸다. 그가 막 입을 열려는 순간 빛이 함몰되면서 어둠이 급습했다.

꿈을 깬 순간 정신줄에 금이 가는 소리가 들렸다. 소스라치게 놀란 그가 자리에서 일어서는 순간 또다시 잠이 쏟아졌다. 이번에는 크고 화려한 무도회장 같았다. 수많은 선남선녀들이 무대 중앙을 돌며 춤을 추고 있었다. 스펑크가 잔뜩 달린 의상을 입은 여자들은 긴 다리를 공중을 향해 찌를 듯이 쳐들며 미소를 지었다.

연미복을 입은 남자들은 조각 같은 몸매를 뽐내며 여자들의 마음을 유혹했다. 그러나 자세히 보니 그곳은 무도회장이 아닌 공인(公人)들의 회식 장소였다. 성공한 사람들의 대명사인 상류계층의 사람들이 모여 송년회를 하느라 웃음꽃과 떠들썩한 만담이 오가고 있었다. 그들은 부와 명예를 목숨처럼 여기는 그러나 어딘가 모르게 위태해 보이는 표정이 언뜻 언뜻 얼굴을 스치고 있었다.

그는 그들 사이를 지나 문 밖으로 나갔다. 문밖은 수많은 계단들이 미로처럼 연결돼 있었다. 급경사인 계단은 지하로 S자 형태로 이어졌는데 길은 좁아졌다 넓어졌다를 반복하고 있었다. 계단은 내려갈수록 어둠이 배가 증가되면서 아무리 보아도 출구가 없었다. 두려움과 한계라는 단어가 가슴을 압박하면서 그는 꿈에서 깨어났다.

꿈에서 깨어난 그는 공부를 해야 한다고 생각했다. 미래를 위한 가장 정확한 해답은 공부 이윈 없을 것 같았다. 그러나 아무리 책을 읽어도 집중이 되지 않았다. 내용이 머릿속에서 산산이 분해돼 한 글자도 들어오지 않았다. 백지 상태가 된 듯 머릿속이 텅 빈 것이다. 약간의 차이만 있을 뿐 세월이 가도 둔치는 여전히 둔치였다.

어떨 땐 검은 것은 글씨요 하얀 것은 종이일 뿐 전혀 내용이 이해되지 않을 때도 많았다. 특히 응용력이 부족한 그는 약간만 변형된 질문만 나오면 그만 당황해 질문의 요지를 잃어버리고 말았다. 머리가 돌처럼 딱

딱하게 변한 건 아닐까. 아님 유전인자 속에 낮은 지능지수가 흐르는 건 아닐까. 원인이야 어찌됐든 노력도 다 소용없는 노릇이었다.

이 성적 가지고는 서울은 고사하고 경기도에 있는 전문대학도 가기 힘들다. 그는 스스로 낙담했다. 그런데 뜻밖에 고향에서 소식이 왔다. 대학만 붙으면 무슨 수를 쓰더라도 학자금을 마련하겠다는 아버지의 전갈이었다. 전 같으면 매우 감격했을 그였지만 그는 쓴웃음만 나왔다.

공부도 제대로 못하는 마당에 무슨 ……

졸업하고 나면 군대나 가버릴까. 제대하고 나면 그 다음엔 뭘 하지. 내 힘으로 할 수 있는 게 뭘까. 나한테도 재능이란 게 있는 걸까. 자신에게 집착할수록 열등감은 수치로 온몸을 친친 감고 늘어졌다. 수치와 모멸감, 자괴감과 열패감. 무능감과 한없이 낮은 자존감이 언젠가 꿈속에서 보았던 낮은 지하 계단 속으로 끝없이 끌고 내려갔다.

그때 그는 마음속 깊이 울고 있는 자신을 발견했다. 어둠 속에 웅크리고 앉아 있는 작은 아이. 아무도 돌봐주지 않는 외롭고 소외된 아이. 아이가 있는 곳은 지하 동굴 속 마치 영화에 나오는 죄인을 취조하는 감옥소 같았다. 나방과 박쥐가 출몰하는 거미줄로 잔뜩 엉킨 그곳은 지하 감옥을 연상케 했다. 어둠과 두려움이 아이의 몸과 마음을 친친 감고 늘어졌다.

아이는 벗어나기 위해 울고 몸부림쳤지만 어둠은 강한 힘으로 더욱 옥죄일 뿐이었다. 그런데 창문 하나 없는 그곳에 한줄기 빛이 스며들기 시작했다. 어디서일까. 천사들의 합창도 들리기 시작했다. 빛과 노랫소리는 아이의 마음속에도 들려오기 시작했다. 그리고 점점 강한 힘으로 아이의 몸과 마음을 묶고 있던 끈을 풀어내고 있었다.

어둠은 빛속에 함몰되면서 세력이 점점 소멸돼 갔다. 노랫소리는 아이의 마음에 희망을 불어 넣기 시작했고 닫혔던 지혜의 문을 신의 음성으로 열어갔다. 따스한 온기가 아이의 몸과 마음을 만지면서 그는 기력을 회복했다. 산만했던 정신에 집중력이 생기고 쇠약했던 육신에 치유의 광선이 비치기 시작했다.

부정적 시각이 사라지고 긍정적인 마인드가 생각을 지배하면서 미래에 대한 청사진이 보였다. 자신감도 조금씩 생겨나기 시작했다. 사계절의 변화가 그에게는 꿈결같이 느껴졌다. 죽었던 감성이 시구(詩句)를 떠올렸고 음률이 악상으로 떠올랐다. 사람들의 대화 속에 시나리오 대사가 떠올랐고 무한한 상상력이 의지로 발전했다.

그가 글을 쓸 때면 창조의 신이 그에게 한없는 영감(靈感)을 선사했고 완성의 기쁨을 주었다. 마음이 안정되기 시작하면서 성적도 오르기 시작했다. 이해력과 응용력이 머릿속에서 살아 움직이는 것 같았다. 누군가 자신 안에서 계속 음성을 들려주고 있었다. 사랑과 격려의 음성, 할 수 있다는 강한 긍정의 음성이었다. 길을 걸어가면 누군가 옆에서 붙들어 주는 느낌이 들었다.

아! 그건 샘솟는 희망, 미래에의 거대한 포부였다. 대학 진학을 앞두고 진로 결정을 위해 고심하던 무렵, 그는 길을 가다가 우연히 한 남자를 만났다. 그는 언젠가 그에게 미래와 재능에 대해 질문하던 바로 그 중년남자였다. 그는 미모의 여인과 함께 길을 가고 있었다. 손에는 검은색 가방이 들려져 있었는데 그건 그를 처음 만났을 때 전철 안에서 본 것이었다.

그는 여인과 무언가 대화를 나누며 심각한 표정으로 길을 걸어가고 있었다. 그가 동네 비탈길을 지나는데 길에서 뛰어 놀던 아이들이 다가와 무어라 소리치며 인사를 했다. 그는 아이들이 머리를 쓰다듬으며 친근감을 표시했다. 여인도 아이들의 어깨를 두드리며 친근감을 나타냈다. 아! 그러고 보니 그들은 부부 사이 같았다.

형민은 말없이 그 부부 뒤를 따라 걷기 시작했다. 부부는 비탈길을 내려가 좁은 골목 안으로 사라졌다. 페인트칠이 벗겨진 나무 대문 앞에 서더니 곧바로 안으로 들어갔다. 형민은 그들이 집안으로 들어간 걸 확인하고는 잠시 대문 앞에 멈추어 섰다. 잡풀과 연탄재가 흐트러져 있는 지저분한 마당에 태어난 지 얼마 되지 않은 듯한 강아지가 바닥에 쭈그리고 앉아 있었다.

강아지는 이방인이 자기를 쳐다보는 데도 전혀 반응을 보이지 않았다. 배가 고픈지 불쌍한 표정을 지으며 그를 바라보았다. 먼지가 더께 더께 묻은 현관문 사이로 노랫소리가 들려왔다. 가끔씩 우렁찬 소리도 들려왔다.

"의인의 기도는 병든 자를 일으키리니 혹 그가 죄를 범하였을지라도 사하심을 얻으리라."

곧이어 노랫소리도 들려왔다. 어찌 보면 노래 가사는 청승맞기도 하고 가슴을 찢는 듯 애절함을 호소하고 있었다.

'어두운 후에 빛이 오며 바람 분 후에 잔잔하고
소나기 후에 햇빛 나며 수고한 후에 쉼이 있네
고통한 후에 기쁨 있고 십자가 후에 면류관과
숨이 진 후에 영생하니 이러한 도는 진리로다'

뭔가 인생의 위급함을 알리는 분위기가 감지되었다. 필시 누군가 병이 들었거나 피치 못할 급한 사정이 생겼거나 둘 중의 하나였다. 사안의 심각함을 알리 듯 고함도 이따금씩 터져 나왔다.

"주여! 주의 백성을 불쌍히 여기소서."

아! 그러고 보니 그들은 목사부부였다. 고난을 당한 교인들을 심방 다니며 기도와 위로를 하는 중이었다. 그는 잠시 생각해 보았다. 저들에게 진짜 필요한 건 기도보다 현실적인 도움인 돈이 아닐까. 기도 한마디보다 당장 필요한 쌀과 치료비가 먼저가 아닐까. 그러나 그 모든 돈 문제를 목사가 해결해 줄 수도 없는 노릇 아닌가.

그는 그 자리에 멍하니 서서 하늘을 올려다보았다. 만일 신이 살아 계신다면 세상에는 왜 악이 존재하는 걸까. 그리고 왜 가끔씩 악이 선을 누르고 대신 왕 노릇하는 걸까. 왜 아프리카에서는 수많은 어린이들이 굶어 죽어가고 어린이들을 인간방패로 전쟁을 하는 인간 악마들이 버젓이 활동하는 걸까.

신은 공평하고 전능하며 더구나 정의로운 분이 아니던가. 그런데 어째서 세상은 점점 어둠이 강해지는 것인가. 그런 생각을 하며 막 돌아서는 순간이었다. 누군가 뒤에서 그를 부르는 소리가 들렸다.

"학생, 학생."

그는 소스라치게 놀라며 뒤를 돌아다보았다. 마치 도둑질하다 들킨 심정이었다.

"저 말인가요?"

"그런데 어디서 많이 낯이 익은 것 같은데."

"전에 전철 안에서 한 번 뵌 것 같은데……."

"아! 그래 맞아. 그때 내가 학생한테 말한 기억이 나, 그런데 이곳엔 어쩐 일인가."

"저 이 동네 살아요. 얼마 전에 이사 왔어요."

"아! 그런가? 그렇담 다음 주일부터 우리 교회에 나오게, 저쪽 슈퍼마켓 골목 끝에 있는 교회일세."

그는 잠시 멈칫했다. 공연히 교회에 나갔다가 내 인생 붙들리는 건 아닌가. 형민은 고개를 가로 저었다. 형민의 부정 의사를 확인한 목사는 착잡한 표정으로 말했다.

"그래도 교회 구경이나 할 겸 한번 왔다 가는 건 어렵지 않은가. 그래 줄 수 있지?"

형민은 귀찮은 듯 일단 알겠다고 대답하고는 비탈길을 향해 빠른 속도로 내려갔다. 형민이 슈퍼마켓 골목 끝에 교회를 찾은 것은 그로부터 반년이 지난 후였다. 가을 소낙비가 지나고 난 은행잎이 온통 거리를 샛

노랗게 물들이던 입시철이었다. 입시를 앞두고 무엇으로 전공과목을 택할까 몹시 고민할 때였다.

대학에서의 전공은 앞으로의 인생의 향방을 결정하는 모티브가 된다. 즉 일생의 밥벌이 수단으로의 기로가 되는 것이다. 실력도 실력이지만 적성이 우선이었다. 그동안 피나는 노력으로 성적도 어느 정도 상승해 있었고 숨어 있던 재능도 나타나기 시작하고 있었다. 그는 생각 같아선 방송 일을 하고 싶었다.

각종 프로그램을 기획하는 PD가 되어 자신이 원하는 꿈을 화려하게 펼쳐 보이고 싶었다. 그래서 한때는 신문방송학을 전공하고 싶었다. 그러나 진짜 그의 꿈은 언젠가 소영이에게 말했던 것처럼 시나리오를 직접 써 영화를 만드는 감독이 되는 것이었다. 그러나 그건 얼마나 꿈같은 일인가.

거기에는 재능도 재능이려니와 막대한 자본과 필수적인 인간관계가 따라 주어야 할 것이다. 우선 영상학과에 진학해 영화에 대한 자세한 공부가 필요할 것이다. 그게 불가능하다는 건 누구보다 자신이 먼저 알았다. 만일 아버지가 알면 대노할 것이다. 그것보다도 형민은 어떻게 집안 사정이 나아졌는지 그게 더 궁금했다.

그래서 안 될 줄 뻔히 알면서도 아버지에게 진학문제를 의논할 겸 고향으로 내려갔다. 그런데 그동안 그가 알지 못하는 사이에 집안에 엄청난 일이 벌어지고 있었다. 그가 어렸을 때 아버지의 눈에 피눈물을 흘리게 했던 집안 친척 어른이 빼앗아 갔던 논밭 마지기를 원주인에게 고스란히 돌려주고 나서 눈을 감은 것이었다.

무려 3천 평에 가까운 땅은 택지개발로 규정돼 땅값이 엄청나게 뛰어 있었다. 아버지는 진학문제를 의논하기 위해 내려온 아들보다 땅 문제로 인해 행복한 고민을 하느라 여념이 없었다.

"아버지, 저 대학 전공 때문에 그러는데 아버지 의견을 여쭈어 보려고요."

"전공이라면 거 뭣이냐, 대학교 졸업허고 나서 취직 잘 되는 걸로 정하믄 되았지 뭔 걱정이다냐?"

"저 그게 사실은 제가 하고 싶은 건 말이죠."

"대체 뭐가 하고 싶은 겨? 니 생각은?"

"……."

"왜 말은 않고 가만있는 거냐? 왜 애비가 니 허고 싶은 거 못허게 헐까봐 그러냐?"

"네."

그는 모기만한 소리로 고개를 푹 수그린 채 말했다. 그러나 아버지는 엉뚱한 말을 꺼내 그를 놀라게 했다.

"니 엄마가 살았다믄 얼마나 좋았을까, 그깟 수술비 몇푼 마련 못혀서 생떼같은 목숨을 잃은 생각을 허믄 내가 억장이 무너진다. 지금까지 살았으믄 내가 호강도 시켜줄 턴디."

"그런데 그 어른께서 어떻게 우리 땅문서를 돌려줄 생각을 다 했대요? 그 지독한 양반이."

"거 죽으려면 맘이 변하다고 하지 않더냐."

"그렇다고 다 그런 거 아니잖아요?"

"거 뭣이냐 교를 믿었다 하더라."

"교라뇨?"

"읍내에 있는 새로 생긴 교회에 나가더니 사람이 헤가닥 바뀌었다 하더라, 죄인 삭개오가 뭬랬다더라, 내 들었는데 다 잊어 뿌렀다, 어찌 됐던 간에 그때 빼앗겼던 전답 도로 찾으니 얼매나 마음이 좋은지, 이잔 니도 허고 싶은 공부 맘대로 해라. 내 다른 건 몰라도 대학등록금 만큼은 얼매든지 대줄끼구면 한번 힘껏 혀봐라."

"정말요? 아버지? 정말 제가 하고 싶은 공부 제 맘대로 해도 되는 거죠?"

"무슨 공부인데?"

"있어요, 영화 만드는 거."

"뭐? 영화?"

일순간에 아버지의 안색이 변했다. 그러면 그렇지. 낭패감에 그의 마음은 하늘 높이 올랐다 땅바닥에 처박히는 느낌이었다.

"그러니까 영화도 만들고 방송 일도 하고 그러는 거예요."

"방송 일이라면 거 피딘가 뭔가 그런 거?"

"일테면 그렇죠."

"그 일이 엄청 힘들다 하던데."

"세상에 쉬운 일이 어디 있겠어요. 다 자기 하기 나름이지."

"취직은 잘 되는 거인가?"

그는 두려움에 대답했다.

"열심히만 하면요."

"뭐 대학 졸업했다고 다 취직 잘 하믄 뭔 걱정이겠냐? 니의 사촌들도 서울서 대학 나왔다 하믄서 다 집구석에서 뒹굴고 있다 하더라, 내 촌무지렁이가 돼 잘 모르겠지만 너 하고 싶은 거 해라."

웬일이래? 하늘이 두쪽 나도 허락 안 할 줄 알았는데 기적이 따로 없었다. 말 속에 부드러움과 관용과 사랑이 깃들어 있었다. 그 부드러움이 역겨울 정도였다.

이튿날은 일요일이었다. 그는 읍내에 있는 친구들을 만날 겸 외출 준비를 서둘렀다. 그런데 아버지가 먼저 새로 산 양복을 입고 마당으로 내려서고 있었다. 그러더니 반짝 반짝 구두를 닦아 신더니 대문가를 나서는 것이었다.

"아버지 어디 가세요?"

아버지는 어색한 표정으로 말했다. 생전 처음 보는 계면쩍은 표정이었다.

"응, 요 앞 아니 그, 그 어른이 다녔다는 교회 좀 다녀오려고?"

"네? 교회라고요? 거긴 왜요?"

"도대체 어떻게 생긴 교회길래, 내 빼앗아 간 땅 문서를 돌려주었는지 한번 알아보려고 그런다. 그런데 넌 어디 가냐?"

"읍내에 있는 친구들을 만나려고요?"

"웬만하면 일찍 일찍 다니고 그래라, 돈도 아껴 쓰고."

"네, 저 저녁차로 서울 갈 테니 없더라도 찾지 마세요."

"알것다."

아버지는 그동안 엄청나게 부드럽게 변해 있었다. 잃었던 전답 마지기를 찾은 것이 그렇게 좋았던 것일까. 과연 돈의 힘은 사람의 마음마저 바꾸어 놓는 것인가. 수수께끼를 하는 심정으로 집을 나서는데 갑자기 광명한 세상이 밝아오는 느낌이었다. 몇 년 사이에 동네 길은 확연히 달라져 있었다.

마을 앞에도 도로가 생기고 집집마다 자동차가 없는 집이 없었다. 더구나 친척으로부터 되찾은 땅에는 아파트가 곧 들어설 예정이어서 공사가 한창이었다. 평생을 돈 걱정에 찌들어 사느라 하루도 마음 편할 날이 없었던 아버지에게는 꿈같은 일이었을 게다. 생전 안 하던 죽은 아내에 대한 생각까지 할 정도이니.

마을 앞에서 버스를 타고 읍내에 내리니 친구들은 모두 부러운 표정으로 그를 바라보고 있었다. 넌 좋겠다. 갑자기 벼락부자가 되어서. 뉘앙스가 얼굴에서 읽혀졌다. 그는 세상에 태어나 처음으로 친구들에게 호기를 부렸다. 읍내에서 가장 잘한다는 중국집으로 가 자장면과 탕수육으로 대접하고는 장래의 포부를 밝혔다.

친구들 중 대학에 진학하는 아이는 형민을 포함 두 명이었다. 대부분 고향에서 농사를 짓거나 타지로 나가 직장을 잡을 생각이었다.

"형민이 너는 전공은 뭘로 할 건데?"

"응, 영상학과."

"그기 뭐하는 건데?"

"응 그러니까 영상학과로 말하자면 직접 시나리오를 쓰면서 카메라 기법을 배울 수 있는 영화감독과 작가들의 실습 무대이지."

"거기 나오믄 취직 잘 되나?"

"응 경우에 따라선, 무대 연출, 영화 현장의 스텝으로 취업 되는 경우도 있고 영화감독으로 등단을 하거나 독립영화를 찍는 사람들도 많이 있지."

그는 마치 교사가 되어 학생들에게 강의하고 있는 기분이 들었다.

"대개 영화를 좋아하는 사람들은 상업성을 배제한 독립영화의 예술성을 우선시 하는데 재미있는 건 영상학과 교수님들은 현직에서 활발히 활동하고 계신 스타 교수님들이지. 상상만 해도 멋있지 않니?"

그는 감격에 들떠 말했다. 순간 친구들의 입가에 묘한 비웃음이 감돌았다.

"그 중에서 니는 뭐 할긴데? 그보다 취직하기란 억수로 어렵겠다 그치?"

"나? 나는 그 중 시나리오를 쓰거나 스텝으로 활동하고 싶어."

"그럼 영화감독? 왔다 그거 진짜 어렵겠다. 돈도 많이 들고."

"뭐 하다가 진로를 바꿀 수도 있는 문제고."

"그보다 느거 아부지가 허락 하시겠나?"

"응 나 하고 싶은 하라고 그러셨어."

"참말? 니거 아부지가 참말 그랬단 말이지, 우와! 기적이 따로 없네."

친구들은 도무지 믿지 못하겠다는 표정이었다. 아버지의 완고함은 친구들 사이에서도 유명했었으니까. 친구들과 헤어져 돌아오면서 그는 내내 깊은 후회를 했다. 자신도 없는 말을 너무 떠벌렸기 때문이다. 그러나 이미 내뱉은 말 주워 담을 수도 없는 일. 그는 입시 일이 닥친 날부터 끝나는 날까지 내내 강박증에 시달렸다.

만일 입시에 실패해 떨어지면 어떡하지?

그 문제를 두고 형민은 목사를 찾아갔다.

"능력도 안 되는 데 공연히 말만 떠벌인 건 아닌가 걱정돼요."

"사람이 마음으로 그 일을 계획하여도 성취하시는 분은 오직 여호와시다, 그분께 네 앞날을 맡기고 자유해라."

도무지 못 믿을 말만 하면서 목사는 그에게 기도할 것을 지시했다. 그러나 그는 도무지 마음의 갈피를 잡을 수 없었다. 그동안 시나리오를 몇 편인가 써보고 나름대로 영화 평론도 해 보았지만 전혀 자신감이 안 생겼다. 영상학과는 필기는 물론 적성검사를 통해 선발한다고 하지 않는가.

걱정 반 두려움 속에 마음속에 잔잔한 음성이 들려왔다.

두려워 말고 믿기만 하라.

무슨 생각으로 어떤 준비를 했는지 잘 모르겠다. 어찌 됐든 입시는 그럭저럭 잘 치러졌고 기적과도 같이 합격 소식이 들려왔다. 합격 기준이 뭐였는지 그건 잘 모르겠다. 어찌됐든 합격이라는 사실이 그는 무진장 행복했다. 고향에서 합격 소식을 들은 아버지는 아들이 이미 영화감독이라도 된 듯 동네방네 자랑하고 다녔다.

그 역시 기적이었다. 아버지는 비닐하우스에다 신종 품종을 개발해 외화벌이를 톡톡히 하고 있었다. 무농약 유기농 웰빙 음식은 강남의 부유층에 대세로 작용하고 있었다. 동생들도 모두 지방에 있는 대학에 진학했고 집안은 빠른 회복세를 탔다. 그건 형민의 집안만 그런 건 아니었다.

읍내에 살고 있는 친구들도 웰빙 바람을 타고 고수익을 올리고 있었다. 지방자치 단체로 변하면서 돈이 되는 거라면 너도나도 뛰어 들면서 나타난 현상이었다. 고향은 나날이 발전을 거듭해 도시의 면모를 갖추더니 어느 날 시(市)로 승격했다. 논밭이 아파트 군단으로 변하고 대형 슈퍼마켓과 공장단지도 들어섰다.

형민은 대학을 졸업하고 군대를 다녀온 뒤 지방의 방송사에 취직했다. 그곳을 3년 쯤 다니다 엔테이먼트 회사에 취직했다. 그곳은 가요계는 물론 영화계까지 망라하는 자본과 인력 면에 있어 국내 굴지의 그룹이었다. 그는 촬영 현장을 지켜보면서 시나리오를 써 응모했다. 컴퓨터 첨단 기법을 사용한 촬영에 성공해 인정받은 적도 있었다.

차츰 경력을 쌓아 가던 어느 날 그의 영화가 크랭크인 되는 날이었다. 모험이나 도박과도 같은 영화제작에 혼신의 힘을 쏟던 날 그는 꿈을 꾸었다. 꿈에 그는 어느 예술인 단체의 모임에 참석하고 있었다. 그곳은 영화인들 뿐 아니라 예술이라 총칭하는 각종 부류들이 모여 있었다.

미술, 음악, 사진, 연극 영화, 국악, 무용, 문학 예술인까지 모여 예술인의 잔치를 하고 있었다. 예술은 클래식 상업예술 모두를 포함하고 있었다. 수많은 트로피가 오가고 박수와 팡파르가 울려 퍼지며 분위기는 절정에 달하고 있었다. 산해진미가 쌓인 뷔페 음식은 순식간에 동이 나고 샹들리에 불빛은 점점 사람들의 마음을 자극했다.

예술인들은 하나같이 얼굴과 몸매가 뛰어 났다. 개중에는 남자 무용수도 있었는데 몸매가 조각 같았다. 간혹 비주얼이 보였는데 십중팔구 문인이었다. 분위기가 무르익어 갈 무렵 갑자기 중앙에 있던 커튼이 내려졌다. 그와 동시에 안쪽에 숨겨져 있던 무대가 나타났다.

대형화면의 노래방 기기와 장구와 드럼 기구가 보였다. 천장에서는 사이키 조명이 천천히 돌아갔다. 창밖은 눈 덮인 설원이 펼쳐져 있었다. 예술인들의 얼굴에는 모두 끼가 흐르고 그것은 마치 신기(神氣)와 같았다. 그때 한 남자가 나타났다. 그는 머리칼을 파마한 늘씬하고 날카로운 눈매의 남자 가수였다.

    마이크 줄을 잡은 그는 노래방 기기에 맞춰 신들린 듯 노래를 불렀다. 그는 어느 모로 보나 연예인다웠다. 딴따라 기질이 얼굴에서부터 흐르는 그는 평생을 노래만 부르며 살아왔다. 노래를 부르는 표정과 제스처 하나하나가 라이브 예술 그 자체였다. 그가 마이크를 놓더니 이번에는 순수음악을 하는 테너가수에게 옮겼다.

    그가 마이크를 잡는 순간 실내에는 알 수 없는 정적이 흘렀다. 긴장과 환호 격정과 열정이 그의 목소리에서 얼굴에서 관중에게로 퍼져 나갔다. 그가 후렴구를 부를 때에는 곁에 있는 베이스가 합류했다. 둘의 합창은 관중을 압도하다 못해 무한한 감동을 연출해 냈다. 테너와 베이스의 합창은 거대한 폭풍우가 몰아치는 듯 잔잔한 호숫가를 거니는 듯 따스한 봄날을 음률로 노래했다.

    인간이 만들어 낼 수 있는 최고의 아름다운 감동의 세러머니로 마음을 압도했다. 곡이 끝나자마자 앙코르가 쏟아졌다. 그들은 얼굴과 표정, 옷차림 목소리에까지 예술 아닌 것이 없었다. 온통 예술적인 끼로 뭉친 그들에게 비범함은 필수로 다가왔다. 지그시 감은 눈 사이로 예술적 감성이 관중을 휘몰아치고 음률이 가슴을 적셨다.

    그 뒤로 국악인들의 공연이 이어졌다. 작은 체구의 중년 남자 국악인은 한강수 타령을 멋들어지게 불러 제쳤다. 흥을 돋우기 위해 나온 여자 국악인들은 무용팀으로 완벽한 연출을 이끌어 냈다. 미술인들이 노랫소리도 감동을 연출했다. 그들은 옷차림부터 미적 감각을 더해 직업의식을 나타냈다.

    특이한 건 머리칼이 하나같이 장발이라는 점이었다. 사진팀 무용팀의 공연도 이어졌다. 선남선녀가 따로 없을 만큼 하나같이 외모가 출중했다. 특히 무용팀은 그야말로 몸짱이었다. 가는 몸매 곡선과 움직임은 하나의 무용 작품이었다. 그들의 몸놀림은 어느 것 하나 율동이 아닌 것이 없었다.

연극인들의 노래는 오페라 뮤지컬을 연상케 했고 말 한마디 한마디가 연극대사였다. 눈빛은 감동의 대사였고 몸놀림은 엑스타시 그 자체였다. 예술인들의 공연이 진행될 때마다 형민은 눈물을 흘렸다. 그리고 자신에게 가만히 말했다.

「모든 예술인들은 행복하다」

왜냐하면 자신의 재능대로 하고 싶은 일을 하며 살아가니까.

세상에 재능이 있다 해서 다 자기 재능대로 살아가는 건 아니지 않는가. 돈이라는 현실에 막혀 재능을 사장(死藏) 당하고 외면하고 삶이라는 도구에 끌려가는 것이다. 예술은 먹고살기 위한 방책이 아니다. 예술은 자기 재능을 위해 자신을 희생하는 것이다. 예술 그 자체에 자신의 삶을 던지는 것이다.

형민은 꿈속에서 감격했다. 가슴 벅찬 감동이 멈춘 것은 맨 마지막 순간이었다. 마지막으로 무용팀이 등장해 발레를 하는데 그 표정이 어딘지 낯익었다. 긴 다리를 쳐들어 올리며 미소 짓는데 그는 한순간 숨이 멈추는 듯했다. 자기를 바라보고 웃는 그 여자는 다름 아닌 소영이었다.

발레리나로 변신한 소영이가 그에게 백조의 호수를 연출하며 마지막 무대를 장식하고 있었다. 그녀의 하늘거리는 율동이 끝나자 우레와 같은 박수가 터져 나왔다. 그리고 곧이어 무대를 가리는 마지막 커튼이 드리워졌다. 그는 자리에서 일어나 안타깝게 소리쳤다.

소영아! 소영아!

그는 꿈에서 깨어난 후 자기에게 말했다.

영화가 흥행하든 안 하든 나는 예술인이다. 영화개봉을 앞두고 형민에게는 많은 일들이 벌어졌다. 지하로 내려가는 수많은 계단들이 그를 낙심케 했고 에스컬레이터를 타고 올라가는 순간도 많았고 고층빌딩을 엘리베이터를 타고 한 순간에 올라간 적도 있었다. 그러다 어느 날인가는 성공이라는 고지가 눈앞에 보인 적도 있었다.

그때마다 그는 절대자에게 감사의 기도를 올렸다. 미래는 아무도 모르는 미지의 세계이다. 그러나 그 미래를 이끄는 힘은 따로 준비되어 있다. 꿈과 소망, 바로 긍정적 마인드다. 어느 날 그의 마음속에 세미한 음성이 들려왔다.

'아무도 보거나 듣거나 생각조차 못한 것을 하나님은 자기가 사랑하는 사람들을 위하여 준비해 두셨다'

(한맥문학 2013년도)

오드 아이

아귀의 배를 가르던 주방장 정씨가 말했다.

"아따, 이 놈 좀 보소, 배 안에서 이것들이 다 나온다요."

가까이 가 보니 과연 아귀의 뱃속은 희한했다. 조기가 여러 마리가 나오고 새우, 붕어도 보였다. 그것도 통째로. 아귀는 그 큰 입으로 물고기를 씹지도 않고 통째로 먹어 치운 것이다. 아귀가 허연 배때기를 내밀고 정씨의 손에 의해 낱낱이 짓이겨지고 있었다. 조선족 강씨 아주머니는 머리를 떼 낸 콩나물을 끓는 물에 데쳐 커다란 바구니에 받쳐 놓았다.

짙은 안개처럼 수증기가 주방 안에 가득했다. 식기 세척기 앞에는 쌓아올린 식판이 아슬아슬하게 버티고 있는 중이었다. 걸음을 옮기는데 발밑이 미끈했다. 타일 바닥에 물이 질펀하게 흘러내리고 있었다. 오븐에는 고등어가 역한 냄새를 풍기며 익어가고 삼겹살 냄새까지 가세해 당장이라도 토할 것만 같았다.

한쪽에선 방금 떡집에서 배달해온 떡을 보기 좋게 접시에 담고 있었다. 마카로니 샐러드와 생선초밥도 케이스에 담겨져 포장되고 있었다. 오늘 출장 뷔페는 세 군데다. 회사 개업식과 야외 출장 뷔페에다 교회 다과회다. 모두 바쁜 손길을 움직이는데 여기저기서 고함이 터진다.

"야! 모두들 빨리 빨리 서둘러, 비가 와서 차가 밀릴지 모르니까 더 빨리 서둘러야 해, 김부장 세팅 준비 완료됐겠지?"

"걱정 마쇼, 준비는 어제 다 끝내 놨음다."

냉동 탑차에 기물을 옮기던 한실장이 소리쳤다.

"핫 디시 한 개가 안 보여요, 메칠 알코올도 안 보이고."

"말로만 하지 말고 빨리 빨리 챙겨 넣어."

"방금 전까지 본 것 같은데 이게 발이 달렸나 어디로 갔지?"

커다란 다라니에는 콩나물과 아귀가 한데 어우러져 한참 익어가는 중이었다. 향긋한 미나리 향기가 진동을 했다.

오늘 같이 바쁜 날은 모두 신경이 칼끝처럼 예민해져 불평불만과 함께 짜증이 나기 마련이다. 출장 뷔페의 관건은 음식 맛과 철저한 시간 약속이다. 그 두 가지를 잘 해내기 위해선 숙련된 솜씨와 함께 적시에 음식이 도착해야 한다.

음식과 기물을 가득 실은 탑차 한 대가 드디어 출발했다. 안산까지 가려면 빨리 서둘러야 한다. 하늘을 보니 금방이라도 비가 쏟아질 것만 같다. 아까부터 발을 동동 구르며 창고와 주방 사이를 오가던 한실장이 또 볼멘소리를 했다.

"호치키스랑 케이크 단이 안 보여."

"잘 찾아보라니까 그게 발이 달렸어 손이 달렸어?"

"아! 이제야 생각났다. 지난번 용산에 출장 나갔을 때 빼놓고 온 거 같아, 나갈 땐 분명 네 개였는데 돌아와서 보니까 세 개였잖아."

"아니 그걸 지금 말이라고 하는 거야? 기물을 제때 제때 챙겨야지 일이 차질이 안 생기지."

"이게 바로 다 직원이 자주 바뀌기 때문에 생겨나는 현상이라구."

주방에서 제일 고참인 찬모 채씨의 말이다. 외식업체의 직원들은 유난히 자주 바뀐다.

주로 팀으로 움직이는데 워낙 일이 중노동에다 걸핏하면 싸우고 결근하는 바람에 일에 차질을 빚기 때문이다. 잦은 폭음과 무절제한 삶은 윤리기준마저 무너져 재혼인 경우가 수두룩하다. 주방 안에서 남녀 조리사들이 서로 눈 맞아 가정이 깨지는 경우도 있다.

식기세척기에서 자욱한 김이 뜨거운 열기와 함께 뿜어져 나오고 있다.

땀이 목덜미를 타고 등줄기를 적셨다. 서둘러 주방을 빠져 나오는데 허리가 휘청했다. 무거운 것을 옮기느라 허리가 삐끗한 것이다.

아웅!

담장 밑을 돌아서는데 고양이 소리가 났다. 몸집이 제법 큰 흰색 고양이였다. 털이 짧은 걸로 보아 길고양이가 틀림없었다. 자세히 보니 고양이 눈 색깔이 달랐다. 왼쪽은 노란색인데 오른쪽은 하늘색이었다. 오드아이 고양이였다.

"나비야— 예쁘게 생긴 냥이구나."

고양이는 나를 보더니 두 발을 들고 똑바로 섰다. 그러더니 아웅! 하고 다시 한 번 소리를 냈다. 배가 고픈 모양이었다. 얼른 가게로 달려가 통조림 한통을 사왔다. 고양이는 이미 뒷걸음질 쳐 주차장 쪽으로 가고 있었다.

"나비야."

통조림통을 들어 보이자 고양이는 힐끔 나를 쳐다보더니 그 자리에 섰다.

"나비야, 이거."

급한 마음에 서둘러 캔을 따는데 어느 사이엔가 고양이가 담장 위로 올라섰다. 냄새를 맡더니 캬오! 괴성을 지르며 먹기 시작했다. 그러자 어느 틈에 나타났는지 다른 고양이들도 나타나 합류했다. 하얀 고양이는 어느 정도 먹자 싸우지 않고 순순히 물러났다. 검은 고양이 노랑 고양이도 통조림통에 고개를 박더니 먹기 시작했다. 통조림통은 금세 바닥이 났다.

다음 날 담장 위에 조그만 플라스틱 물통을 갖다 놓았다. 고양이들이 와서 마실 물이었다. 먹이는 고양이들이 나타나면 줄 작정이었다. 주방에서는 잔반통에 음식 쓰레기가 잔뜩 쌓이고 있었다. 그 중에 고기만을 따로 건져내 비닐종이에 넣고는 재빠르게 주방을 빠져 나왔다.

담장 위에 고양이가 보였다. 이번에는 노랑 고양이었다.

"나비야, 오늘은 혼자 왔구나. 조그만 기다려 밥 줄게."

누가 볼세라 얼른 비닐을 담장 밑으로 던져 주었다. 잠시 후에 보니 노랑 고양이는 입맛을 다시고 있고 하얀 고양이가 비닐에 쌓인 고기를 핥고 있었다. 앞발로 비닐을 헤쳐 가며 고기를 먹더니 노랑 고양이와 함께 주차장 쪽으로 걸어갔다. 내게는 고맙다는 말 한마디 없이. 하긴 고양이가 무슨 의사 표현을 할 수 있겠는가.

언젠가 TV에서 오드아이 고양이에 대한 이야기를 들은 기억이 난다. 원산지가 중동 지방인 오드아이는 희귀종으로 보호대상이라고 했다. 대부분 수입산으로 보통 2백만 원을 호가한다. 짐작컨대 녀석도 처음부터 수입산이었거나 아니면 원 주인이 중동으로 여행 갔다가 사온 고양이가 틀림없었다.

그런데 녀석은 언제부터 길고양이로 전락할 걸까. 나는 호기심에 녀석을 자세히 들여다보았다. 녀석은 다른 길냥이와는 달리 성격도 온순하고 차분해 보였다. 먹이를 던져주면 얌전히 다가와 먹고는 이내 사라졌다. 그런데 어느 날인가부터 녀석에게 동행이 생기기 시작했다. 바로 며칠 전에 보았던 노랑 고양이였다.

어쩌면 녀석들은 처음부터 부부 사이였는지 모른다. 녀석들은 앞서거니 뒤서거니 하면서 먹이를 먹으러 나타났다. 그런데 이상한 건 먹이를 아무리 많이 던져줘도 노랑 고양이가 항상 먼저 먹는 것이었다. 노랑 고양이가 식사를 마치고 나면 그제야 오드아이가 식사를 시작했다.

"나비야 물도 먹어."

내가 플라스틱 물통을 손으로 툭툭 치면 녀석들은 본체만체 하고는 주차장 쪽으로 걸어갔다. 그러나 가끔씩 담장 위로 나타나는 걸로 보아 물도 마시는 게 틀림없었다. 물이 바닥을 드러낼 만큼 줄어들었기 때문이다. 처음에는 오드아이 부부만 나타났는데 갈수록 식구가 늘기 시작했다.

온 동네 고양이들에게 소문이 퍼진 모양이다. 까만 고양이 얼룩이 고양이 갈색 고양이, 얼마 전에 새끼를 낳은 코에 얼룩이 진 검정 고양이까지. 나는 시간만 나면 고양이들에게 먹이를 갖다 주며 친근감을 표시했다. 세상에 말 못하는 짐승처럼 불쌍한 존재는 없을 테니까.

30년 전, 강원도 동부전선 최북단 초등학교에 근무할 때의 일이다. 학교에서 잡무를 하는 정씨가 있었다. 나이는 36세, 깡마른 체격에 눈빛이 날카로운 생긴 모습 그대로 성질머리가 사나웠다. 아들만 셋인 그에게는 12살이나 어린 띠 동갑 아내가 있었다. 얼굴이 항상 부어 있는 그녀는 입만 열면 자기 고생담을 늘어놓는 게 취미였다.

돈을 벌기 위해 안 해본 일이 없다는 그녀는 인생 전체가 막장 드라마 같았다. 16세란 어린 나이에 집에서 일하는 머슴과 야반도주한 것도 그렇고 남편에게 두들겨 맞으면서도 끝내 집을 나가지 않는 것도 어쩌면 그녀의 기막힌 팔자소관이었다.

입만 열면 돈! 돈을 외치는 그녀는 돈을 위해서라면 못할 게 없는 양심마저도 저버리는 도덕 불감증자였다.

사람들은 그녀에게 이제라도 늦지 않으니 남편 버리고 멀리 도망가서 살라는 말을 곧잘 했다. 물론 농담 반 진담 반이지만 그만큼 그녀의 삶은 혹독하고 거칠었다. 사람들은 그녀의 이야기를 듣는 체하다가 돌아서기가 무섭게 험담을 늘어놓았다. 인생 막장 드라마 못지 않게 양심 또한 무디고 변형되어 있었기 때문이다.

일례로 그녀는 무엇이든 한번 빌려 가면 되돌려 주는 일이 없었다. 급전은 물론 사소한 연장이나 살림도구, 하다못해 연탄 한 장 빌려간 것도 갚지 않았다.

그건 그녀의 살아가는 방법이자 습관이었다. 갚을 능력이 없어서가 아니라 일부러 안 갚는 것이다. 그걸 그녀는 순간의 이익으로 치부했다.

그건 남편 정씨도 마찬가지였다. 그는 신혼 초기에는 자기가 버는 돈은 오직 자신만을 위해 썼다. 아내에게 한 푼의 생활비도 주지 않았다. 따라서 그녀는 스스로 벌어 써야 했는데 그 방법이 기가 막혔다.

그때나 지금이나 배운 것 없고 별다른 재주 없는 사람이 하는 일이란 게 뻔했다.

남의집살이부터 시작해서 공사장 막일, 시장터에서 잡일과 바쁜 농사철에 품 팔기, 남의 집 애 보기, 등 안 해 본 일이 없었다. 그 중 가장 서러운 건 어린 나이에 공사장에서 하는 막일이었다. 그녀는 거친 남자들 틈 속에서 막일하면서도 남편에 대한 공대만큼은 끔찍했었노라고 자신 있게 말했다.

술만 마셨다 하면 여자를 개 패듯 하는 정씨는 띠 동갑인 아내를 만나기 전부터 여자편력이 화려했다. 배운 것 없고 근본이 천한 그에게 한가지 가진 게 있다면 그것은 바로 반듯한 외모였다. 거기에다 한가지 덧붙일 게 있다면 머리회전이 비교적 빠른 눈치 9단인 점이었다. 그게 바로 그녀를 남편에게 붙들어 준 셈이었다.

나이가 24세밖에 안 된 그녀에게 3명의 아들이 있었는데 8살 6살 3살이었다. 그걸 두고 정씨는 남의 집에 줘 버릴 딸은 결코 키워서는 안 된다는 말하곤 했다. 그러나 가끔씩은 딸 하나쯤 두었더라면 하고 후회하는 말을 하곤 했다.

"선생님 저는 지랄병 말고 안 해본 짓 없어요, 얼마나 고생을 했는지 제 이 손 좀 보세요, 허물이 벗어져 지문이 안 찍혀요, 제가 주민등록 하려고 면사무소에 갔는데 직원이 제 손을 보더니 기겁을 하는 거예요, 지문이 안 보인다면서."

그렇게 말하는 그녀의 얼굴 위로 어둠이 스쳐 지나갔다. 자세히 보니 이마와 귀 안쪽에 시퍼런 멍 자국이 보였다. 그것을 가리기 위해 얼마나 파운데이션을 덕지덕지 처발랐는지 드라마에 나오는 귀신형상 같았다.

그녀는 가끔씩 내게 신세한탄을 하다가도 남편이 들어오는 기척이 보이면 소스라치게 놀라며 뒤로 물러났다.

"저러고도 남편과 헤어지지 않으니 참 딱한 인생도 다 있다."

나는 속으로 실소를 금치 못했다. 해동을 하고 봄 햇살이 내리쪼이자 그들에게 변화가 일어났다. 살고 있는 집을 개조해 음식점을 한다는 것이다. 집 평수만 넓다뿐이지 거의 폐가나 다름없는 집이었다. 당시만 해도 농촌에는 폐가가 많았다. 집이 팔리지 않자 그냥 버려두고 대도시로 떠나는 농민들이 많았기 때문이다.

그중 꽤 평수가 나가는 집을 헐값으로 사들인 정씨 부부가 드디어 리모델링에 나선 것이다. 원래부터 막일과 집 개보수하는 것이 전문인 정씨는 인부 하나 들이지 않고 일을 진행하기로 했다. 읍내에서 모래와 시멘트, 타일 등 각종 자재를 들여오고 내부공사는 아내와 함께 직접 하기로 했다.

우선 그들은 안방과 마루를 허물어 음식점 홀로 사용하기로 했다. 곡괭이와 도끼로 구들장을 깨고 돌을 골라낸 다음, 바닥을 평평하게 한 뒤 모래와 시멘트를 바를 작정이었다. 구들장을 깨자 뻘건 황토 흙이 먼지를 뽀얗게 뒤집어쓰고 일어났다. 정씨가 곡괭이로 바닥을 깨면 아내도 옆에서 거들었다.

어릴 때부터 막노동으로 굳어진 아내는 못할 일이 없었다. 힘들어도 내색 한 번 않고 씩씩하게 일을 해냈다. 이제 20대 중반에 들어선 그녀의 정신연령은 사오십 대를 넘어서고 있었다. 수건을 머리에 쓰고서 그 많은 먼지 다 마셔가며 억척스럽게 일을 했다. 힘이 장사였다. 그 작은 체구에서 어떻게 그런 힘이 나오는지 신기할 정도였다.

새벽부터 시작해 밤 12시가 넘을 때까지 지치지도 않고 일을 했다. 일하는 짬짬이 남편의 간식과 식사에도 정성을 다했다. 시멘트와 모래를 섞고 그것을 바닥에 바르고 타일을 붙이는 일도 척척 해냈다. 이미 공사판에서 굳은 솜씨였다. 간단한 몸빼를 걸쳐 입은 그녀는 시계나 장신구 하나 없었다.

그럴 돈 있으면 남편의 옷가지 하나라도 더해 주는 게 소원이었다. 동네에서 점포를 하는 이장에게서 빌린 리어카로 자재를 직접 실어 나르고 사다리 타고 올라가 못을 박거나 물받이 공사도 직접 했다. 일에 관한 한 무서울 게 없는 그녀였다. 결혼 이후 잠을 4시간 이상 자본 일이 없다는 그녀는 어린 나이에 당차도 너무 당찼다.

시일이 흐름에 따라 집은 가게로 변신해 갔다. 처음에는 유리창이 달린 출입문이 들어서더니 며칠 안 가 제법 쓸 만한 홀이 보였다. 또 안으로는 살림방 겸 손님 접대용 온돌방이 있었다. 주방도 꽤 널찍하고 필요한 주방도구도 갖추어 나갔다. 페인트칠도 직접 하고 제법 반듯하게 모양이 갖추자 개업기념 세일 행사를 하기에 이르렀다.

인부 한 사람 안 쓰고 순전히 부부의 힘만으로 리모델링된 식당이었다. 그녀는 손님이 한꺼번에 들이닥치기 전에는 절대로 도우미 한명 쓰지 않았다. 모든 일을 혼자 해내면서 겨울철에는 하숙도 쳤다. 돈에 관한 한 부부가 한통속이었고 자린고비도 그런 자린고비가 없었다.

그렇게 개고생을 하는데도 정씨는 수시로 아내를 두들겨 패고 못된 짓을 일삼았다. 그녀는 온몸에 피멍이 들고 피를 됫박으로 흘려도 다음 날이면 아픈 몸을 이끌고 남편에게 식사 공대를 했다. 그걸 정씨는 늘 자랑삼아 이야기했다.

언젠가 그 식당에 들렀을 때의 일이다. 정씨가 아내를 향해 "이 병신아."하고 막말을 하는 것이었다. 남편이 나가고 나자 그녀는 내게 눈물을 흘리며 말했다.

"내 나이 열여섯에 저 사람에게 시집왔어요, 저를 유독히도 싫어한 아버지가 중학교를 보내주지 않아 어디 도시로 가서 공장살이라도 할까 생각하는데 내보내 주질 않는 거예요."

"동생들도 중학교에 안 갔나요?"

"여동생은 나이 스무 살에 동네 총각에게 시집가고 남동생만 읍내에 있는 중학교에 들어갔어요. 다행히 여동생 남편은 성품이 착하고 좋아요, 그나마 다행이죠."

"일을 적당히 하지 왜 그렇게 힘들게 무리하면서까지 해요, 그러다 탈 나면 누구 손핸데."

"전 친정집에 있을 때도 집안일이건 농사일이건 가리지 않고 했어요, 그런데도 아버지가 절 미워해서 엄마와 늘 싸우는 거예요, 그래서 결심했어요, 엄마와 아버지가 싸우지 않고 사는 길은 내가 빨리 시집가는 길밖에 없다."

저런 멍청이 같으니라구, 아무리 그래도 그렇지 성질 못된 머슴하고 바람날 게 뭐람. 그것도 그 어린 나이에.

나는 속으로 기가 막혀 실소했다.

"제 바로 밑에 여동생은 지금 읍내에 사는데 남편이 불 안 때주면 밥 못 하는 줄 알아요, 그래 저 사람은 늘 입버릇처럼 말해요, 처제는 개 패듯 두들겨 맞아야 한다고, 제 여동생은 처녀 때도 친구들 불러들여 맛있는 거 해먹고 놀았어요, 전 죽어라 일만 하고, 전 일하지 않고 가만히 있으면 불안해서 못 견뎌요. 또 어디선가 불호령이 떨어질 것 같아서요."

그녀는 일 중독증에다 강박증세가 첨가되고 있었다. 그렇다고 그녀가 마냥 착하거나 자신을 전혀 돌보지 않는 것도 아니었다. 식당 일을 하면서부터 화장도 짙게 하고 옷매무새도 달라졌다. 가끔씩 동네 여자들과 어울려 술판도 벌이고 노래도 구성지게 불러 제쳤다. 그녀가 부르는 노랫소리가 밤공기를 타고 내 방까지 들려올 정도였다.

정씨는 제일 나이 어린 평교사인 내게는 물론 남자 교사와도 자주 언쟁을 벌였다. 어린 나이부터 객지를 떠돌며 생활한 그에게 남은 건 거친 성격과 야비한 인격뿐이었다. 늘 피해의식에 찌들어 남에게 해코지나 하는 그에게 충성의 대상이 있다면 바로 교장선생이었다. 그가 어떻게 교장의 눈에 들었는지 그건 일체 아무도 모르는 기밀사항이었다.

믿기진 않지만, 정씨가 고향을 떠나온 건 열 살쯤이었다고 한다.

고향은 그곳에서 천리나 떨어진 충청도 두메산골이었다. 무슨 사연이 있기에 그 어린 나이에 고향을 떠나왔느냐는 말에 그는 버스 타고 왔지 어떻게 와? 하며 동문서답을 했다.

아무리 본 데 없이 자라고 산전수전 다 겪고 살았다 해도 그의 인간성은 형편없이 망가져 있었다. 양심은 어디다 팔아먹었는지 돈 관계에 있어서 늘 눈 가리고 아웅 식으로 일관했다. 그나마 옛날에 비하면 많이 나아진 편이었다.

툭하면 동네사람들과 싸움판을 벌이고 그런 날이면 집에 들어가 아내에게 온갖 분풀이를 다 했다. 그런데도 아들 셋은 두 눈 멀뚱멀뚱 뜨고 구경만 했다. 늘상 보아온 광경이라 그런지 말릴 생각도 안 했다. 아이들이 커가자 정신이 들었는지 월급봉투만큼은 아내에게 일임했다.

개과천선한 셈이다. 그녀는 감지덕지했다. 어릴 때부터 일관된 학대에 시달려온 그녀는 피할 생각은 엄두도 내지 못했다. 친부로부터도 학대당하고 결혼해서는 남편으로부터 지속적으로 폭행에 시달린 그녀는 술만 마셨다 하면 눈물바람이 되었다.

"그래도 요즘은 많이 나아진 게 저래요, 옛날에는 먹을 게 있어도 혼자만 먹고 마누라가 밥을 먹었는지 굶었는지 통 관심이 없었어요, 요즘은 밖에 나갔다 들어올 때면 가끔씩 먹을 것도 사오고 제 화장품도 사들고 와요."

저 여자는 저런 걸 행복이라고 생각하는 걸까. 나는 한심하고 기가 막혀 멍하니 쳐다봤다. 그녀는 읍내 중학교에 다니는 남동생이 찾아오면 먹을 것에다 용돈에다 정성을 쏟았다. 생김새가 자신을 꼭 빼어 닮아 더 사랑스럽고 애착이 간다는 것이었다. 자신은 발걸음도 디밀지 못한 중학교를 다니는 동생이 너무도 자랑스럽고 좋다고 했다.

그런데도 남동생은 그녀에게 한 번도 누나라고 부르지 않았다. 오히려 막대 놓고 무시하고 하대했다. 친부가 누나에게 한 그대로 재연하는 것이었다. 그녀는 결혼해 친정을 떠나온 이후에도 여전히 찬밥신세였다. 그러나 친정에 일이 생기면 제일 먼저 달려갔다. 남편 몰래 꼬불쳐 놓았던 쌈짓돈도 아낌없이 내놓았다.

남편이 알면 맞아 죽을 게 빤한 데도. 마음 한 구석에서는 집안의 장녀로서 인정받고 싶은 모양이었다. 어린 나이에 시집 와 아들 셋 낳아주고 온갖 고생하는 그녀를 두고 동네 사람들은 툭하면 입방아를 찧어댔다.

'서방 복 없는 년은 자식 복도 없다던데 차라리 자식들 버려두고 멀리 도망가서 살지, 나이도 젊겠다, 반듯한 남자 만나 팔자 고치는 게 백번 낫지, 아암 낫고말고. 나 같으면 그렇게 하겠다. 나이 서른도 안 된 여자가 뭐가 아쉬워 저런 불한당 같은 놈을 서방이라고 붙들고 사냐.'

하긴 정씨도 술만 취하면 말했다.

"저런 등신, 차라리 도망가지 않고서. 나 같으면 백번은 더 도망갔겠다."

못 된 인간이 한 줄기 양심은 있었던 모양이다. 사람들이 흔히 하는 말이 있다. 팔자 사나운 여자는 평생 죽도록 고생만 하다가 살만 하면 병들어 죽는다는…….

정씨는 식당 문을 열자 태도가 다소 누그러지는 듯했다. 직원들의 회식이 있을 때마다 이용했기 때문이다. 수입이 쏠쏠해지자 그 못된 버릇이 나타나기 시작했다. 고기를 시키면 다른 음식점의 절반 정도만 내놓는 것이었다. 그러면서 오히려 큰소리 쳤다. 그는 말문이 막히거나 곤란해지면 무조건 거친 욕설부터 내쏟았다. 상대가 윗사람이건 처음 보는 사람이건 상관하지 않았다.

화가 난 직원들이 다음부턴 정씨의 음식점을 이용하지 않기로 작정했다. 오만불손한 데다 갈수록 기고만장이었다. 그러자 그는 제일 만만한 내게 성질을 부리고 난장을 피웠다. 야수 같은 눈빛을 번득이며 나중에는 욕설까지 퍼붓는 것이었다. 생각 같아서는 같이 욕설을 퍼붓고 싶었지만 참았다. 아무리 돼먹지 않은 인간일지라도 나보다 12살이나 많았다.

대신 나는 그를 유일하게 감싸고도는 교장에게 다가가 마지막 하직 인사를 했다. 저런 인간과는 도저히 한 직장에서 근무를 못하겠으니 사표를 쓰겠다고 했다.

그 사건이 아니더라도 나는 평상시에 그를 인간 이하로 생각하고 있었다. 저런 건 인간이 아니고 짐승 이하다. 인격 파탄자에다 인간 말종이며 사탄의 하수인이다. 사람의 탈을 쓴 사탄은 바로 정씨를 두고 하는 말일 게다. 그 사탄의 가장 큰 피해자는 그의 아내이며 또한 세상에서 가장 멍청하고 불행한 여자도 그의 아내일 것이다. 나는 혼자 판단하고 정죄하고 결론 내렸다.

그런 무의식적인 생각이 그에게 전달된 모양이다. 그는 툭하면 내게 시비를 붙고 야유를 퍼부었다. 최소한의 양심이나 기본적인 예의도 없이. 그런 그에게도 예외의 구석이 있었다.

언젠가 읍내에 나갔을 때의 일이다. 혼자 장터 구경을 하며 돌아다니는데 길모퉁이에서 웩웩거리며 토악질하는 사람이 보였다. 언뜻 보니 사나운 몰골이 정씨였다. 어디서 또 사람들과 대판 붙은 모양이었다. 홧김에 술을 잔뜩 처먹고 토악질을 해대는 꼴이라니 멀리서 봐도 꼭 마귀 형상 같았다.

그런데 잠시 후 돌발사태가 벌어졌다. 어디서 나타났는지 새끼 고양이 한 마리가 정씨 곁으로 조심조심 다가갔다. 야옹대며 다가오는 고양이를 정씨는 이글거리는 눈빛으로 바라봤다. 야수와 같은 눈빛은 회심의 미소마저 머금고 있었다. 이제 고양이는 죽은 목숨이나 다름없었다. 그는 분명 주먹으로 고양이를 내리치거나 아님 멀리 던져 버릴지 몰랐다. 얼른 달려가서 구해 주어야 할 텐데 발걸음이 떨어지지 않았다.

그런데 다음 순간 믿기지 않는 장면이 벌어졌다. 정씨가 비칠거리는 걸음으로 근처 가게로 달려가더니 생선통조림을 사들고 나타난 것이다. 그가 떨리는 손가락으로 캔을 따더니 고양이에게 내밀었다.

고양이가 정신없이 먹기 시작했다.

그는 잠시 정신 나간 눈빛으로 고양이를 바라보더니 끄윽끄윽 눈물을 토해내며 울었다. 그러더니 나중에는 시장 바닥이 떠나가라 대성통곡을 했다.

"나비야 니 신세가 어릴 때 내 모습과 꼭 같구나. 나비야, 나비야."

전혀 믿기지 않는 장면이었다. 그는 한손으로 고양이의 등을 쓰다듬더니 끄억끄억 울면서 자리에서 일어나 걸어갔다. 그의 이율배반적인 양면성과 어울리지 않는 고양이 사랑이 한동안 의문부호로 떠올랐다.

그곳을 떠나온 뒤 30년이란 세월이 간단없이 흘러갔다. 한동안 무기력 상태에서 지내다 자살을 생각한 적도 있었고 취직이 안 돼 골몰하다 미치기 일보직전까지 간 적도 있었다. 그러다 도박하는 심정으로 친척이 중매해 준 남자와 웨딩마치를 올렸다. 사랑이니 운명이니 하는 생각은 하지 않았다.

어차피 결혼은 일종의 도박이라 생각했다. 그런 흐리멍덩한 생각으로 한 결혼이 제대로 굴러갈 리 만무했다. 남편은 정씨 못지않게 폭군이었고 그보다 더 잔인한 건 처음부터 내게 애정이 없었다는 사실이다. 첫날 밤부터 사랑하는 여자가 있었노라고 고백한 그는 나를 아예 남의 여자 취급하듯 했다.

그렇다면 왜 나랑 결혼했느냐고 하니까 전직 교사 출신인 것이 마음에 들었고 부모님의 성화가 빗발쳤기 때문이란다. 참 별 말도 안 되는 결혼조건 때문에 나만 피를 본 셈이다. 자식이 태어나자 최소한의 생활비만 던져주고는 아예 집에 들어오지 않는 날도 흔했다. 옛 사랑을 찾아 헤매는지 아님 또 다른 여자를 만나 사랑에 빠졌는지 알 수 없었다.

그것도 견딜만했다. 차라리 안 보고 사는 게 때론 편할 테니까. 어쩌다 나타나는 남편은 내게 이혼을 제의하며 각각 제 갈 길을 가는 게 어떻겠냐며 속에 불을 질렀다. 그렇지 않아도 친정은 파산을 당해 길거리에 나앉을 판이었다. 아무 데도 갈 곳 없는 내 처지를 두고 일부러 약이나 올리자는 심사가 분명했다.

"천하에 죽일 놈 같으니 늙고 병들면 반드시 복수해 주겠다."

나는 속으로 이를 갈면서 말했다. 나는 이혼해 줄 생각은 추호도 없었다. 그랬다간 날개 달고 훨훨 날아가 어떤 년의 치마끈 붙잡고 늘어지고 말 테니까. 어쩌면 남편은 정씨보다 더한 인간 말종인지도 모른다. 정씨는 주먹은 휘둘렀어도 딴 여자를 보거나 생활비를 축내진 않았었다.

정씨에게 향했던 그 악담과 저주가 남편에게 고스란히 쏟아지고 있었다. 얼굴에 새까맣게 기미가 끼고 화병으로 가슴이 바작바작 타들어 가는 나날이 지속되었다. 어쩌다 한 번씩 나타나는 남편은 빨랫감과 함께 아이들의 학자금을 내놓고는 휑하니 사라졌다. 그 뒷모습을 바라보자면 만감이 교차했다.

그 기막힌 감정 속에 욕구가 남아 있었던 모양이다. 미움과 분노가 거셀수록 위로받고 싶은 일말의 자존심 같은 것…….

그 욕구가 자존심 끝에 서서 자꾸만 나를 충동질하고 있었다. 언젠가는 나를 한번 봐주겠지 언젠가는……. 그 기대는 어느새 남편으로부터 사랑과 연민의 눈길을 간절히 원하고 있었다. 감정은 배반의 물꼬를 타고 한없이 타올랐다.

그것만이 무너진 내 자존심을 회복하는 길이라는 엉뚱한 생각도 가슴

한구석을 타고 올라왔다. 그건 버림받은 여자의 최후 발악이자 욕구였다. 그가 단 한번만이라도 나를 돌아봐준다면 모든 걸 다 덮어주고 용서하고 싶은 게 솔직한 내 심정이었다.

참 더럽고도 치사한 게 정이라더니……. 그런데 남편에겐 없는 그 정이라는 게 왜 내게는 있었을까. 참 이해할 수 없는 노릇이다.

어느 날인가부터 남편이 외국 출장에 오르기 시작했다. 집에서는 폭군 노릇을 해도 밖에서는 꽤나 인정받는 눈치였다. 날로 승승장구하더니 어느 날인가부터 외국 출장을 뻔질나게 떠났다. 모종의 함수가 숨어 있는 게 틀림없었다. 언뜻 들은 소문으로는 첫사랑인 여자가 외국에 살고 있다고 했다. 그녀가 홀몸인지 유부녀인지 그건 알 수 없었다.

처음에는 자식들과 연락을 주고받는 눈치더니 얼마 안 가 연락이 뚝 끊겼다. 가끔씩 부쳐오던 돈줄마저 끊겼다. 그래도 아이들한테 만큼은 아빠로서의 의무를 다하는 남편이었는데 무슨 일이 발생한 걸까. 불안이 의심과 함께 날마다 상상력으로 떠올랐다. 납치냐 실종이냐 단어를 두고 한동안 고민하기도 했다. 혹여 헤어진 첫사랑의 여인을 만난 건 아닌가, 소설을 써 대기도 했다.

그런데 소설이 현실화 될 줄이야. 그토록 뻔질나게 외국출장을 다니더니만 드디어 옛 연인과 재회했다는 소식이 들려왔다. 그는 그 사실을 동료에게 통보하며 엉엉 울었다고 한다. 너무 기쁘고 행복해서. 처자식의 안부는 안중에도 없었고 오직 그 여인만이 소중해 아무 생각도 나지 않았다고 한다. 물론 생활비 한 푼 보내오지 않았다.

지칠 대로 지친 나는 그나마 붙잡고 있던 모든 감정의 끈을 놓아버렸다. 그리고 지긋지긋한 전쟁을 끝내는 마음으로 그가 내민 이혼서류에 흔쾌히 도장을 찍어 주었다. 그는 위자료 몫으로 집 한 채를 내 이름으로 등기해 주며 말했다.

"당신도 이제 새 출발해야지 지난 일은 다 잊고서, 물론 아이들도 제

갈 길로 가야겠지."

마치 남의 이야기하듯 말하는 그에게 마지막으로 힘주어 말했다.

"만약 신이 살아 계신다면 너도 언젠간 나처럼 당할 날이 꼭 올 것이다."

그 말에 그는 잠시 당혹하는 느낌이었다. 잠시 공포의 빛이 흐르더니 여유 있게 말했다.

"그래 당신도 이젠 행복해져야지."

"웃기고 자빠졌네. 심은 대로 거둔다고 내 말 꼭 명심해라."

그러나 그 말은 끝내 내뱉지 못했다.

아들은 아르바이트로 간신히 대학을 졸업했고 졸업과 동시에 외국에 취업을 해 떠나갔다. 그곳에 헤어진 옛 여자가 기다리고 있다고 했다.

씨도둑은 못한다고 하는 짓거리가 제 아빠와 꼭 같았다. 다른 점이 있다면 엄마에게 재혼을 권유하며 약간의 생활비를 부쳐 오는 것이었다. 떠난 지 2년쯤 되었을 때, 아들은 시민권을 획득했다며 소식을 알려왔다. 옛 여자와는 어찌 되었는지 유력한 집안의 교포 처녀와 사귀는 중이라 했다. 그 쪽 부모도 좋아하는 눈치라며 곧 귀국해 선을 보이겠다고 했다.

딸아이는 다니던 대학을 중퇴하고 말았다. 말로는 공부가 취미 없다고 하는데 눈치를 보아하니 남자에게 채인 것 같았다. 이래저래 다 귀찮으니 돈이나 열심히 벌어서 세계여행이나 다니겠다고 했다. 제 아빠를 꼭 빼어 닮은 딸은 성정이 불같고 뚱뚱하고 못생긴 편이었다. 처음 만난 남자 친구가 배용준을 닮았다며 그렇게 좋아하더니 연애를 시작하기도 전에 채인 것이다.

이런 나의 처지를 두고 대학 동기 중 하나가 말했다. 인생 막장 드라마가 따로 없군. 나는 속으로 말했다. 너도 나처럼 똑같이 인생 막장 드라마나 쓰고 살아라.

어느 날 심심해서 인터넷 사이트에 들어갔다가 무료학습이란 코너를 보게 되었다.

인터넷 상으로 자격증을 취득할 수 있는 코너였다. 공인중개사와 조리사 면허증을 학원비 한 푼 안 들이고, 순전히 인터넷 동영상 학습을 통해서 딸 수 있는 것이었다. 나는 매일 눈알이 빨갛도록 컴퓨터 화면을 들여다보며 공부했다. 젊은 시절, 교사 자격증을 따기 위해 공부했을 때와는 또 달랐다. 이상한 열기가 내 전신을 휘감고 있었다.

내친 김에 그래픽 디자인에도 도전했다. 물론 수업료는 공짜였다. 구청 홈페이지에 들어가면 사이버 교육난이 있었다. 포토샵, 일러스트레이터, 프리미어, 플래시, 파워포인트, 엑셀, 스위시 등 종류도 많았다. 나는 공짜라는 말에 그 많은 과목을 모두 시청하기로 마음먹었다.

그러나 얼마 안 가 그 결심은 무너지고 말았다. 전 달에 따두었던 한식조리사 자격증으로 취직이 된 것이다. 분당에 있는 출장뷔페 전문음식점이었다. 주방장은 30대 중반의 강원도 남자로 한식, 중식, 서양 요리사 자격증을 구비한 실력파였다. 다소 입이 거칠어서 그렇지 그의 솜씨는 그야말로 신출귀몰했다. 손놀림이 어찌나 빠른지 옆에서 지켜봐도 신기할 정도였다. 과일 하나를 깎아도 모양이 예술이었다.

음식이 아니라 작품을 만들어내는 것 같았다. 간단한 재료 몇 가지를 가지고 화려한 음식꽃밭을 연출했다. 대형 가마솥 앞에서 땀을 뻘뻘 흘리며 일할 때는 전사(戰士) 같았고 크래커에다 각종 문양을 놓을 때면 탁월한 예술가 같았다. 음식 솜씨도 솜씨지만 그는 특히 데커레이션을 잘했다.

그 밑에서 일하는 부주방장은 튀김요리가 특기였다. 돈가스 생선가스 탕수육을 만들 때면 그는 신명이 나 일했다. 요리사라 해서 모든 음식을 다 잘하는 건 아니었다.

각자 특기가 있었다. 나는 한식 중에서도 궁중요리를 잘했다. 온도를 맞추고 모양과 색깔을 잘 냈다. 성수기엔 몸이 두 조각이 나는 것처럼 힘들었다. 하루에 500명도 넘는 음식을 할 때도 있었다. 일은 해도 해도 끝이 나지 않았다. 대충 끝마쳤는가 싶으면 어느 샌가 산더미 같은 일거리가 기다리고 있었다.

조리사들 대부분이 만성적인 비염과 관절염에 시달리고 있었다. 비염은 가스 불 맡고 일하느라 생긴 직업병이고 관절염은 무거운 걸 자주 들고 일하느라 생긴 병이다. 그렇게 힘든 중노동을 하면서도 그들은 일 자체를 즐기고 있었다. 일종의 사명의식이었다.

자신들이 만든 음식을 고객들이 맛있게 먹어주는 것을 최고의 기쁨과 보람으로 여겼다. 식객들로부터 맛있다는 칭찬을 들으면 아무리 힘들어도 행복한 미소가 저절로 나왔다. 그리고 또다시 요리라는 환상의 도가니에 빠지는 것이다.

요리사로 변신한 이후부터 나는 점점 일중독자로 변해 갔다. 온몸의 뼈마디가 쑤시고 아파도 병원 대신 일터로 향했다. 어느 날 조리실 거울에 비친 얼굴을 본 나는 기겁했다. 거기엔 다름 아닌 정씨 아내의 모습이 보였기 때문이다. 퉁퉁 부은 얼굴에 공포에 질린 모습이……. 그런데 나이는 중년이 넘어 칼 주름이 가득했다.

내가 그토록 경멸하고 경멸하던 모습이 내게 임했구나.

가슴이 무너져 내리는 것 같았다. 그녀가 남편에게 매 맞고 힘든 식당 일 할 때마다 얼마나 그녀와 정씨를 비웃고 야유했던가. 온갖 끔찍한 단어를 다 갖다 대면서 못 배운 것들은 할 수 없다고 얼마나 조롱했던가. 특히 정씨 아내를 두고 일 중독증에다 남편에게 학대받아 신경정신과 치료를 해야 한다고 공공연히 말하지 않았던가.

그녀에게 나타났던 증상이 내게 똑같이 리바이벌 되고 있었다. 강박증에다 극심한 피해의식까지. 최근 들어 새로 추가된 증상은 신경과민이었다. 사소한 일을 두고 과도한 상상을 하면서 노이로제 증상마저 나타났다. 감옥이 따로 없었다.

일이 끝나면 조리사들은 제각기 흩어진다. 애인 만나는 사람. 자식들에게 달려가는 사람. 술친구를 만나 술독에 빠지는 사람.

내게도 어느새 그런 모임들이 만들어져 갔다. 주방에서 같이 일하는 중국 요리사 하씨였다. 내가 유독 그녀를 하씨라 지칭하는 40대의 나이에 여적 미혼이기 때문이다. 그녀는 주방 식구 중 유일하게 학사 출신이었다. 지방 국립대학을 나온 그녀는 찬모 치고 학력이 꽤 높았다. 내가 2년제 교대를 나왔다면 그녀는 엄연히 학사증을 지닌 재원인 셈이다. 어쩌다 이 바닥에 들어서게 되었냐고 물었을 때 그녀의 대답은 의외였다.

"어릴 때부터 요리하는 걸 엄청 좋아했어요. 꼬마 때 아빠 따라서 짜장면 먹으러 갔다가 맛에 반해 결국 요리사가 되었어요. 덕분에 밥은 먹고 살잖아요."

그러나 내면은 달랐다.

어릴 때 양아버지에게 쫓겨나 고아원을 전전하다 우연히 독지가를 만나 대학까지 졸업하게 되었다. 그때 짜장면을 사 준 사람이 바로 그 독지가였다. 하씨의 인생은 그야말로 파란만장했다. 지방대학 출신이란 이유로 취직이 안 돼 결국 어릴 때부터 꿈꾸어 온 요리사가 된 것까진 좋았는데, 결혼은 아무리 노력을 해도 되지가 않더라는 것이다. 이유는 고아출신이었다.

근본도 모르는 여자를 집안에 들일 수 없다며 남자 측 부모들이 끝까지 반대했던 것이다. 처음에는 너밖에 없다던 남자도 얼마 안 가 돌아서고 끝내는 버림받았다.

노랑 고양이와 오드아이 고양이는 부부였다. 둘은 늘 같이 나타나는데 아지트가 바로 집 처마 밑에 있는 허름한 공간이었다. 부부 고양이는 점심때와 저녁 식사시간이 되면 어김없이 나타나 내가 던져주는 먹이를 먹고는 사라졌다. 내가 자주 먹이를 주자 최소한의 경계심마저 없어져 가끔씩 애교를 부리기까지 했다. 내가 나비야! 하고 부르면 야옹! 하고 땅바닥을 뒹굴며 친근감을 표시했다. 부부 고양이는 순하고 성묘(成猫) 임에도 생긴 모습도 귀여웠다.

어느 날이었다. 담장 밑으로 두 부부 고양이가 보였다. 양지바른 곳 스티로폼 위에서 나란히 누워 해바라기를 하고 있었다. 내가 던져준 먹이를 먹고는 서로를 꼭 품에 안고서. 서로 팔을 돌려 안고는 가끔씩 얼굴을 비비며 뽀뽀도 했다. 얼마나 금슬이 좋은지 웃음이 절로 났다.

아! 말 못하는 짐승도 저렇게 사랑을 하는구나.

직원들은 화장실을 갈 때마다 고양이 부부를 보며 흐뭇해했다. 사람보다 낫지. 주방장은 웃으며 말했다. 어떤 날은 공원 풀숲 가에서 부부 고양이가 서로 꼭 끌어안은 채 바람을 맞고 있는 모습도 보였다. 조금이라고 추위를 피해 보려고 털을 꼭 붙인 채로.

봄이 지나고 여름이 다 되갈 무렵이었다. 고양이들이 살고 있는 아지트 옆으로 하얀 진도견 남매가 이사 왔다. 이사 온 것까지는 좋은데 고양이 부부를 따라다니며 못살게 구는 것이었다. 더구나 진도견은 고양이 부부가 사는 아지트와 판자 하나를 사이에 두고 있었다. 그런데 그보다더 큰 일이 벌어졌다.

집 주인이 고양이가 아지트로 들어가는 입구 부분을 공구로 제거해버린 것이다. 고양이는 담장 위에 서서 아지트로 들어가기 위해 애를 썼지만 결국엔 포기하고 말았다. 그리고 주변에서 모습을 감추고 말았다. 아무리 찾아도 고양이 부부는 나타나지 않았다. 먹이를 던져줘도 다른 고양이들이 나타나 먹을 뿐 그 어디에도 보이지 않았다.

부부 고양이가 사라지고 난 어느 날인가부터 검정색 고양이가 담장 위로 나타났다.

얼마 전 새끼들과 함께 온 동네를 돌아다니며 시끄럽게 했던 고양이였다. 폐자재가 모여 있는 조그만 틈바구니 속에서 새끼를 키우던 어미 고양이는 사람들의 시선을 느끼자 아지트를 옮겨 버렸다. 여러 잡동사니가 모여 있는 지저분하기 짝이 없는 틈바구니 속에서 새끼를 키우는데 일이 벌어진 것이다.

먹잇감을 구하기 위해 어미가 외출한 사이 새끼 고양이가 온종일 어미를 찾으며 울어대는 것이었다. 소리 나는 곳으로 가 보았더니 어른 주먹크기 만한 새끼 고양이가 폐자재를 쌓아 놓은 틈바구니 속에서 애처롭게 울고 있었다. 어찌나 울어대는지 가슴이 찢어지는 것 같았다. 혹시나 외국에 가 있는 내 자식들도 저런 모습을 하고 있는 건 아닐까 순간적으로 두려움이 몰려왔다.

한참 후에 폐자재가 모인 쪽으로 가보니 어미 고양이가 새끼 곁을 지키고 있었다. 자세히 보았더니 생선 조각 하나가 새끼 옆에 떨어져 있었다. 그것을 구하기 위해 어미는 얼마나 많이 수고하며 돌아다녔을까. 그것을 아는지 모르는지 새끼는 생선조각을 발로 차면서 놀고 있었다.

내가 계속 쳐다보자 어떤 위험을 느꼈을까. 지붕 위로 휙 날아가 버렸다. 다음날이었다. 다시 그곳을 가 보았다. 이번에는 어미가 새끼에게 젖을 물려주고 있었다. 어미 고양이는 새끼에게 젖을 물려주면서 잔뜩 경계의 시선을 내세우고 있었다. 그 모습이 얼마나 아름다운지 숙연함마저 느껴졌다.

"찬모님, 고양이 엄청 좋아하시나 봐요?"

언제 나왔는지 주방장 정씨가 말했다.

"네 좋아해요, 저희 친정 가족이 다 고양이를 좋아하는 편이에요."

"저희 아버지도 살아 계실 때 고양이를 엄청 예뻐하셨어요, 어릴 때 당신 모습과 비슷하다면서요, 젊었을 땐 그렇게 엄마를 때리시고 그러시더니 죽을 때가 되니까 울면서 회개하더라고요. 아마도 겁이 났었나 봐요."

"뭐가요?"

"저희 엄마가 평소에 그러셨거든요, 이다음에 늙고 병들면 갖다 버린다고."

"그래서요?"

"죽을 때가 된 걸 본인도 안 거죠, 눈물로 용서를 빌더니 죽기 전, 엄마 따라 교회에 나가셨어요, 죽더라도 천국은 가고 싶다며."

정씨는 눈시울을 적시며 말했다.

갑자기 내 안에서 쾅! 하며 폭발음이 들리는 것 같았다. 남편과 이혼 도장을 찍으며 하던 말이 생각났다.

"만약 신이 살아 계신다면 너도 언젠간 나처럼 당할 날이 꼭 올 것이다."

그 망할 인간도 정씨 아버지처럼 콱! 죽어버려야 할 텐데. 그래서 그 새 아내로부터 버림받거나 지옥행 열차를 둘이 함께 타거나 해야 할 텐데. 생각지도 않았던 악담이 속에서 떠올랐다.

"망할 자식"

"네?"

정씨가 놀란 눈빛으로 물었다.

"네?"

나도 덩달아 놀라 정씨 눈을 바라보았다. 방금 내 입에서 나온 말이 무엇인지 순간적으로 생각나지 않았다.

"제가 방금 뭐라고 했나요?"

정씨의 얼굴에 곤혹스런 빛이 떠올랐다. 저 여자 지금 제정신이야? 하는 표정이었다.

"아버님 돌아가신 후 어머님 반응은 어떠셨나요? 많이 슬퍼하셨나요?"

"네 많이 우셨어요, 평생 속 썩이고 못되게 굴더니 죽을 때 돼서야 사람구실 했다며 한동안 우울해 하셨어요."

"주방장님 고향은 어딘가요?"

"제 고향은 강원도 두메산골⋯⋯."

그때였다. 갑자기 핸드폰이 찌르르 울렸다. 진동모드 탓인지 전기에 감전된 것처럼 온몸에 전해졌다. 몸을 움칠하자 정씨가 말했다.

"전화 왔나 봐요, 어서 받아 보세요, 혹시 애들 아빠인지 모르잖아요."

받을까말까 망설이다 액정화면을 보았다. 국제전화였다. 무슨 일일까. 아이들에게 무슨 일이 발생한 걸까? 불안한 마음 한편으론 이상한 기대감도 몰려왔다.

"여보세요?"

"엄마 나예요, 형식이."

"그래, 형식아 엄마다 잘 지내지?"

"네 엄마 그보다도."

아들은 잠시 망설이는 것 같았다.

"왜 그래? 무슨 일 있는 거냐?"

"그게 아니고 아빠께서⋯⋯."

"뭐? 뭐라구?"

순간 불길한 예감이 악감정과 함께 가슴에 전해왔다. 슬픔. 분노. 절망. 수치감. 상처. 모멸감 등 수많은 감정의 대명사가 떠오르면서 숨이 콱 막히는 것 같았다. 이혼한 지도 벌써 여러 해가 흘러가고 있었다. 이제 와 새삼스레 남편에 관한 어떤 소식도 듣고 싶지 않았다.

"형식아, 엄마 지금 바쁘거든 나중에 들으면 안 될까?"

"엄마 아빠가 쓰러지셨어요, 뇌출혈이에요. 쓰러지기 전날 제게 전화해서 엄마에게 미안하다고 죽을죄를 지었다고⋯⋯. 그 여자와는 이미 오래 전에 헤어지셨대요, 엄마 듣고 계세요?"

갑자기 손마디에서 힘이 빠지더니 수화기가 저절로 바닥에 떨어졌다. 아들이 방금 무슨 말을 했는지 머릿속이 진공상태가 된 것처럼 전혀 생각나지 않았다.

핸드폰을 집으려고 허리를 구부리는데 정씨가 말했다.

"전 내일 이곳을 그만둡니다. 고향으로 가기로 했어요. 어머니와 함께 고향 근처에서 음식점을 하기로 했거든요. 찬모님도 생각나시면 놀러 오세요, 요즘은 고속도로가 개통돼 3시간이면 도착한답니다."

나는 그가 지금 무슨 소리를 하는지 또다시 멍멍했다. 다만 마지막 한 마디만 귀에 남았다.

"제 고향은 38선 지나 동부전선 최북단입니다. 저희 부모님이 그곳 초등학교 근처에서 음식점을 하셨어요, 지금은 엄청 개발돼…….

바람이 무섭게 불고 있었다. 내일 떠난다는 정씨는 사장과 몇 마디 이야기를 나누더니 곧바로 주방을 빠져 나갔다. 그의 뒷 모습을 바라보는데 갑자기 울음이 왈칵 쏟아졌다. 30년 전 기억이 한꺼번에 떠오르면서 설움이 북받친 것이다. 떠나는 주방장을 배웅하기 위해 나가는데 또다시 핸드폰이 울렸다. 아들이었다.

나는 순간 핸드폰의 배터리를 빼서 멀리 던져 버렸다. 그때 내 마음속에 들려오는 수많은 음성이 있었다. 그건 고통에 대해 절규하는 원한에 찬 음성이었다. 나는 그 소리들을 향해 무어라 자꾸만 부정하며 귀를 틀어막았다.

정씨는 내가 곁에 다가가는 데도 주차해 놓은 자동차에 오르더니 그냥 떠나버렸다. 갑자기 주변이 텅 빈 공간처럼 느껴졌다. 허무감이 말할 수 없는 통증과 함께 가슴속으로 몰려 왔다. 그때였다 어디선가 날카로운 고양이 울음소리가 들려왔다.

"야웅! 아아웅!"

오드 아이였다.

"나비야!"

반가움에 눈물부터 왈칵 쏟아졌다. 세상에……. 사라진 지 꼭 6개월 만의 일이었다. 그런데 웬일인지 오드아이는 혼자였다. 전에는 남편인 노랑 고양이와 함께 나타나곤 했었는데 그새 무슨 일이 생긴 걸까?

"나비야, 노랑 고양이는 어쩌고 혼자 온 건데?"

오드아이는 애처로운 눈빛으로 야옹! 하며 소리를 내지르더니 앞발을 들고 똑바로 섰다. 배고프다는 표시였다.

"그래 나비야 잠시만 기다려 먹을 것 좀 갖다 줄게."

오드아이는 바짝 말라 있었다. 노랑 고양이는 아마도 죽은 모양이었다. 아지트를 쫓겨난 두 고양이가 먹이를 찾아 헤매다가 변고를 만난 게 틀림없었다. 가슴이 너무 아팠다. 주방에 가 냉장고를 뒤져 보니 고등어 튀김과 삼겹살이 보였다. 얼른 비닐 봉지를 꺼내 담았다.

주머니에 넣고 돌아서는데 출입구 쪽에서 인기척이 났다. 큰 몸체가 사장이었다.

"좀 전에 두었던 도시락 샘플 못 보았소?"

"네, 제가 찾아 드릴께요."

다리가 사시나무 떨리듯 마구 흔들렸다. 도둑질도 아무나 하는 게 아닌가 보다. 나는 선반 위에 놓인 도시락 샘플을 사장에게 내밀었다.

"여기 있습니다."

"그런데 혼자 여기서 뭐하는 거요?"

사장이 의심스런 눈초리로 물었다.

"아! 네? 배가 고파서 먹을 게 있나 하고요."

"식사 한 지 얼마나 되었다고…."

사장이 못마땅한 눈초리로 돌아섰다. 가슴속에서 쿵쾅거리는 소리가 들렸다. 비닐봉지를 가운 안에 숨기고 주방을 빠져 나왔다. 몇 번이나 주변을 살펴 본 뒤 담장 밑으로 다가갔다.

"나비야!"

그 사이 오드아이는 사라지고 없었다. 근 6개월 만에 본 고양이었는데, 섭섭한 마음이 서러움과 함께 몰려왔다.

"나비야! 나비야!"

"거 거기서 뭐하는 거요?"

사장이었다. 그가 의심에 찬 눈빛으로 나를 노려보고 있었다. 당황과 곤혹스러움에 가슴이 와들와들 떨렸다. 사장은 유난히 고양이를 싫어했다. 만일 자기 몰래 고양이에게 먹이를 준 것을 안다면 무슨 일이 벌어질지 몰랐다.

"저 사장님 그게 아니고요."

사장이 뭔가를 말하려다가 움칠했다. 순간 핸드폰 벨소리가 났다. 사장이 주머니에서 핸드폰을 꺼내 들더니 사무실 쪽으로 걸어갔다. 후유! 안심이다.

돌아서려는데 담 밑에서 소리가 났다. 아웅! 어느새 나타났는지 오드아이였다. 이번에는 두 마리였다. 노랑이와 함께였다. 먹이를 줄 상대가 나타난 걸 안 오드아이가 제 남편인 노랑이와 함께 나타난 것이다. 눈물이 났다.

나는 두 고양이 부부를 향해 비닐에 싸인 먹이를 힘껏 던져 주었다. 배가 고픈 고양이 부부는 정신없이 먹기 시작했다. 내친 김에 근처에 있는 편의점으로 달려가 생선 통조림을 사왔다. 캔을 따자마자 아직도 먹느라 정신없는 고양이 부부에게 던져 주었다. 야웅! 고양이 부부는 고맙다는 듯 두 발을 올리더니 또다시 먹기 시작했다.

6개월 만에 나타난 고양이 부부의 사랑이 내 가슴에 뭉클한 감동을 전하고 있었다. 돌아서는데 눈물이 가슴 한복판을 적시고 있었다.

어느 날, 길거리를 지나는데 착시현상이 일었다. 거리의 건물과 사람들의 면면이 30년 전 객지와 꼭 같았다. 어디선가 노랫소리가 들려오는데 7080 노래 '나 어떡해'였다. 내가 객지에 있을 때 카세트를 틀어놓고 신나게 듣던 노래였다.

"나 어떡해 너 갑자기 가버리면 나 어떡해. 너를 잃고 살아갈까, 나 어떡해, 나를 두고 떠나가면 그건 안 돼 정말 안 돼 가지 마라 다정했던 네가 상냥했던 네가 그럴 수 있나 다정했던 네가……."

입속으로 흥얼거리는데 누군가 내 곁을 지나며 말했다.

"네 입에 말로 네가 굴레 씌웠으며."

양심의 뜨거운 바람이 엄청난 속도로 몰려오더니 내 가슴 속을 훑고 지나갔다. 작은 미련과 함께.

(한국소설 2011년도)

적자 인생

　돌아서는데 "저런 빙충이"하는 소리가 들려왔다.

　귓가에 잠시 머물다 사라진 소리는 분명 나를 지칭한 것임에 틀림없었다. 도끼눈을 뜨고 사방을 휘둘러보았지만 아무도 없었다. 이상하게 주변이 조용했다. 소나기가 지난 끝의 청명함이 도심의 빌딩 숲속을 내리달리고 있었다. 순간 뱃속에서부터 분노가 똬리를 틀고 일어났다.

　어떤 인간인지 걸리기만 해 봐라.

　감정은 수시로 나를 요동케 한다. 통제할 수 없는 감정은 대인관계에 커다란 악재로 작용할 때가 많다.

　"내가 왜 이럴까."

　수시로 가슴을 치고 후회하지만 소용이 없다. 신중하지 못한 즉흥적인 성격 탓에 걸핏하면 욕설부터 튀어나와 수시로 당황한다. 감정을 벗기고 나면 또 다른 감정이 양파 껍질처럼 숨어 있어 용용 죽겠지 하며 약을 올린다.

　미움의 가증한 물건들이 마음속에 쌓여 부패의 독소를 내뿜고 있다.

　분노, 폭언, 멸시, 절망, 자포자기. 불안, 피해의식.

　나는 한꺼번에 쏟아지는 감정의 분말들로 인해 정신이 혼미할 정도다. 어느 날 지인(知人)이 다가와 말했다.

　"무릇 지킬만한 것보다 더욱 네 마음을 지키라."

　마음을 지키다니…….

　술 취한 행인이 길거리를 지나며 말했다.

　"세상사 내 마음대로 안 되더라."

상가 스테레오에서 최백호가 쓸쓸한 목소리로 노래하는 소리가 들려왔다.

"내 마음 갈 곳을 잃어……"

마음속에도 길이 있나. 나는 극도로 혼미한 정신을 수습하며 자신에게 묻는다. 현재의 세태를 소통의 부재라고 표현하는 소리를 여러번 들었다. 말과 뜻이 통하지 않는다는 뜻이리라. 이는 사람들이 상대를 이해하려는 마음보다는 자신의 뜻을 관철시키려는 마음이 크기 때문이다.

사람들은 주로 자신의 경험을 바탕으로 이야기한다. 그렇기 때문에 남의 의견이나 경험 따위는 무시하는 경향이 있다. 그 이면에는 교만이라는 잣대가 숨겨져 있다. 나는 누구보다도 성악설을 믿는다. 겉으로는 선한 척 의로운 척하는 사람들도 내면을 들여다보면 악과 위선으로 가득 찬 것을 보게 된다. 이기심이 발동하는 순간 마음이 악으로 변환되기 때문이다.

신(神)은 공평하다고 종교인들은 말하지만 그 말을 믿는 사람은 과연 몇이나 될까. 또한 인과응보의 정당성을 믿는 사람은 몇이나 될까. 참 진리인 성경에서조차 그것에 대한 의문은 가시지 않고 있다.

그 대표적인 것이 이것이다.

「선인의 보응을 받는 악인이 있는가 하면 악인의 보응을 받는 선인도 있다」

한 마디로 인생은 풀 수 없는 수수께끼요, 난제 중에서도 모순투성이인 것이다. 이쯤에서 나는 부끄러운 고백을 하지 않을 수 없다. 지난 세월 나는 오직 내 이기심만을 위해 살아왔다.

과거의 악재를 통한 피해의식이 끊임없이 내 생각과 행동을 주장했기 때문이다. 나를 뒤돌아 볼 겨를도 없었다. 오직 이기심에 집착하느라 세월 가는 줄 몰랐다. 그런데 어느 날, 뒤돌아보니 나보다 더 지독하고 파렴치한 이기주의자, 아니 냉소주의자들이 내 뒷목을 움켜잡고 있었다.

한때 나는 회개라는 감정을 내 자신에게 적용시킨 적이 있었다. 그런데 그들을 대하는 순간 회개는 씻은 듯 사라지고 교만이 똬리를 틀고 일어나는 것이었다.

만물보다 더 부패한 것이 사람 마음이니라.

나는 무진장 피곤했다. 너무도 피곤해 아무 데나 쓰러져 잠이 들었다. 이런 나를 두고 지인(知人)은 말했다.

암 종합 검진을 받아보라고. 지나친 피곤은 암의 전조 증상일 수 있다고. 그러나 난 병원에 가는 것조차 귀찮았다. 나는 우선 지친 내 영혼에 휴식을 주고 싶었다. 평강과 위로가 간절히 그리웠다. 그런데 그게 마음대로 되는 일인가.

나에겐 몰입이 필요했다. 그래서 현실을 잊고 무언가에 집착해 잠시나마 고통을 잊고 싶었다. 그런 생각에 빠져 길거리를 지날 때였다. 느닷없이 내 귓가에 빠앙! 하고 기적소리가 들려왔다.

놀라 뒤돌아보니 나는 철길 위를 걷고 있었다. 좀더 자세히 표현하자면 철길 위 구름다리였다. 서울역에서 출발한 열차가 신촌을 향해 막 기치를 내뿜고 달리고 있었다. 도심의 빌딩숲을 헤치고 낭만이라는 단어를 싣고서.

그때 내 뇌리에 번뜩 떠오르는 단어가 있었다.

'여행'이었다.

그 단어는 마치 내게 어떤 쉼표 같은 의미를 전달해 주었다. 나는 발걸음을 아현동 쪽으로 향했다. 찻길 너머 주택 단지를 보니 먼지가 풀풀 날린 채 재개발 공사가 한창이었다. 기존의 낡은 가옥들을 포클레인으로 찍어 반쯤 헐려져 나간 모습이 흉물스럽게 도시 미관을 해치고 있었다. 쏟아져 내리는 흙더미를 비닐포장으로 덮은 채 동리는 어느덧 야산으로 변해져 있었다.

이제 서울 시내에서 옛 모습은 찾아볼 수 없게 되었다. 대표적인 달동

네인 봉천동 신림동은 물론이고 사당동 삼양동 미아리까지 재개발 붐이 불어 완전 딴 세상이 되고 말았다. 이제 낡은 가옥들이 사라지고 나면 대규모 아파트 단지가 들어설 것이다.

가난과 궁핍이라는 단어를 몰아내고 신조어가 사람들의 입가에 오르내릴 것이다. 경제가 바닥을 친다고 여기저기서 아우성인데 주택 경기는 여전히 호황임을 여실히 증명해 주고 있다.

아현동은 굴레방다리 시장을 중심으로 상상 꼭대기 골목집마다 땟국 흐르는 가난을 몰아내고 해마다 변신을 거듭하더니 신도시 마냥 신축단지가 들어설 모양이다. 이 시대 최고의 여류작가가 살았다는 동리다. 그녀가 언젠가 TV에 출연하여 아현동에 관한 일화를 말한 기억이 난다. 생각해 보니 아현동은 내게도 추억이 묻어 있는 동리다.

여고 동창 정애가 살던 곳이다. 그 옛날, 아현동 골목길을 지나 막다른 길에 다다르면 열두 가구 집이 나타났다. 손바닥만 한 마당에 옹기종기 열두 가구가 모여 사는데 사는 모습은 궁핍해도 하나같이 젊은 층이었다. 새벽마다 일 나가는 나이 어린 처녀와 공장에 다니며 동거생활을 시작한 총각, 그 당시 우리는 그들을 공돌이라고 불렀다.

또 시골서 올라와 야간 여상을 다니는 여고생과 부도 맞고 쫓겨 다니는 전직 봉제공장 사장도 있었다. 그런가 하면 결혼 사실을 숨긴 채 공장에 나가는 여자도 있었다. 그녀는 임신이 될까봐 늘 노심초사하며 부석부석한 얼굴로 다녔다. 남편이 걸핏하면 술을 마시고 사람들과 싸우는 통에 하루도 잠잠할 날이 없었다. 그들 외에는 대부분 하루 벌어 하루 먹고사는 막노동꾼 품팔이꾼이었다.

정애는 그런 사람들 속에 묻혀 고단한 서울살이를 시작했다. 낮에 회사 사환으로 근무하면서 학비를 조달했고 먹을거리는 시골서 농사짓는 부모님이 해결해 주었다. 낮에 힘들게 일하고 밤에 코피 터지게 공부하면서 그녀는 미래에 대한 찬란한 청사진을 마련했다. 백옥 같이 흰 피부에 몸매가 뛰어나 남자들의 입방아에 자주 오르내려 어린 나이부터 구설수에 시달리기도 했다.

공부만 알던 그녀가 엇나가기 시작한 것은 주변사람들의 칭찬과 찬사 때문이었다. 그 인물에 공부보다는 차라리 연예인 계통으로 나가는 게 어떻겠냐. 미인이다. 육감적이다. 절세가인이다.

사람들은 그녀만 보면 온갖 미사여구를 갖다 대며 칭송을 해댔다. 그것이 반복됨에 따라 그녀는 교만과 안하무인의 올무 속에 깊숙이 갇히게 되었다.

언젠가부터 그녀는 입만 열면 거짓말을 했다. 남자들만 보면 가는 허리를 뽐내며 눈웃음 지었고 일하지 않고도 먹고사는 법을 터득하기에 이르렀다. 그리고 친구들 사이에 나쁜 년으로 통하며 화류계로 스며들었다. 그녀는 자신의 남자관계를 말할 때마다 비즈니스라는 표현을 했다. 교활하고 악의에 찬 표정으로.

한동안 그녀의 자취방을 드나들며 우애를 쌓은 적이 있었다. 그녀가 수시로 불러댔기 때문이다. 내가 상상 꼭대기 열두 가구 집에 이르면 그녀는 손가락으로 방방을 가리키며 낮은 목소리로 말했다.

"저 사람들 순전히 노가리야, 양아치 같은 것들이라고."

그녀가 그 동리를 떠나 대방동에 살 때였다. 하루는 놀러 갔더니 웬일로 풀 죽은 목소리로 말했다.

"저 윗동네에 사는 새댁이 있는데 너무 불쌍하다."

"왜?"

"결혼한 지 한 달도 안 됐는데 매일 부엌 바닥에 엎드려 일만 해."

"그게 어때서?"

"그 집 시어머니가 하숙집을 하는데 며느리를 보고 난 후부터는 부엌일을 몽땅 며느리한테 맡기고 잔소리만 해, 남편은 백수건달로 맨날 놀고먹어."

"저런 너무 불쌍하다."

"그런데도 며느리는 너무 착해 죽어라 일만 한단다."

어수룩하고 멍청했던 나는 어린 날 그녀를 통해 세상사에 대해 어느 정도 눈을 뜬 셈이다. 그녀와는 한동안 왕래가 있다가 30대 초반인가부터 연락이 뚝 끊기게 되었다. 내가 서울을 완전히 떠났기 때문이다. 그 이전에 그녀와 나는 엄청난 사건의 소용돌이 속에 있었다.

나는 발걸음을 아현 초등학교에서 마포 쪽으로 옮기고 있다. 경찰서와 관공서 건물이 눈에 들어온다. 가끔씩 빌딩도 시야를 압박하면서 다가온다. 이윽고 공덕동 로터리를 지난다. 정체된 차량이 사방으로 꽉 막혀 있다. 신호등은 움직이지 않고 사람들의 인내심을 시험하고 있다. 가든 호텔 쪽에서 육중한 에쿠스가 빠져 나오고 있다. 강바람이 몰려오고 있다.

경험은 지식을 쌓는다.

경험은 산지식이 되어 삶의 노하우를 제공하고 전문가적 소양을 나타내는 밑거름이 된다. 그러나 경험이 모두 지혜가 되는 건 아니다. 지혜는 절대자의 고유 영역이다. 경험과는 무관하게 기지를 나타내야 하기 때문이다. 그런데 내게는 바로 그 지혜가 부족했다. 뇌에 충격이 가해졌는지 분별력이 떨어졌는지 아무튼 나 같은 빙충이는 없었을 것이다.

나는 속으로 자신을 채근하며 횡단보도를 걷는다.

떠나고 싶다. 또다시.

나 자신을 잊고서 무언가에 강하게 몰입하고 싶다.

만리동에서 불어오는 바람이 문득 내 어깨를 스친다. 만리동 고개는 70-80년대 소설이나 영화에 자주 등장했던 동리 이름이다.

빈민촌을 일컬을 때 쓰이던 단어이기도 하다. 왼쪽으로 난 고갯길을 넘어가면 숙명여대 길이 나온다. 그 이전에 배문고등학교가 있다. 정애의 남자 친구가 다니던 배문고, 대통령의 아들이 다녔다는 학교다.

나는 마포역을 지나 마포대교로 들어서고 있다. 강바람이 사납게 내 목덜미를 파고든다. 쌍둥이 다리로 변해 이젠 다소 차량 소통이 원활해 진 편이다. 눈을 오른쪽으로 돌리니 밤섬이 보인다. 한강 한 가운데 우 뚝 서 있는 초록 섬나라, 그 밤섬을 볼 때마다 신기했었다. 어떻게 강물 에 떠나려 가지 않고 우뚝 멈춰 서서 초록 잎사귀를 사시사철 보여줄 수 있을까.

밤섬 주변으로 물오리가 떼를 지어 유영하고 있었다.

어미 물오리 주변으로 새끼 물오리들이 동그랗게 원을 그리며 유영하 는데 생명의 신비감이 느껴졌다. 한갓 미물도 가족 공동체를 이루며 살 고 있지 않은가. 한강 고수부지는 이제 거의 평면 상태에 있다 해도 과 언이 아니다. 둔덕을 깎아내려 계단을 없애고 거의 평지화되면서 새로운 작목이 심겨졌다. 체리핑크의 꽃나무가 시선을 사로잡으며 강물이 거의 손에 닿을 듯이 다가왔다.

강 건너편은 고층빌딩과 흰 구름 아래 펼쳐진 도시의 진풍경이 네온 사인으로 빛나고 있었다. 유람선이 물줄기를 가르고 전진했다. 솜구름이 밤섬과 강물을 내려다보며 유영하고 있었다. 마포대교를 지나는 차량들 이 거북이걸음을 한다. 럭키 금성 쌍둥이 빌딩을 지나자 대형 십자가가 달린 교회가 나타났다.

거기서 조금 지나면 국회의사당 건물이 보일 터였다. 여의도 공원 쪽 으로 사람들의 발걸음이 몰려들고 있었다. 초록과 꽃나무들이 도심의 빌 딩 하늘을 치받고 사람들을 연거푸 빨아들이고 있었다.

"인격살인"

언젠가 나갔던 교회에서 목사의 설교를 통해 들은 단어였다.

사람들은 자존심을 짓밟혔을 때 참을 수 없는 분노를 느낀다. 그것은 인격적인 모독과 함께 심대한 감정의 손상을 일으킨다. 한번 손상된 감 정은 복구가 어렵다. 더구나 상대를 인격을 깡그리 무시하는 살인적인 말의 펀치는 한 사람을 죽음으로 몰고 갈 수도 있다. 한마디의 말이 사람을 살리기도 죽이기도 한다.

말 한마디로 충격을 받아 우울증에 시달린 여자가 끝내 자살에 이른 경우도 있다. 그런가 하면 용기 주는 말 한마디로 죽을 생명을 살리기도 하고 파멸에서 성공으로 이끌기도 한다. 말의 위력을 나타내는 좋은 예다. 말이 씨앗이 된다는 옛말이 있다. 말이 그 사람의 운명을 결정하기도 하고 남의 인생을 파탄내기도 한다.

즉 긍정적 사고와 말이 그 사람의 운명을 좌지우지 한다는 뜻이다. 처음에는 그 말뜻을 이해하지 못했었다. 극심한 열패감으로 정신이 혼수상태였기 때문이다. 한번 뿌리 내린 생각은 좀처럼 거둬지지 않는다.

"넌 안 돼."

"이정순, 쟨 꼭 얼빠진 애 같아."

"넌 할 수 없어."

"오르지 못할 나무 쳐다보지도 마라."

"사람은 제 분수를 알아야 한다."

"너 주제가 그렇지 뭐."

"정순이 네가 하는 일이 그렇지 뭐."

사탄의 입술은 언제나 내 주변에 살아서 역사하고 있었다. 심령을 파괴하는 독소가 가득한 입술, 그 입술들은 어딜 가나 내 뒤를 따라 다녔다. 그 말이 독소가 되어 뇌리에 꽂일 때마다 내 영(靈)은 극도로 혼미해져 갔다.

도무지 집중할 수가 없었다. 산만해진 정신이 눈을 제대로 뜰 수조차 없을 정도로 나는 피폐해져 갔다.

사람들과 이야기를 해도 무슨 말을 하는지 전혀 알아들을 수가 없었다. 말뜻은 물론 숨은 저의조차 눈치 챌 수가 없었다. 눈치코치 없기로 소문나면서 나는 심각한 대인공포증에 시달리기 시작했다. 혼자 있을 때는 비교적 평온했다가도 사람들 앞에만 나서면 말을 버벅거리고 당황하기 일쑤였다. 그때마다 사람들은 내 면전에서 멸시와 조롱을 퍼부었다.

뒤에서는 노골적인 비웃음을 날리면서 인격살인을 저질렀다.

그것은 어딜 가나 정해진 순서처럼 일어났다. 인간관계에 있어 나는 언제나 약자였고 피해자였다. 억울하고 분한 일을 당해도 어디에다 대고 하소연할 데가 없었다. 나는 어느새 외톨이 신세가 되었고 극심한 정신적 공황 상태 패닉현상까지 일으켰다. 가장 분한 건 그들의 말이 뇌리에 박히면서 생각이 그것에 수긍하고 동조한다는 사실이었다. 그것은 끝내 심각한 자학증상까지 일으키며 나를 끝 간 데까지 몰고 갔다.

좋은 소리도 여러 번 들으면 실증이 나는 법이다. 하물며 멸시 섞인 악담이야. 독설은 들을 때마다 내 뇌리에 치명타를 날렸다. 그리고 그것은 잠재의식이 되어 끊임없이 내 생각을 주장했다. 좌절 절망 분노와 살의까지 동반하면서……

소심한 나는 한 번도 반항하거나 대꾸하지 못했다. 악마가 쳐놓은 그물이 내 입과 생각을 친친 동여맸기 때문이다. 폭발하기 일보직전까지 갔다가도 나는 스스로 무너져 내렸다. 분노로 입이 바작바작 타들어가도 속앓이로 그쳐야 했다. 한번 발설했다간 상상도 못할 악마들의 공격이 이루어졌다.

그때부터 나의 소심한 복수가 시작되었다. 아무도 없는 방안에서 내게 상처 준 명단을 놓고 면도칼로 짓이기면서 저주와 분노를 퍼붓는 일이었다.

"너, 오경미 오늘 회사에서 내게 빙충이라고 비웃었지, 망할년 사귀는 남자와 깨지고 평생 남자 뒤꽁무니만 따라다니며 살아라, 확! 자궁암에나 걸려라."

"너 장경철 나보고 누가 너같은 걸 여자로 봐주겠냐고 했지, 망할 자식 니 마누라 바람나 이혼 당하고 니 자식들은 모두 우울증에나 걸려라.”

“너, 정애년 옛날에 나보고 그랬지, 일찌감치 결혼하는 것 포기하고 혼자 살라고. 너도 눈이 있으면 거울 좀 봐라. 니 얼굴과 몸매가 여자라고 할 수 있겠니? 머저리 같은 남자한테 시집가서 신세 망치느니 차라리 혼자 살아라, 그게 어디 친구한테 할 소리냐? 그래 이 나쁜 년아 어떤 남잔지 모르지만 너 만나는 놈은 평생 재수 없고 끝내 패가망신하고 말 거다. 어디 여자가 없어 너 같은 기생 년을……. 나쁜 년 죽어서 뱀 지옥에나 가라.”

“너 오늘 새로 들어온 신입사원 이경숙 나보고 뭐? 청소부 아줌만 줄 알았다고? 너 두고 봐 내가 반드시 너 회사에서 쫓아내고 말 테니까.”

“너, 엄두호 망할 자식 나한테 뭐? 내가 너를 억지로 따라다녀 괴로웠다고? 내가 언제 널 따라다녔니? 네 놈이 술 처먹고 미쳐서 지랄한 거지 망할 자식 평생 장가 못가고 혼자 살아라.”

“너 김철민 나쁜 자식 진짜 애인을 숨겨두고서 나에게 눈짓하고 나서는 뭐? 숫처녀 같아서 한번 건드려 보려고 했던 것뿐이라구 망할 자식 평생 남자 구실 한번 못해 보고 죽어라, 재수 없는 자식 에이즈에나 콱! 걸려라.”

“정미혜, 나쁜 년 지나 내나 못난 주제에 뭐? 나보고 재취로나 가라구? 너나 재취 삼취로 가라, 그래서 평생 남의 자식 키우면서 속 썩고 살다가 막판에 쫓겨나 거지나 되라.”

“오형근, 너 언젠가 내게 그랬지, 이정순 넌 몸이 남자냐 여자냐? 떡 대는 떡 벌어져 갖고 차라리 여자 레슬링 선수나 해라, 아님 역기나 들던지, 누가 재를 여자로 봐 줄는지 한심하다 한심해 이건 몸매가 웬만해야지. 망할 자식 너도 꼭 나 같은 딸 낳아서 니가 나한테 했던 말 그대로 들으며 살게 해라.”

상처를 타고 침입한 악은 매일같이 나를 괴롭히며 저주의식을 불러일으켰다. 그때마다 나는 내게 상처 준 명단을 손가락으로 짚어가며 끔찍한 악담과 저주를 퍼부어 댔다. 그때 나는 진실로 사탄의 자식이 된 것 같았다.

그러나 상처는 가시지 않고 나 자신만 망가졌다. 날마다 얼굴이 새까맣게 변해갔고 가슴이 찢어지는 듯한 흉통에 시달려야 했다. 무엇보다 나는 나 자신에게 화가 나 견딜 수가 없었다.

"넌 얼마나 사람이 부족하고 형편없으면 허구헌날 당하고만 사니?"

"과연 나 같은 인간도 살 가치가 있을까."

나는 매일 거울 앞에 서서 자신을 조롱하고 저주했다. 악마들이 내게 들려준 말이 즉각적으로 효과를 나타내고 있었다.

내 체격은 키 174센티에 몸매는 거의 거구에 가깝다. 오형근이 말한 것처럼 어깨가 벌어져 뒤에서 보면 영락없는 남자다. 게다가 어울리지 않게 얼굴은 시골에서 막 상경한 소녀처럼 어리숙한 인상이다. 한참 몸무게가 많이 나갔을 때는 80킬로를 넘은 적도 있다. 욕구불만으로 마구 먹어 댔기 때문이다.

체격에 비해 성격은 소심하고 피해의식이 강한 편이다. 어릴 때부터 상처를 많이 받고 자랐기 때문이다. 인간관계에 있어 인정과 칭찬을 받아 본 경험이 거의 없다.

학대 받은 영혼은 체념과 열등감에 달관한다. 스스로를 학대하며 낮은 자존감으로 일관한다. 무엇보다도 자기 자신을 사랑할 줄 모르고 스스로를 괴롭힌다. 나도 마찬가지였다. 나는 자책하다 못해 스스로를 향해 원망의 화살을 퍼부었다.

그러고도 네가 사람이라고 할 수 있겠니?

아! 그건 내 안에 자리 잡은 가장 큰 악마였다.

급기야 나는 그런 상황을 조장하고 허락한 신(神)을 향해 분노를 터뜨리고 말았다. 신은 내게 가장 만만한 화풀이 대상이었다. 사람들 앞에서는 말 한마디 못하고 온갖 수모를 다 겪으면서도 눈에 안 보이는 신(神)을 향해서는 마음껏 조롱하고 화를 내는 것이었다.

"당신이 사랑의 하나님 맞습니까? 공평하시다는 그분 맞냐고요? 거짓말 하지 마세요, 당신이 살아 있다면 도대체 왜 저런 악인들을 처벌하지 않고 내버려두는 건가요? 저것들은 매일같이 남의 가슴에 대못을 박고 상처를 주고 피해를 끼치는데 어떻게 하는 일마다 잘 되고 또 잘 되는 겁니까? 나쁜 사람은 벌주고 착한 사람은 잘 되게 해주는 것이 당신이 하는 일 아닌가요? 그런데 반대로 나쁜 인간들은 아프지도 않고 착한 사람들은 왜 매일 아파야 하냐고요? 그러면서 어떻게 인간들을 향해 의롭게 살라고 말씀하실 수 있죠?"

나는 삶속에서 상처를 받거나 억울한 일을 만나면 곧바로 신을 원망했다. 그리고 그것이 반복되면 신을 원흉처럼 생각했다. 그런데 어느 날 보니 그토록 미워하던 신을 철저히 인정하고 있는 것이었다. 인간 삶의 절대자와 권능자로.

그러나 그건 어디까지나 생각뿐이었다. 마음으로는 적대시하고 조롱하면서 존재유무를 따질 때가 더 많았다. 어느 날 나는 신의 존재를 확인하기 위해 한강이 내려다보이는 교회에 갔다. 초가을 날이었다.

반달이 광나루 언덕 빌딩 위에 엉거주춤 걸쳐져 있었다. 도시의 불빛과 반달, 그것은 묘한 매치를 이루며 내 시선을 자극했다. 그날따라 목사는 자신의 직업에 충실하려는 듯 사랑에 대한 설교를 하며 열을 올리고 있었다.

"여러분 믿음 소망 사랑 가운데 사랑이 제일입니다. 사랑이 없는 말은 울리는 꽹과리와 같고……."

그러자 교인들이 아멘! 하는 것이었다.

"웃기고 지랄하고 자빠졌네."

그러자 주변에 있는 교인들이 일제히 나를 쳐다보는 것이었다. 아뿔

사! 속으로 말한다는 게 그만 입 밖으로 튀어나오고 만 것이다.

목사는 또다시 외쳤다.

"여러분 우리는 우리에게 상처주고 죄지은 자를 용서해야만 합니다. 왜냐하면 우리의 죄를 하나님께서 먼저 용서해 주셨기 때문입니다. 성경에 보면 일만 달란트 빚진 자 이야기가 나옵니다. 일만 달란트라는 천문학적인 액수의 빚을 탕감 받은 자가 백 데나리온 빚진 자에게 빚을 갚으라고 할 수 있겠습니까, 우리는 그동안 살면서 부지불식간에 많은 죄를 짓습니다. 그런데 예수님께서는 우리의 모든 죄를 십자가에 달리심으로 모두 속량해 주셨습니다. 어떡하시겠습니까, 우리도 죄를 용서받았으니 다른 사람의 죄를 용서해 주는 게 마땅하지 않습니까."

아멘! 할 줄 알았는데 의외로 조용했다. 한쪽에선 눈물을 닦고 훌쩍이는 사람도 있었다.

지랄하고 자빠졌네, 나는 자리를 박차고 일어섰다.

"웃기고 있네, 순 위선자 파렴치범들 용서? 좋아하고 있네. 너나 잘해라 순 사기꾼 같으니."

나는 소리 나게 말하고는 출입문을 향해 냅다 뛰었다. 그러나 그 소리는 내 입안에 머물러 있을 뿐 밖으로 새나간 것 같지는 않았다. 어느 날 여의도 고수부지를 걷고 있을 때였다. 누군가 내게 다가와 말했다.

"용서하고 사랑하세요."

나는 놀라서 주변을 살펴보았다. 도대체 누가 나에게 이런 말도 안 되는 소릴 지껄이는가. 당장이라도 따지고 싶었다.

"니가 내 입장이어도 그렇게 말하겠냐."

그런데 주변에는 꽃나무 바람만 무성할 뿐 아무도 보이지 않았다. 내가 잘못 들었나, 아니 분명히 들은 것 같은데. 그럼 누가 내 귓가에 대고 말하고 사라져버렸나? 의문도 잠시 나는 곧 잊어버리고 말았다. 그런데 그 말은 때때로 들려왔다. 내 귓가는 물론 가슴속 깊은 속에서도 끊임없이 조용하게 때때로 폭풍우처럼 때마다 시마다 들려왔다.

"당신 대체 누구요? 누군데 날 따라다니며 괴롭히는 거요?"

환청을 들은 것일까. 나는 질문을 던지며 머리를 쥐어뜯었다. 내 뜻과 의지와 상관없이 들려오는 소리는 분명 환청임에 틀림없었다. 이젠 미치기까지 하는구나. 신경정신과에 상담이라도 가야 하는 것 아닌가.

철길 굴다리를 지날 때였다. 또다시 소리가 들려왔다.

"내가 너를 자유케 하리라."

미치겠구먼. 자유 자유라구? 다 듣기 싫으니 저 인간 말종들이나 그만 보내주쇼.

"내가 너를 사랑하고 보호하겠노라."

아! 그런 쓸데없는 말 말고 나를 차라리 무인도로 보내달라니까요.

"정녕 그게 소원이냐?"

나는 잠시 망설였다. 그러자 내 안에서 들려오던 소리가 일제히 멈추었다. 언젠가부터 방랑의 세월이란 말을 좋아하게 되었다. 그건 현실도피란 말과 일맥상통했다. 세월에 책임지지 못할 몸과 마음을 맡긴다는 뜻이었다.

긴장하지 않고 인생을 되는대로 살겠다는 무책임한 발상이었다. 핑계같지만 나는 책임지는 것을 몹시 싫어했다. 아니 두려워했다. 매사에 자신감이 결여되고 긴장하는 걸 싫어했다. 긴장하면 어깨가 뻣뻣하게 굳는 것 같았다.

긴장 중에서도 최고의 긴장은 사람을 대하는 것이었다. 그것은 적진의 전면에 서서 집중화살을 맞는 것과 마찬가지였다. 신경불안증과 과민 증상에 시달리는 나는 행동이 굼뜨고 실수연발이었다. 두려움에 사로잡힌 나머지 도저히 정신을 차릴 수가 없었다.

어찌나 산만한지 방금 들은 말도 생각나지 않아 순간적으로 거짓말쟁이로 오해 받은 적도 있었다. 청승 떤다고 지청구 맞은 적도 여러 번 있었다. 핀잔과 개망신 당한 때는 또 얼마나 많던가.

심령이 피곤하고 지친 나는 여흥심리에 집착했다. 한푼 벌면 버는 만큼 영혼의 휴식을 위해 썼다. 영화를 보든가 기차여행을 떠났다. 여행은 분노를 멈추게 하는 신비한 힘이 있었다. 온갖 시름을 잊고 자연에 몰입하다 보면 어느새 천국이 내 안에 들어와 있는 것 같았다.

그래, 떠나자. 나를 알아 볼 이가 아무도 없는 낯선 곳으로 가 잠적해 버리자. 그곳에서 새롭게 태어나는 거다. 새로운 모습으로 전혀 딴 사람이 되어 살아가는 거다. 그러나 그건 내 성격상 모험이나 마찬가지였다. 생각 뿐 실행에 옮기기란 얼마나 어려운 일인가.

더구나 외지에서 살아가려면 비용이 적잖게 들 터였다. 결단하기가 무엇보다 어려운 나는 망설이고 주저하다가 포기하는 게 다반사였다. 하지만 내부에서 끊임없이 들려오는 소리를 외면할 수는 없었다.

떠나자, 떠나는 길만이 살 길이다.

나는 주문 외듯 자신에게 다짐하고 또 다짐했다. 누군가 말했다. 꿈꾸는 건 자유고 꿈은 반드시 이루어진다고.

어느 날 내게도 기적같이 기회가 왔다. 남도 지방, 끝자락에서 고추장과 청국장 등 재래식품을 만드는 공장이 있는데 직원을 뽑는다 했다. 일이 고된 만큼 상여금 제도와 의료보험 혜택이 있다고 했다.

나는 무작정 입사 원서를 냈다. 그리고 면접할 때 어디서 그런 용기가 났는지 무엇이든 잘할 수 있다고 큰소리를 쳤다. 어디선가 "아암 그래야지"하고 격려하는 소리가 들리는 것 같았다. 하도 씩씩하게 대답을 잘하자 면접관은 손가락으로 동그라미를 만들어 보이며 오케이 사인을 보냈다. 나의 떡대가 마음에 들었는지도 모른다.

말이 씨앗이 된 것일까.

아무도 나를 알아볼 이가 없는 객지에서 나의 제 2의 인생이 시작되었다. 나는 매일같이 거울 앞에 서서 표정 관리를 했다. 과거의 모습을 씻어버리고 새로운 인생으로 거듭나기 위해 스스로에게 자신감과 의무감을 부여했다. 모노드라마를 하듯 자신을 향해 매일같이 선전포고를 했다. 언젠가 들은 긍정적 사고와 말을 나에게 적용시키기 위해 안간힘을 썼다.

"여기서는 너를 알아 볼 사람이 아무도 없어, 그러니 과거의 너의 모습을 잊어버리고 새롭게 거듭나는 거야."

"주눅 들지 말고 모든 걸 잘 할 수 있다고 말해, 그리고 행동하는 거야."

"넌 바보 팔푼이가 아냐, 너도 한 인격을 가진 사회인이야, 마음을 강하게 먹고 결코 약해지지 마."

생각해 보니 나의 인생은 늘 열외였다. 적자 인생 속에서 긴장하는 게 싫어서 무조선 경쟁을 피했다. 쉽게 지치고 포기하는 게 일상사처럼 이어지다 보니 매사가 흐리멍덩하고 성과가 없었다. 그러나 이제 피할 수 없는 현실이 닥쳐온 것이다. 날마다 초긴장의 연속이었다. 그런데 긴장을 하면 할수록 집중력이 높아지는 것이었다.

일초도 마음을 놓을 수 없는 긴장감은 해이해진 정신을 바로잡고 책임감이라는 무거운 올가미에 스스로를 갇히게 했다. 그러나 일의 강도가 점점 심해지자 예상 외로 빨리 몸과 마음이 지쳐갔다. 장 담그는 일이 보통 중노동이 아니었다.

그야말로 뼈가 부서지고 팔이 떨어져 나가는 것처럼 힘들었다. 한 겨울에도 땀을 폭포수처럼 흘리고 발에 무좀이 생겨 생고생을 하기도 했다. 그렇게 중노동하고 나서 받는 월급이란 게 참으로 눈물겨웠다. 그나마 상여금이란 게 있어서 버틸 수 있었다. 공휴일이 되면 비로소 가느다란 안식이 찾아왔다. 간신히 자리에서 일어나 거울을 보면 전혀 다른 여자의 모습이 보였다.

노동으로 굳어진 몸은 굳은살이 박혀 흡사 운동선수를 방불케 했고 일하느라 긴장한 탓인지 눈빛은 사나운 기운마저 품고 있었다.

공포로 주눅 든 천치 같은 멍한 표정으로 사람들의 조롱이나 받던 내가……

또, 일초도 쉬지 않고 긴장 속에서 일하고 일한 분량에 대해서는 반드시 책임져야 하는 분위기 속에 적응하다 보니 어느덧 강건해져 있는 것이었다. 그건 내가 전혀 예상치 못한 결과였다.

몸이 힘들면 힘들수록 사람들과의 부대낌이 많으면 많을수록 의지와의 싸움이 시작되었다. 그것은 자신과의 약속을 지켜내기 위한 처절한 몸부림이었다. 조금만 더 조금만 더……, 월급날까지만 견디자, 아니 다음달 상여금 받을 때까지만.

나는 수시로 자신을 채근했고 분노와 억울함도 참아 냈다. 그러나 참는 것만이 능사가 아니었다. 맨 땅에 헤딩하는 것처럼 답답한 마음속에 독기가 퍼져갔다.

일이 끝나고 객지의 거리를 걸으면 가끔씩 이상한 희열이 느껴졌다.

낯섦에서 오는 이질감과 방랑 심리. 해방감이 막힌 가슴속으로 밀물처럼 밀려들어왔다. 가끔씩 슬픔이 고갯짓을 했지만 애써 외면했다. 울면 안 된다. 그땐 끝장이다. 마음속에 얼음을 차곡차곡 쌓으며 거리를 똑바로 걸어갔다.

그곳에서 일하면서 아무와도 우애를 쌓지 않았다. 호기심으로 질문을 퍼부어 대는 극성맞은 여편네들에게 일일이 대꾸하다가는 십중팔구 꼬투리를 잡히기 마련이었다. 난, 언젠가는 이곳을 떠나야 한다.

내게는 정 붙일만한 그 어떤 마음의 여유도 없었다. 사람들을 대할 때마다 철저하게 이해타산으로 일관했다. 칼 같은 이기심을 앞세워 아무와도 돈 거래를 하지 않았고 주변사람들의 경조사에도 일체 참석하지 않았다. 그렇다고 돈에 목숨 거느냐 하면 그것도 아니었다. 쓸데없이 세월을 방치하느냐 하면 그것도 아니었다. 그러니까 엄밀한 의미에서 방랑은 아니었다. 늘 한곳에 머물러 있었으니까.

그러다 나는 충청도 산골에 제2 공장이 세워진다는 말에 자원하기에 이르렀다. 직원 중 몇이 합류하기로 했는데 나도 동참하기로 한 것이다.

나는 그곳에서도 또다른 제2의 인생을 살았다. 삶과 전투하듯 중노동에 몸과 마음을 맡기고는 자신과의 싸움에 적극 협력했다. 성과라는 단어의 의미에 대해 조금 알 듯도 했다.

혼미한 정신 속으로 차츰 결단과 의지가 생겨나기 시작했다. 예금통장에 액수도 차근차근 쌓았다. 언젠가는 끝나게 될 방랑에 대비하기 위함이었다. 그러나 상처는 결코 과거에만 머물지 않는다. 잠재의식 속에 뿌리 내린 상처는 언제나 현재에 리바이벌 되어 나타난다.

5년, 10년 세월이 흐르는 동안에도 상처는 내재되어 생각과 행동을 주장하고 있었다. 또한 상처를 방어하기 위한 구축체제로 인간관계를 철저히 차단하고 있었다. 조금만 마음을 열었다 하면 악마들의 마음이 사방에서 침투해 들어왔기 때문이다. 삼복더위가 지나고 짙은 가을날이 이르렀다.

공장 주변으로 단풍 관광이 시작되고 있었다. 산은 온통 원색 계통의 파노라마가 진행되고 있었다. 새 빨강과 샛노랑이 낙엽과 더불어 사람들의 마음과 발걸음을 산속으로 유인하고 있었다.

때로는 가족단위로 연인사이로 보이는 남녀가 등에 륙색을 메고서 산으로, 산으로 올라갔다. 화려한 색상의 등산복과 환희에 찬 눈빛으로 밀어를 나누며 정상을 향해 힘찬 발걸음을 내밀었다. 가끔씩 혼자 오는 사람들도 있었지만 극소수였다. 생각해 보니 나는 살면서 등산 다닌 적이 한 번도 없었다. 기껏해야 영화 구경 아니면 쇼핑이 고작이었다.

어느 날 나는 읍내에 나갔다가 화려한 문양의 등산복을 샀다. 내친 김에 선글라스와 챙이 넓은 모자도 샀다. 입고서 거울 앞에 서니 처음 보는 낯선 여자가 서 있는 것 같았다. 변장을 하고 나니 갑자기 용기가 생졌다. 집 밖으로 나가니 해가 기울어 땅거미가 지고 있었다.

나는 걸음을 빨리해 등산로에 접어들었다. 산자락을 타고 개울물이 흐르고 있었다. 산 공기가 가슴 속에 파고들면서 청량감이 느껴졌다. 고가를 주고 산 등산화가 발걸음을 더 가볍게 했다. 내 옆으로 등산객들이 삼삼오오 지나갔다.

무슨 비밀을 하나씩 가졌는지 하나같이 깊은 모자에다 선글라스 차림이었다. 가까이 다가가 자세히 들여다보기 전에는 누가 누군지 알 수 없었다. 더구나 해가 지고 있었다.

나는 여느 등산객들처럼 과자와 라면 일용품이 든 륙색을 어깨에 맨 채 천천히 등산로를 따라 올라갔다. 생전 안 하던 짓을 하니까 숨이 차고 무릎이 시큰거렸다. 한 중간 쯤 올라왔을 때였다. 뒤를 돌아보니 읍내 풍경이 들어왔다.

네온과 상가 불빛이었다. 그러고 보니 사방이 어느덧 깜깜해져 있었다. 와락 겁이 났다. 급하게 산길을 내려 올 때였다.

수풀 사이로 이상한 신음소리가 들려왔다. 불륜 남녀들이 질러대는 음란의 짓거리임이 틀림없었다. 웬일인지 몸에서 쩌릿쩌릿 전율이 느껴졌다. 등산로를 비춰 주는 수은등 하나 의지해 내려오는데 수풀가에서 도란도란 남녀의 목소리가 들려왔다.

"예전에 십 년 전에 말야, 내가 서울 본사서 근무할 때였어, 여직원 중에 이정순이라고 못생긴 여자애가 있었어."

순간 발걸음이 멈춰지면서 나도 모르게 그들 가까이 다가갔다. 소리에 귀를 기울이는데 목소리가 어쩐지 낯설지가 않았다.

"그래서?"

목소리는 젊은 여자였다. 호기심이 가득 담긴……

"못생기기만 한 게 아니라 피해의식이 엄청 났거든."

"못생겼으니까 당연히 그렇겠지. 그런데?"

"남자 직원들이 돌아가면서 개를 골려주는데 이게 꼴에 성질이 있어서 펄펄 뛰는 거야, 말 한마디 대꾸도 못하는 주제에."

"그래서?"

"우리 남자 직원들끼리 모여 내기를 했지."

"어떻게?"

여자는 신이 나서 어쩔 줄 모르는 말투였다.

"정순이 쟤를 누가 먼저 따먹나."

"너무했다 그건."

"어느 날 말야, 총무과의 못생긴 노총각이 선수를 쳤다 이거지."

"노총각?"

"응, 뭐 그렇다고 결혼할 맘이 있어서 그런 건 아니고, 녀석 저도 못생긴 놈이 여자 인물은 더럽게 밝히더라고, 얼굴 예뻐야 한다 몸매 섹시해야 한다."

"그런 여자가 미쳤나 그런 못생긴 노총각 좋아하게. 그래서 어떻게 됐는데."

"결과는 실패였다. 그거지."

"어째서?"

"여자가 말을 안 듣더래, 워낙 피해의식이 강해 놔서 별 소릴 해도 씨가 안 먹히더래."

"그래서 실패했구나."

"겁은 많아도 제 몸 간수는 잘하고 살았던 모양이야, 암튼 사내에 총각이란 총각은 모두 대시를 했는데 안 됐어. 몸이 단 녀석들은 강제로라도 덮치려고 했는데 얘가 어느 날 갑자기 사라져버린 거야."

"어디로?"

"여사장이 몰래 내보냈다는 소문이야, 하도 남자들이 찧고 까불고 하니까…… 워낙 인간이 덜 떨어졌거든. 사실은 그 여사장이 내 누나야."

　나는 그쯤에서 그 작자들에게 달려들어 당장 물꼴을 내고 싶었다. 그러나 마음 뿐 나는 여전히 소심증 환자였다. 갑자기 눈물이 쏟아지려고 했다. 눈물을 흘리면 안 되는데…….
　"어쨌든 안 됐다. 불쌍하기도 하고."
　"인물도 인물이지만 워낙 눈치코치 없고 행동도 굼뜨고 써먹을 데가 없었어, 그땐 그냥 재미로다 그 여자를 골려주는 일에 동참했는데 세월이 흐르고 나니까 몹쓸 짓을 한 거 같아 마음이 찜찜해."
　다음 순간이었다. 귓가에 천둥치는 듯한 소리가 들려왔다.
　"내가 지금까지 너를 지키고 보호하였노라."
　그런데 내 손에는 어느새 큰 돌조각이 들려져 있었다. 나쁜 년놈들, 나는 돌조각을 들어 두 연놈을 향해 힘껏 내리쳤다. 맞았는지 안 맞았는지 퍽! 하는 소리가 들려왔다.
　"어! 이게 뭐야?"
　남자의 소리에 이어 여자의 비명도 들려왔다.
　"아악!"
　나는 뒤도 돌아보지 않고 내리막길을 향해 죽어라 뛰기 시작했다. 무릎이 후들후들 떨리면서 등에 식은땀이 흘렀다. 얼마나 뛰었을까. 누군가 뒤에서 내 목을 붙잡고 늘어지는 것 같았다. 심장이 쿵쾅 소리를 내며 귓가에 들려왔다. 문득 내 손을 내려다보니 그렇게 비참할 수가 없었다. 여자가 돌에 맞은 것일까, 그렇다면 얼마나 다쳤기에 비명을 질렀을까. 상상력을 동원해가며 생각했지만 아무것도 떠오르지 않았다.
　그날 밤 나는 모처럼 깊은 잠을 이루었다. 늘 선잠 자듯 했는데 천 길 낭떠러지로 떨어지듯 깊은 잠속에 함몰되었다. 꿈에 거대한 용 같은 물체에 쫓기고 있었다. 뒤에서 엄청난 속도로 따라 오는데 거의 잡힐 듯 잡힐 듯하면서도 잡히지 않았다. 악마의 손이 나를 잡으려 하면 누군가 나타나 나를 보호해 주었다.

그 사건으로 인해 나는 한동안 강박증에 사로잡혀 살았다. 두려움이 극에 달하면서 하루 종일 깜짝 깜짝 놀라면서 실수를 연발했다. 그런가 하면 어디선가 두 남녀가 느닷없이 나타나 내 목을 조르는 환상을 느꼈다. 두려움은 상상이라는 날개를 타고 내 몸과 마음을 가위 눌렀다.

가을이 가고 겨울이 왔다. 강박증은 쉽게 가라앉지 않았다. 두려움이 여전히 내 목을 친친 감고 늘어졌다. 누구에게 하소연할 데도 없고 끙끙 앓느라 숨이 막힐 지경이었다. 시간이 지나자 마비되었던 이성이 차츰 풀리면서 두 남녀의 정체가 궁금해지기 시작했다. 이정순이라면 분명 나를 지칭한 말이 틀림없는데 어디서 만난 사람들인지 잘 기억나지 않았다.

하긴 서울에 있을 때 돌아다닌 직장이 어디 한두 군데인가. 가는 곳마다 상처와 조롱이 이루어졌으니, 지금 생각해도 머리칼이 곤두 설 지경이었다. 그런데 갑자기 여사장이 내보냈다는 말이 생각났다.

그렇다면…….

십 년 전, 신당동에 있는 의류 수출업체에 근무할 때였다. 직원이 7-8명쯤 되는 소규모의 중소기업이었다. 당시 중국바람이 한참 불 때였다. 상해에 공장을 세운 뒤 여사장과 직원들이 양국을 오가며 일을 진행했다. 중국의 싼 인건비를 들여 물건을 만든 다음 국내로 들여오면 내수용으로 판매하고 또 수출용으로도 나갔다. 일본과 미국 러시아 등으로 팔려 나가면서 한때 꽤 호황을 누렸었다.

여사장은 돈에 있어서는 수전노였지만 그렇다고 인간적인 도리를 외면할 만큼 인간 말종은 아니었다. 아무리 현금이 달려도 월급은 꼭 제 날짜에 주었고 직원들의 경조사는 빠짐없이 참석하며 인화에 힘쓰는 편이었다. 특히 돈 문제만큼은 확실해 원성을 사거나 하는 일은 없었다. 하지만 일에 실수를 하거나 회사에 손해나는 일이 발생하면 여지없이 가혹한 처사를 내렸다.

나는 그곳에서 잔일을 하거나 수출용 의류를 포장하고 점검하는 일을 맡았는데 하는 일이 미미하다 하여 그야말로 월급이 최하 수준이었다. 그나마 인색한 여사장이 툭하면 해고를 운운하는 바람에 억지로 붙어 있는 형국이었다. 그때 나는 그녀를 속으로 마귀로 지칭한 적도 있었다.

어디 그녀뿐이랴. 남자 직원들은 입만 열면 음담패설을 주워대는데 마치 소돔과 고모라 성이 따로 없을 정도였다. 그중에서도 동성애 부분에 이르면 갑자기 핏대 올리고 싸우고 그러다 내가 눈에 띄면 악마로 돌변해 인격살인을 가하곤 했다.

"이정순 쟤는 꼭 남상이야, 체격이 레슬링 선수 같아 어떤 남자가 여자로 봐주기나 하겠어."

그렇게 말하는 인간은 여사장의 남동생인 영업 부장이었다. 생긴 게 꼭 뒷골목 깡패 같은 그는 일만 끝나면 곧바로 사창가나 지하주점으로 직행하는 난봉꾼이었다. 아내에게 이혼 당하고 나서는 더 출입이 잦아들었다. 그가 먼저 내게 인격살인을 가하면 도미노 현상이 나타나 남자 직원들이 너도 나도 나서 한마디씩 거들었다.

하나같이 얼굴과 몸매에 관한 이야기였다. 저희들 몸은 휜 등뼈에 벌어진 다리에 배불뚝이인 주제에 게다가 인상은 양아치 수준인 것들이 걸핏하면 여자들 몸매 이야기에 열을 올렸다. 거기에 단골 메뉴는 물론 나였다.

"허리는 도라무통이라니까."

"발은 왜 그리 커? 축구화 신어야겠다."

"등짝이 떡대야."

"발목이 넓적다리 수준이야."

"뚱뚱해도 저 정도도면 거의 하마 수준이지."

"쟤를 데리고 가는 남자가 있다면 그는 시력에 문제가 있는 사람일 거야."

"요즘 농촌 총각들 장가 못 가 난리라는데 누가 나서서 중매하지 그래, 떡대도 좋겠다 아무리 힘든 농사일도 잘 해낼 것 같지 않아, 안 그래?"

그러면 사방에서 웃음보가 터져 나왔다. 힐끔 힐끔 내 얼굴과 몸매를 훑어 내리며.

망할 자식들, 나는 그들을 향해 칼로 난자하고 싶은 심정이었다. 능지처참이란 말이 왜 생겨났는지 알 것 같았다. 그런데 무슨 소문이 어떻게 돈 것일까. 어느 날 여사장이 나를 조용히 부르더니 말했다.

"이제 정순씨는 여기에 필요치 않아, 다른 직장을 구하도록 해."

회사 사정이 나쁜 것도 아니고 한창 바쁜 시기에 퇴사라니, 얼른 이해가 가지 않았다. 여사장은 돈 봉투를 내밀며 미안한 듯 말했다.

"어디 가든 여자는 몸조심해야 해, 그동안 수고했어, 좋은 남자 만나 결혼해, 그게 최고야."

봉투 안이 두둑했다. 웬일인가. 저 노랭이가.

봉투를 받아들고 나오는데 총무과의 김철민과 마주쳤다. 그는 남자 직원들 중에서 그나마 얼굴이 나은 편이었다. 미남은 아니더라도 그렇다고 추물도 아니어서 그런대로 봐줄만한 인물이었다. 그가 내 손을 보더니 물었다.

"오늘 저녁 나랑 맥주나 한잔 할까."

"필요 없네요."

언젠가 그가 술에 취해 나를 덥석 안으려 했던 기억이 떠올랐다. 일부러 그랬는지 내 가슴팍으로 쓰러지기까지 했다. 놀란 내가 확 밀쳤더니 저만큼 나가떨어지면서 "씨팔"을 외쳤던 그였다. 그 사건을 두고 건드려 보려 했는데 실패했다고 공공연히 떠들고 다녔다. 말과 행동이 치사하고 더러운 인간이었다.

"그래도 마지막이니까."

어떻게 알았을까. 그는 무슨 꿍꿍이속이 있는지 제법 심각한 표정까지 지어 보였다.

"나 사실은……."

그가 말을 끝내기도 전에 직원들이 몰려왔다.

"어이! 이정순, 오늘 마지막이라며? 송별회 해야 하는 것 아냐?"

그러다 김철민을 보더니 싱긋 웃었다.

"오라, 두 노총각 노처녀들이 무슨 하실 말씀이 있으시다 이건가?"

직원들은 넘겨짚었지만 나는 진흙탕을 헤매는 기분이었다.

"어딜 가더라도 좋은 사람 만나 행복하고."

그는 어울리지 않게 인사말을 다 했다. 그때였다. 사무실의 미스 김이 김철민에게 소리치며 말했다.

"전화 받으세요, 애인분이 화가 단단히 났어요, 빨리 안 받는다고."

그는 황급히 사무실로 뛰어 들어갔다. 그리고서 사무실에서는 왁자하니 웃음소리가 들렸다.

"야! 드뎌 우리 김철민군께서 노총각 딱지를 뗀다 이거지? 벌써 속도위반한 건 아니겠지?"

"야! 이거 노총각 너무 좋아하는데, 뭐? 벌써 양가 어른들끼리 상견례 끝내고 날짜까지 받았다고, 빨라도 너무 빠른 거 아냐?"

"야! 김철민 이거 좀 수상한데, 혹 속도위반?"

모처럼 호기를 만난 직원들은 한결같이 축제분위기로 그에게 운을 띄워 주었다. 그러고 보니 등산로에서 만났던 남자가 그들 중의 하나가 아닌가 싶었다.

"망할 자식들, 일찌감치 지옥행 열차나 타라."

그들이 내게 가한 인격살인이 새록새록 생각났다. 세월은 흘러도 기억은 사라지지 않는다. 더구나 상처는 잠재의식으로 남아 재삼 인격살인을 가하고 기다란 후유증까지 남긴다. 즉 과거의 상처가 현재에 리바이

벌 되어 악영향을 끼치는 것이다.

나는 또다시 밤마다 내게 상처 준 명단을 놓고 면도날로 짓이기며 저주를 했다. 내 얼굴은 날마다 새카맣게 변해갔고 어느 날 청천벽력 같은 소리를 들었다.

"간에 이상 징후가 보입니다. 서울에 있는 큰 병원에 가 정밀검사를 받으십시오."

나는 의사 소견서를 들고 서울행 고속버스를 탔다. 서울을 버리고 객지생활을 한 지 십 년만의 일이었다. 마음이 천갈래 만갈래로 찢어졌다. 얼굴을 보니 이미 황달을 지나 흑달이 된 거 같았다. 그렇다면 이미 암 말기?

차창 밖을 내다보니 저절로 눈물바람이 났다. 지나온 세월이 너무 억울했다. 마음 편히 살아보지도 못했는데 남들처럼 사랑받거나 인정받아보지도 못하고 지나온 세월이었는데 어느새 죽음이 날 먼저 알고 찾아왔구나. 텅 빈 마음속에 허무가 몰아쳤다. 그러나 한편으론 살 수 있지 않겠는가 하는 미련도 들었다.

버스가 휴게소에 닿았다. 화장실에 들러 일을 보고 나오는데 아기를 데리고 여행하는 젊은 부부가 눈에 들어왔다. 그들을 보는 순간 희망이란 단어가 떠올랐다. 삶에 대한 애착이 어느 샌가 내 안에 드리워지는 순간이었다. 고속버스는 세 시간 남짓 걸려 서울에 닿았다.

나는 병원에 예약을 한 뒤 지인들을 찾아 다녔다. 이전에 내게 상처를 준 사람들이었다. 세월이 지난 탓일까. 그들은 영문을 모른 채 반갑게 맞이해주었다. 세월의 흔적으로 어느새 눈가가 거뭇해진 그들은 옛날과는 달리 너그러운 태도로 그간의 안부를 물었다. 나를 상처라는 감옥에 밀어놓고 나서 전혀 딴청을 부리며 위장전술을 펼치고 있었다. 그런데……

내가 제일 처음 만난 건 오경미였다. 그녀는 40대 초입으로 얼굴에 주름이 자글자글했다. 그 많던 살들이 다 어디로 자취를 감추었는지 날씬해져 있었다.

"오경미, 너 살 빠졌다."

나는 아무 생각 없이 말을 내뱉었다.

"그러니? 나 사실……."

분위기가 이상했다. 살만 빠진 게 아니라 머리칼도 많이 빠져 민둥산으로 변해 있었다. 자세히 보니 병색이 완연했다.

"그런데 너 얼굴이 왜 그러니?"

우리는 거의 동시에 말했다. 새카맣게 변한 내 얼굴이 그녀 역시 걱정이 되었던 모양이다.

"나, 사실 간 조직검사 받기 위해 온 거야?"

"그럼 암?"

"응, 그런데 오경미 너는 얼굴이 왜 그래?"

"자궁암 말기래, 항암 주사 맞느라 머리칼 홀랑 빠지고 죽을 때가 되었는지 기운도 없고 그렇다."

그녀는 아무렇지도 않은지 마치 남의 이야기하듯 했다.

"자궁암?"

나는 그 소리를 듣자마자 뒤로 넘어가는 것 같았다.

"그래 정순이 너도 어서 검사 받고 몸조심해라, 그저 살아 있을 때 맘 편히 지내야 하는 건데."

오경미는 핸드폰이 울리자 손을 흔들고는 멀리 사라져 갔다. 오경미가 사라지자 내 가슴속에는 천둥치는 소리가 계속 들려왔다. 밤마다 생각날 때마다 그녀에게 했던 저주의 말이 생각났다.

"너, 오경미 오늘 회사에서 내게 빙충이라고 비웃었지, 망할년 사귀는 남자와 깨지고 평생 남자 뒤꽁무니만 따라다니며 살아라, 확! 자궁암에나 걸려라."

이튿날 대학병원에 가 수속을 밟았다. 여러 가지 검사를 받아야 하니 입원절차가 필요했다. 원무과를 나와 복도를 지나는데 누군가 내 팔을 붙잡고는 아는 체를 하는 것이었다. 그런데 도무지 생각이 나지 않는 얼굴이었다.

"나 모르겠어? 진짜 생각 안 나?"

"글쎄요."

나는 고개를 흔들며 말했다. 그나저나 새카맣게 변한 내 얼굴을 알아보는 것도 기적이었다.

"나, 정미혜야 이제 생각 나? 그런데 넌 병원에 웬일이야?"

"아! 정미혜."

이름을 말하자마자 가슴속에 벼락 치는 소리가 들려왔다. 통통하고 귀염성 있는 얼굴이 두 눈이 움푹 꺼진 채 뼈만 앙상하게 남아 희미하게 웃고 있었다. 제 딴엔 반가운지 내 팔을 잡고 흔들며 자꾸만 웃었다.

"이게 얼마만이야? 한 십 년도 넘었지 그래도 안 죽고 살아 있으니까 다 만난다. 그런데 얼굴이 왜 그래?"

제 처지는 잊었는지 정미혜는 걱정스런 표정으로 나를 바라보며 환자복 소매 끝으로 흐르는 땀을 닦았다. 자세히 보니 머리칼도 반쯤 빠져 듬성듬성했다.

"나, 정밀검사 받으러 왔어, 간에 문제가 생겼나 봐."

"저런 술을 많이 마셨구나. 하긴 이놈의 세상이 술을 안 마시고는 못 견디게 하지, 사실은 나도……."

그때였다. 뚱뚱한 몸체의 중년남자가 그녀 곁으로 다가왔다. 불그죽죽한 얼굴에 인상이 사나워 보였다. 손에 보퉁이를 들고서 그는 나를 향해 사나운 눈빛을 굴렸다.

"이제 그만 가지, 원무과에 가서 퇴원수속 밟아놨어."

"벌써, 나 아직도 몸이 안 좋은데."

정미혜의 목소리는 상당히 떨고 있었다. 두려움과 섭섭함 분노가 표정과 목소리에 묻어 나를 향해 호소하는 것 같았다. 그녀는 남편에게 억지로 끌려 병실 복도 끝으로 걸어갔다. 돌아서면서 나에게 손을 흔들어 보였다.

"또 만나, 건강해야 돼."

눈물이 왈칵 쏟아졌다. 가슴을 쪼개는 듯한 통증이 양심을 강타하고 있었다. 그녀에게 했던 저주의 말들이 내 마음 속으로 똑똑히 들려왔다.

"정미혜, 나쁜년 지나 내나 못난 주제에 뭐? 나보고 재취로나 가라구? 너나 재취 삼취로 가라, 그래서 평생 남의 자식 키우면서 속 썩고 살다가 막판에 쫓겨나 거지나 되라."

나는 당장 그녀 등 뒤로 달려가 사죄하고 싶은 심정이었다. 그리고 못난 내 가슴과 머리가 죽이도록 미워졌다. 그 자리에 서서 사죄하는 심정으로 한참을 울었다. 환자와 의사가 그런 나를 흘끔거리며 지나갔다. 병동을 빠져나오자 화단과 나무 의자가 보였다. 환자복을 입은 사람들이 핸드폰으로 어디론가 급하게 통화를 하고 있었다.

"빨리 돈 입금하라니까."

병원비가 급한 모양이었다. 생명의 위급성 앞에서 돈은 여전히 위력을 떨치고 있었다. 돈 없으면 생명도 무너진다. 순간 나는 내 험한 손을 내려다보았다. 그동안 낯설고 물선 외지에서 죽을 고생하며 돈을 번 이유를 내 손이 설명하고 있었다. 언젠가 닥칠지도 모를 위기에 대비해 나는 인생 보험을 들고 있었던 것이다.

이대로 내 생명이 끝나버린다면…….

그때였다. 배에서 꼬로락 소리가 났다. 유난히 식탐이 심한 나는 배고픈 걸 못 참는다. 배가 고프면 온몸이 떨리면서 정신을 못 차린다. 그러다 음식을 대하면 거의 미칠 듯이 허겁지겁 먹어댄다. 복부 팽만감이 느껴질 정도가 되어야 숟가락을 내려놓는다. 혹자는 그런 내 모습을 보고 애정결핍으로 인한 욕구불만으로 표현했다.

그런데 어찌된 노릇인지 그 좋던 식욕이 다 사라지고 때도 시도 없이 피곤이 몰려오면서 뱃가죽이 불러오는 것이다. 가끔씩 오른쪽 가슴이 찌를 듯이 아파오면서 어깨 부위에도 통증이 느껴졌다. 더구나 얼굴이 검정 물감을 뿌려 놓은 듯 날이 갈수록 병색이 짙어졌다. 사실 삶에 대한 미련이 많은 것도 아니었다. 뭐 좋은 일이 있다고 아등바등 사나, 죽을 때 되면 어련히 죽지 않겠는가.

이것이 삶에 대한 나의 철학이었다. 그런데 막상 죽음의 그림자가 드리워지자 생각이 달라졌다. 여태껏 힘들게 살았는데 이제 와서 병고라니 죽을지도 모른다니 이렇게 억울할 데가 어디 있단 말인가. 속에서 피울음이 전해 왔다. 길지도 않은 인생 상처받고 놀림감이 되어 이리저리 채이고 제대로 사람대접 한번 받지 못하고 살았는데 이제 와서 죽음이라니, 너무 억울했다.

무엇보다 자신을 학대하고 미워한 것에 후회막급이었다. 내가 나를 미워하는데 누가 나를 사랑해 주겠는가. 내가 나를 천대하는데 누가 나를 대접해 주었겠는가. 사실, 감정의 기능을 상실하고 두려움과 강박증에 묶여 한 번도 제대로 된 감정표현을 못하고 살았다.

그래서 더 자신에게 분노하고 자학했던 것이다. 그래 이제부터라고 나를 위해 살자, 앞으로는 감정표현도 해가며 얼마가 됐건 내 만족을 위해 살자. 내 스스로 자존감을 높이고 스스로를 배려하고 우선시하기로 하자. 그러자 갑자기 너그러운 마음이 생기는 것 같았다.

나는 우선 현금 인출기 앞으로 다가가 돈을 인출했다. 얼마가 됐건 내 몸을 살리는 일에 다 쓰기로 했다. 죽어도 여한이 없도록 나에게 쓰고 싶었다. 그동안 안 먹고 안 쓰고 모은 돈이었다. 내일 아침이면 정밀검사에 들어간다고 했다. 그래서 오늘 저녁까지는 무슨 일이 있어도 금식해야 했다. 피곤과 무력감으로 다리가 후들후들 떨렸다. 입원실로 올라가는 에스컬레이터 앞에 사람들이 몰려 있었다.

대부분 면회객들이었다. 손에 음료수와 과일 박스를 들고서 초췌한 표정으로 에스컬레이터에 발걸음을 옮겨 놓고 있었다. 그들 등 뒤로 가 발걸음을 에스컬레이터에 올려놓으려는 순간이었다. 누군가 내 팔을 꽉 잡았다. 얼굴이 곰보처럼 얽고 체격이 레슬링 선수처럼 거구인 중년남자였다.

"이정순?"

얼마 만에 들어보는 내 이름이던가. 나는 목소리의 주인공을 향해 마음을 집중했다. 복수가 찼는지 배가 남산만큼 나오고 뒷골목 깡패 같은 인상의 남자가 내게 손을 내밀고 있었다. 악수를 청하며 남자가 물었다.

"웬 환자복? 어디 아파? 입원한 거야?"

남자는 한꺼번에 물으며 조급한 표정을 지었다. 자세히 보니 남자도 환자복을 입고 있었다. 나는 손을 잡아야 하나 말아야 하나 망설이다 마주잡았다. 둔탁한 느낌이 손끝에서 전해지면서 가슴이 찌릿했다.

"떡대는 여전하군."

옛날 말버릇은 여전하군. 나는 받아치려다 참았다. 아무래도 그의 불룩한 배가 의심스러웠다. 옛날에는 저 정도까지는 아니었는데.

"옆에 아무도 없는 걸 보니 여적 싱글인 모양이군."

그는 비웃듯 말하며 시선을 외면했다. 에스컬레이터가 그와 나를 2층으로 올려다 놓았다. 그가 임상 병리실로 향하면서 말했다.

"나는 저기 서쪽 병동 805호에 입원해 있어 심심하면 놀러 와, 내가 상대해 줄게, 옛날처럼 말야."

그는 손을 여유롭게 흔들더니 검사실 내로 쏙 들어갔다. 나는 그의 등 뒤에 대고 낮은 목소리로 외쳤다.

"오형근이다. 내 체격을 두고 떡대 운운하던……."

저치는 내 몸매를 두고 유난히 말이 많았다. 그때 그의 아내는 임신

중이었는데 내가 속으로 말했었다. 나하고 비슷한 딸 낳아서 니가 나한테 말했던 것처럼 똑같은 소리 듣게 해라. 그나저나 저 오형근은 무슨 병으로 입원했을까. 복수가 찬 걸로 보아 간암 말기? 나는 순간적으로 소설을 썼다.

이튿날 나는 검사실에서 피를 두 번이나 뽑고 소변 검사와 씨티 촬영과 또 다른 검사를 받았다. 현재로서는 간 경변일 가능성이 짙고 혹시나 하는 우려에서 세포액을 뽑는 조직검사까지 받았다.

검사를 받고 나오는데 우연히 임상병리실로 눈길이 갔다. 어제 그가 한 말이 생각났다. 서쪽 병동 805호. 나는 자석에 끌린 듯 건물 밖으로 나와 서쪽 병동으로 갔다. 엘리베이터에서 내려 805호 앞에 섰을 때 비로소 후회가 됐다. 내가 뭐 하러 이곳에 왔지? 뒤돌아서는데 반쯤 열린 문틈에서 남녀가 다투는 소리가 들렸다.

"글쎄, 애경이가 또 성형수술 하겠다고 그렇잖아."

"아빠는 아파서 언제 어떻게 될지 모르는데 또 무슨 성형수술이야? 돈이 썩었어?"

"사람들이 자기만 보면 못 생겼다고 놀려서 살기도 싫다잖아. 아빠 닮아서 못 생겼다고 왜 아빠랑 결혼했냐고 나한테 난리도 아냐."

"누가 나 닮으래? 저희 엄마 닮지."

"그걸 맘대로 해?"

나는 돌아서면서 킥킥대고 웃었다. 옛날에 직장에 있을 때 나만 보면 떡대 운운하며 조롱하고 멸시하던 그가 떠올랐다. 그리고 그를 향해 퍼붓던 악담도 생각났다.

"망할 자식 너도 꼭 나 같은 딸 낳아서 니가 나한테 했던 말 그대로 들으며 살게 해라."

이번에는 지난번과 달리 그다지 큰 양심의 가책은 없었다. 유전의 법칙에 의해 못 생긴 딸 낳아 얼굴에 칼 들이대고 수술하는 거야 어쩔 수 없는 노릇 아닌가. 나는 병실로 돌아와 모처럼 TV를 보며 휴식을 취했다. 차츰 마음속으로 평안이 몰려왔다. 이튿날 아침이었다. 간단한 검사를 끝내고 누워 있는데 TV에서 뉴스가 들려왔다. 국내에 에이즈 환자가 급증한다는 소식이었다.

문득 김철민이 생각났다. 언젠가 그에게 망할 자식 에이즈에나 확! 걸려라 하고 악담했기 때문이다. 그는 내가 만난 사람 중에서 유난히 상처를 많이 주었었다. 진짜 애인을 뒤에 숨겨두고서 나의 정신을 농락하고 욕보였던 인간 말종이었다. 그는 배우가 연기하듯 나에게 진실로 사랑을 호소하는가 하면 심지어 나를 마루타처럼 생체실험 하듯 내 마음을 놓고 함부로 장난질 쳤었다.

어떻게 하면 여자의 몸과 마음을 효과적으로 다룰 수 있을까. 나를 대상으로 실컷 농락하고는 억지로 술을 마시게 한 뒤 겁탈하려 했던 적도 있었다. 그때 여사장이 나타나 구해 주지 않았더라면 그날 무슨 일이 벌어졌을지 불을 보듯 뻔하다.

다른 사람들이 나를 인격살인 하는데 동조했다면 그는 선두에서 나를 농락하고 어르고 뺨쳤던 것이다. 그뿐만이 아니었다. 그는 나에 관한 엉뚱한 소문을 여기저기 떠들고 다니기까지 했다.

이정순 생각보다 몸매가 더 엉망이더라.

피해의식은 많아도 재 몸 간수는 잘 하고 살았더라.

그럴 때마다 남자들은 또다시 내 면전에다 인격살인을 저지르며 나를 술안주로 삼아 찧고 까불었다. 이정순 여기 와서 술 한잔 어때? 오늘 밤 나 시간 많은 데.

김철민은 그렇게 내 정신을 망가뜨리고 나서는 기회가 오자 집안 좋고 인물 좋고 능력이 뛰어난 여자와 결혼했다. 이 여자 저 여자 사이를 오가며 감정게임을 벌이다가 드디어 괜찮은 여자를 만나 결혼하는데 성공한 것이다. 내가 그때 가장 분노했던 건 김철민이란 인간 말종보다 그런 자에게 행운을 선사한 신에 대한 처사였다.

어떻게 그런 인간에게 파멸은 못 안겨줄망정 그런 행운을 선사한단 말인가. 여자는 그의 과거와는 어울리지 않게 천사처럼 예쁘고 순진한 간호사 출신이었다고 한다. 더구나 그녀는 신앙이 돈독한 집안에서 자라난 진실하고 인내심 많은 성격으로 그를 당장에 사로잡았다고 한다. 아무리 그래도 그렇지, 어떻게 신은 그런 인간 말종에게 그렇게 좋은 아내를 줄 수 있단 말인가.

나는 분노로 턱뼈가 으스러지는 듯한 통증을 느꼈다. 김철민은 자신의 결혼을 인생 최고의 성공으로 자랑하며 떠들고 다녔다. 이제는 가정에 충실하면서 아내만을 위해 살겠다고 공언했다. 그러다 한순간 나를 향해 멸시의 눈길을 보내는 것이었다.

"저런 것도 여자라고 누가 데려갈지……."

그때 나는 낮은 목소리로 말했다.

"망할 자식 확! 에이즈에나 걸려라, 네 아내와 함께."

골백번 생각해도 그 상황을 이해할 수가 없었다. 아무리 정신 나간 여자여도 그렇지, 어떻게 저런 인간 말종을 남편으로 맞이한단 말인가. 악마하고 가장 친한 놈을 남편으로 평생을 살 맞대고 살기로 했단 말인가. 나는 그의 아내까지 함께 저주하며 이를 갈았다. 그리고 매일 밤 그 자의 이름에다 면도칼을 내리그으며 저주했던 것이다. 아마도 가장 많이 면도칼로 난자당한 사람이 있다면 바로 그였을 것이다.

나는 다른 사람은 몰라도 김철민만큼은 절대로 용서 안할 작정이었다. 그 자의 최후를 두 눈으로 아니 귀로 듣기 전에는 이 세상마저 떠나지 않을 작정이었다. 그런데 그 원흉 같은 놈을 하필이면 퇴원하던 날 보게 된 것이다. 원수는 외나무다리에서 만난다던가. 그날은 기분 나쁘게 아침부터 비가 내리고 있었다.

재수가 없으려니까 구두 굽이 부러져 걸음마저 뒤뚱거리며 걷고 있을 때였다. 병원에서 나와 버스정류장을 향해 걷고 있는데 누군가 다가와 나를 툭 치며 쳐다보는 것이었다. 밝고 환한 얼굴이었다. 평안과 행복이 넘치는 잘 생긴 남자였다. 하나도 늙지 않았다. 십 년이 지났는데 그에 게만 세월이 멈춰져 있는 것 같았다. 세월의 연륜 탓인지 오히려 더 여유롭고 활기차 보였다.

기가 막혔다. 더구나 그의 곁에는 미모의 아내가 잘 생기고 똑똑해 보이는 아들과 함께 서 있는 게 아닌가. 아이의 눈에서 총기가 빛났다. 엄마 아빠의 잘 생긴 부분을 고루고루 닮은 귀여운 아이였다. 또다시 내부에서 신을 향한 분노가 치솟았다.

당신 어떻게 내게 이럴 수 있죠?

"이정순씨? 이거 얼마만이야 십 년 됐죠?"

그는 아내를 의식한 탓인지 경어를 사용했다. 그의 아내가 나를 보더니 물었다.

"누구세요?"

"응, 전에 다니던 회사에서 같이 일했던 분이셔, 좋은 분 만나 잘 산다는 소문은 들었습니다만."

좋은 분을 만나? 그럼 내가 결혼이라도 했단 말인가? 이 망할 자식이 이젠 연기까지 하네. 나는 너무도 화가 나 쓰러질 지경이었다.

"아! 그러세요? 안녕하세요, 전 이 분의 안 사람 되는 사람입니다."

여자는 진실로 겸손하고 온유해 보였다. 한 치의 의심도 없이 남편의 말을 믿어주면서 덕담까지 건넸다.

"네, 항상 건강하시고 행복하세요. 하시는 일마다 다 잘 되시고요."

여자는 고개를 숙여 인사를 하더니 잘생긴 아들과 함께 한쪽 길가에 주차해 놓은 승용차로 다가갔다. 김철민은 아내 뒤를 따라가며 주머니에서 자동차 키를 꺼냈다. 에쿠스 신형 자동차였다. 부의 상징이었다. 망할 자식이 여자 하나 잘 만나더니 부(富)까지 소유한 모양이었다. 옛날엔 겨우 겨우 호구지책이나 면하던 놈이……

　돌아서는데 나는 거의 실신할 지경이었다. 세월이 지나도 꺼지지 않는 분노도 문제였지만 그가 그토록 잘 될 줄은 상상도 못했었다. 내 마음을 놓고 장난질을 쳤던 악마에게 행복이라니…… 또다시 신을 향한 분노가 쏟아졌다. 순간 왼쪽 가슴뼈에 금이 가는 듯한 통증이 전해졌다.

　김철민과 그의 가족이 탄 에쿠스가 한번 유턴을 하더니 금세 차도로 진입했다. 자동차 뒤 트렁크 부분에 물고기 모양이 보였다. 요나의 물고기였다.

　김철민은 운 좋게도 능력과 미모를 고루 갖춘 여자를 만나더니 계속 기세 좋게 달리는 모양이었다. 그렇게 밤마다 면도칼로 저주했건만 그에게는 아무 소용이 없었다. 오히려 반대로 승승장구한 것이다. 나는 그날 이후 타오르는 분노와 함께 얼굴이 날마다 더 새카맣게 타들어 갔다. 더 이상 살아봤자 별 수 없는 인생, 빨리 끝내버리고 싶다는 생각도 수없이 했다.

　검사 결과를 보던 날도 그랬다. 차라리 암 말기라면 이 꼴 저 꼴 안 보고 인생여정을 끝낼 수 있을 텐데. 사후 걱정은 아예 생각나지도 않았다. 그러나 막상 담당의를 만나자 생각이 달라졌다. 그래도 한 번뿐인 인생인데. 사람 마음 조석변개라더니. 내가 꼭 그랬다. 오른쪽 가슴에 통증이 느껴지는 순간 의사가 말했다.

　"검사 결과 암 수치는 발견되지 않았습니다. 간경변 증세가 심하기는 한데 약물치료로 가능합니다. 일단 휴식을 취하시고 안정을 유지해야 합니다. 상태가 심해지면 캔서로 발전할 가능성도 있습니다."

　의사가 써주는 처방전을 들고 나서는데 갑자기 김철민의 아내가 생각났다.

　"네, 항상 건강하시고 행복하세요. 하시는 일마다 다 잘 되시고요."

　망할 자식이 처복은 있는지 어디서 그런 좋은 여자를 만났담. 나는 순간 그녀와 나의 외모와 언어를 점검했다. 그 여자의 화려한 외모에 당장 기가 눌렸다. 말솜씨도 그랬다. 태어나 덕담을 들어본 예가 거의 없는 나는 솔직히 그녀의 말에 감동을 받은 게 사실이다. 그때 나도 모르게 한 결심이 있다.

그래 나도 저 여자처럼 남에게 덕담하면서 살자.

그동안 나는 살면서 얼마나 남에게 악담과 저주를 많이 했던가. 물론 속으로만 했다지만 그건 알게 모르게 내 마음과 다른 사람들의 마음에도 전이되었을 것이다. 그 결과 불안과 분노만 활화산처럼 타올랐던 것이다. 얼굴은 날마다 새카맣게 타들어가고. 그러나 근본적인 원인은 따로 있었다. 나에게는 남에게 덕담하거나 그럴만한 마음의 여유가 없었다.

사랑도 받아본 사람만이 할 줄 안다. 생전 받아 보지 못한 사랑을 어떻게 할 수 있단 말인가. 더구나 내 가슴 속엔 상처밖에 없는데. 어릴 적 어머니는 젖먹이인 나를 두고서 돈 많은 영감의 재취로 가버렸고 아버지는 첫사랑을 찾아 아예 먼 외국으로 떠나버렸다. 가족이라면 나를 키워준 친할머니 한 분뿐이다.

그나마 내가 열여섯이 되자마자 저 세상으로 떠나버렸다. 그러니까 내겐 애초부터 가족의 의미도 없었다. 이젠 몸에 병까지 들어 일분일초를 알 수 없는 상황에까지 이르고 말았다.

이제부터라도 남을 미워하지 말고 축복하며 살자.

악담이나 저주하지 말고 그 여자처럼 덕담하며 살자.

까짓 돈 드는 거 아닌데 어려울 게 뭐 있겠나.

아무리 마음을 다잡아도 소용없는 일이었다. 김철민, 그 자식만 생각하면 순식간에 머리끝까지 분노가 치솟아 어찔어찔하면서 턱뼈에서 부서지는 통증이 발생했다. 통증은 점점 심해져 뒷골이 당기는가 하면 가만히 있어도 얼굴 안에서 부스럭하고 소리가 들렸다. 입을 벌리면 딱!

하고 어금니와 귀가 연결된 부분에서 뼈 부러지는 소리가 났다. 간경변에다 이젠 턱관절까지…….

마음이 천 길 낭떠러지를 구르는 느낌이었다. 정형외과를 찾았다. 의사는 대뜸 "스트레스를 많이 받은 모양이죠?" 라며 내 얼굴을 자세히 들여다보았다.

"턱관절은 대부분 스트레스가 원인입니다. 특별한 치료 방법이 있는 게 아니니까 스트레스의 원인을 제거하는 게 급선무입니다."

세상에 별 괴상한 병이 다 있구나 싶었다. 스트레스를 제거하라니, 병원 문을 나서며 나는 혼잣말로 지껄였다. 망할 자식 때문에 병까지 다 얻다니, 안 그래도 힘들어 죽을 판인데. 거리는 온통 젊은 연인들의 독무대 같았다. 젊음을 사랑과 낭만으로 장식하려는 연인들이 거리를 온통 채색하고 있었다. 좋겠다, 너희들은…….

나는 자조 섞인 목소리로 뇌까리며 횡단보도를 건너갔다. 그때 또다시 내 뇌에 음성이 들려졌다. 이기심, 너의 이기심을 택하라. 그래 바로 그거야, 나를 먼저 위해주고 대접해 주는 거야. 거리를 지나는데 향긋한 피자 냄새가 풍겼다.

나는 지체 없이 가게로 뛰어들었다. 피자 한판을 들고 우걱우걱 먹었다. 그러다 맞은편에 있는 거울에 비친 내 모습을 보았다. 슬펐다. 외로움과 슬픔과 분노가 얼굴에 덕지덕지 붙어 내가 보아도 안쓰러웠다.

재수가 없으려니까.

또다시 내 입에서 험한 말이 튀어 나왔다. 슬픔이 눈물이 되어 주체할 수 없이 흘러나왔다. 울면 안 되는데. 울면 그땐 끝장인데. 그래, 마음속에 다시 얼음을 집어넣자. 마음이 냉정해지도록 말이다. 피자 가게를 나와 이번에는 공원으로 걸어갔다. 공원에는 산책 나온 많은 사람들이 있었다. 아기 유모차를 끌고 나온 주부와 연인, 노숙자도 있었다. 씨팔 인간 더럽게 많군.

나는 터져 나오는 욕설을 간신히 참고 나무 의자에 앉았다. 그때였다. 느닷없이 내 내부에서 음성이 들려왔다.

"내가 너를 사랑하고 보호하였노라."

엉! 참으로 오랜만에 듣는 음성이었다. 지방으로 떠나기 직전 들었던 음성이었다.

"네가 어둠 속을 걸어 갈 때도 내가 너와 늘 함께 하였노라."

"내가 너를 보배롭고 존귀하게 여기노라."

엉! 이건 또 무슨 소리야?

내 의식이 갑자기 환해지면서 또다시 음성이 들려왔다.

"내가 너를 자유케 하리라."

자유라니? 그렇다면 내가 지금껏 감옥살이라도 했단 말인가. 그렇지 난 그동안 미움과 분노와 적대감과 원한의 감옥살이를 했지.

"내가 너에게 평강 주기를 원하노라."

당신, 누구죠, 누군데 내 안에서 그런 말씀을 하시는 거죠?

평안과 함께 떠오르는 질문은 잠시 나를 곤혹스럽게 했다. 어디선가 밝고 경쾌한 음악이 들려왔다. 행진곡 풍의 신나는 영혼을 울리는 노래 였다. 나는 사방을 천천히 휘둘러보았다. 공원에 산책 나온 시민들이 이 야기를 하며 웃고 있었다.

"용서하고 사랑하세요."

누군가 내 곁을 지나며 속삭이듯 말했다.

웃기고 있네. 용서? 사랑? 너나 많이 해라.

거칠게 항의조로 말해 놓고 나서 나는 혼자 웃었다. 피곤이 몰려오면 서 깜빡 잠이 들었다. 벤치에 누워 잠시 눈을 감았다 떴을 뿐인데 눈앞 에 어둠이 보였다. 두려움과 슬픔이 당장 마음속으로 찾아왔다.

아! 난 어쩌다가…….

탄식이 터져 나오면서 외로움으로 정신이 혼미해지는 것 같았다. 마

음속이 칠흑처럼 어두워지는 것 같았다. 감정과 이성이 마비되면서 몸마
저 굳어버리는 듯했다. 도심의 하늘은 공해에 찌들어 어둠이 찾아와도
별 하나 보이지 않았다, 남자들은 소주를 한잔씩 돌리며 경제난국과 정
치인들을 성토했고 노숙자들은 바닥에 누운 채 미동도 안 했다. 술객들
이 떠나고 난 빈자리에 노숙자들의 입담이 이어졌다.

"야! 두호 이 녀석아 젊었을 때 정신 차리고 좋은 여자 만났어야지,
만날 여자 몸매 따지고 얼굴 따지고 집안 따지다가 나이 사십이 훌쩍 넘
기고 나서 이 꼬락서니가 다 뭐야, 한땐 잘 나가던 녀석이 어쩌다가 쯧."

"야! 나도 잘 나가던 시절이 있었다 이거야, 한때는 따르는 여자들이
한 타스도 넘었다구 이거 왜 이래."

"그럼 뭐하냐? 이젠 있었던 더 털어먹고 빈털터리 노숙자 신세인 걸."

"너 자꾸 노숙자, 노숙자 할래? 너 장경철은 어떻구?"

"그래 너는 혼자 몸이니 그래도 낫지, 나는 사업 망하니까 여편네 년
이 자식 내팽개치고 도망쳐 자식들 뿔뿔이 흩어져 어디 있는 줄도 모르
고. 이러니 내가 미치지 않을 수 있겠어, 여자 하나 잘 못 만난 죄가 이
렇게 클 줄이야."

"뭐니 뭐니 해도 남자는 처복이 있어야 하는 건데."

"그게 왜 아내 탓이야, 사업 말아먹은 네 놈 탓은 아니구? 툭하면 여
편네한테 책임 전가하긴. 그렇다고 남편 자식 버리고 떠나는 게 여편네
가 할 짓이냐? 나쁜 년들이니까 그렇지."

노숙자들은 누운 채로 소주 병 나팔을 불었다. 무기력과 자포자기의
절망이 그들 머리 위를 계속 맴돌았다. 나는 자리에서 일어나 도시의 어
둔 그림자를 보았다.

"어이! 아줌마 이리 와서 한 잔 하슈, 예? 오늘 밤 시간도 널널하고
말야."

등 뒤에서 떠드는 소리가 아프게 들려왔다. 밤마다 면도날로 죽죽 그

어대던 이름, 장경철 엄두호. 동명이인이겠지, 아님 내가 잘못 들었거나. 혼미한 정신 속으로 나도 모르는 웃음소리가 계속 들려왔다.

그날 밤 야간열차를 타고 객지로 돌아온 나는 이튿날 점심때까지 정신없이 골아 떨어졌다.

이젠 내 인생을 정리해야지. 언제 어떻게 될지 모르는데, 직장에 가 퇴직서도 내고 적자뿐인 내 인생 마무리를 잘 해야지. 지난 일기장을 마당에 모아 놓고 모두 불태웠다. 거기에는 내 상처와 함께 면도날로 짓이겨진 명단이 고스란히 담겨 있었다. 과거와 함께 일기장이 잿더미로 변해갔다. 예금통장과 보험증권은 따로 한곳에 모았다. 집은 나가는 대로 처분하기로 하고 일단 부동산에 맡겼다. 그리고 도망치듯 서울로 올라왔다.

급한 대로 고시원을 얻어 생활하고 있는데, 한 달쯤 지났을까. 부동산에서 연락이 왔다. 드디어 전세집이 빠졌다고 했다. 짐을 서울로 옮기면서 나는 처음으로 많은 눈물을 쏟았다. 10년 전 서울을 떠날 때가 생각났다. 다시는 서울로 돌아오고 싶지 않았었다. 그런데 병고(病苦)라는 짐을 떠안고 기어코 돌아오고 만 것이다. 객지에서의 십 년은 중노동의 세월이었다. 마음과 의지를 단련시킨다는 명목으로 지나치게 자신을 혹사한 나로서는 모험과 같은 세월이었다. 그러나 많은 성과가 있었다.

우선 손안에 든 것이 많아졌고 위기를 많이 겪은 탓인지 어느 정도 배짱도 생겼다. 이제부터는 미래를 생각하지 말자. 과거도 잊어버리고 오직 현재에 집착하자. 내 몸과 마음의 안녕을 위해 잠시 모든 걸 뒤로 미루자. 이제야말로 내 영혼의 휴식을 위해 힘쓰자. 나는 다짐하고 또 다짐했다.

어느 날 통원치료를 위해 집을 나설 때였다. 갑자기 핸드폰이 울렸다. 여고 동창 민선이였다. 웬일일까, 생전 연락도 없더니.

"애, 정순아 너 소식 들었니? 정애 말야."

"누구?"

"정애 있잖아, 그 인물 곱상하고 남자 킬러말야, 그 애 지난달에 자살했단다."

"뭐? 자살?"

"응, 남의 남자 빼앗아 그동안 호의호식 하더니 말기암이라는 판정 받자마자 자살했단다. 아들 졸업식이 다음 달인데."

"……."

"그년 남의 남자 빼앗는 킬러였잖니? 그 잘난 몸뚱아리 내세워 남의 가정 파탄 내고 들어앉더니, 나쁜 년 남의 눈에 그렇게 피눈물 뽑더니만."

그녀는 죽어서도 욕을 먹고 있었다. 십 년 전, 서울을 떠나기 직전이었다. 늦은 밤, 그녀가 찾아온 적이 있었다. 돈을 빌려 달라고 했다. 이유를 물었더니 묻지 말라고 했다. 나중에 알고 보니 임신중절을 할 돈이었다. 친구의 애인을 빼앗아 결혼할 목적으로 동침했는데 남자의 마음이 변한 것이다. 그녀는 남의 남자 뺏는 게 주된 특기였다. 빼앗고 나서는 되레 큰소리를 쳤다.

"니가 못나서 빼앗겼지?"

"너 남자 사귀는 것도 능력이야, 괜찮은 남자가 나타나면 사귀어서 뺏는 거 그게 진짜 능력 아니겠어?"

별 해괴한 능력 논리를 펼치면서 그녀의 애정 행각은 끝이 없었다. 그런데도 남자들은 그녀의 말 한마디에 몸짓 하나에 그냥 마음을 통째로 내주었다. 오랜 연인을 버리고 심지어 약혼까지 깨고 그녀에게 몸과 마음을 내 맡겼다. 어떤 남자는 자살 소동까지 벌이며 그녀에게 매달렸고 하다못해 빈털터리 간 큰 남자와 어린 청소년까지 달려가 사랑을 읍소했다.

그때마다 그녀는 여왕처럼 행사했고 남자들은 마음은 물론 있는 재산까지 털어가며 사랑을 구걸했다. 끝내 버림받을 걸 알면서도. 그녀의 몸은 한때 화류계까지 진출한 적이 있었다. 그런데 그녀의 미모에 반한 한 공직자가 거금을 희사함으로 빼내준 것이다.

"내가 니 평생 쓸 용돈 줄 테니 다시는 그런 곳에 몸담지 마라."

그런 걸 인덕이 많다고 표현해야 할까. 아무튼 그녀는 악행에 비해 인덕은 많은 편이었다. 위험에 처하는가 싶으면 어느새 누군가 나타나 구해주었다. 또 피해당하고 상처받으면서도 앙갚음하는 사람이 하나도 없었다. 지인(知人)들은 그녀를 적대시했지만 결코 해코지하지 않았다.

뒤에서 험담하고 저주했지만 앞에 나서서 비방하거나 정죄하는 사람도 없었다. 속으로만 끙끙 앓을 뿐이었다. 왜냐하면 그들 모두는 착한 사마리아인이요 태어나서 남에게 싫은 소리 한번 할 줄 모르는 여린 감성의 소유자들이었기 때문이다.

정애로 인하여 약혼이 깨지고 결혼이 파탄 나도 벙어리 냉가슴 앓듯 했다. 그녀는 바로 그런 점을 노렸는지도 모른다.

"지가 애인 관리를 잘못했으니까 뺏겼지 왜 뺏겨?"

오히려 큰소리 탕탕 쳤다. 양심에 철판 깔고 살면서 상처 난 마음에 재 뿌리고 해코지까지 했다. 나한테는 아예 인간쓰레기 취급하면서 독신으로 살 것을 강요했다.

"남자들이 여자에게 원하는 게 뭔지 아니? 정신? 마음? 사랑? 아냐, 몸이야, 섹스 그것뿐이라구, 내가 아는 놈들도 다 그래, 겉으로는 사랑 운운하면서 속으로는 다 내 몸을 원해, 결국 잠자리를 같이 하자는 거지, 그런데 너 자신 있니? 니 몸 말야. 순 떡대……. 차라리 독신으로 살아, 그 편이 훨씬 마음 편할 거야, 넌 남자한테 진실한 사랑을 기대하는 모양인데 애저녁에 포기해, 그런 놈은 눈 씻고 찾아도 없어."

그런 식으로 그녀는 내게 상처와 피해의식을 심어 주었다. 툭하면 빙충이라고 놀리면서 아픈 마음에 재삼 재를 뿌리고 불을 끼얹고 그것을 재미 삼아 반복했다. 그래서 밤마다 내 면도날에 의해 수없이 난자당하곤 했었다. 또 한 번만 그런 소리를 하면 이번에는 가만있지 않고 대거리를 해 주어야지. 니가 뭔데 남의 마음까지 상관하는 거냐며 퉁박을 주어야지, 아무리 다짐을 해도 소용없었다.

그녀 앞에만 가면 저절로 기가 죽었다. 한마디로 그녀에게는 이상한 카리스마가 있었다. 그래서 대놓고 공격하거나 값싼 충고 한번 하는 사람이 없었다. 뒤에서는 온갖 험담과 욕설을 늘어놓다가도 그녀만 나타나면 순식간에 잠잠해졌다. 눈부신 아름다움이 먼저 마음을 눌렀고 말로도 당할 재간이 없었다.

"너 그런 놈하고 결혼 안 한 걸 다행으로 알고 감사해, 나쁜 놈 그놈이 나한테 뭐랬는지 아니? 나를 만나기 위해 너를 잠시 거쳐 간 것뿐이라구 하더라, 너한테는 처음부터 마음이 없었다는 거야, 넌 모아 놓은 돈도 별로 없었다며. 니 집안도 별 볼일 없고, 그게 제가 한때 사랑했던 여자한테 할 소리니? 그러면서 나한테 뭐라는 줄 아니? 모든 건 자기가 책임질 테니 결혼부터 하자는 거야. 내 몸에 환장하면서. 등신 어디서 남자가 없어서 그런 놈을…… 너 나 아니었으면 그런 놈에게 묶여 평생 속 썩고 살았을 걸, 그 놈은 나 아니었어도 돈 많고 몸매 좋은 년만 나타나면 언제든 신발 거꾸로 신었을 놈이야, 망할 녀석 잘 헤어진 거야."

그런 식으로 큰소리를 뻥뻥 치는데 듣는 사람이 기가 질려 할 말이 없을 정도였다. 어쩌다 말이 궁색해지면 내 이름을 팔고 다녔다. 남의 남자 꾀는 장면이 발각된 경우였다.

"글쎄 나는 아니라니까, 그때 정순이도 내 옆에 있었다니까. 정순이한테 물어봐 내 말이 사실인가 아닌가."

끝까지 아니라고 오리발 내밀며 내 이름을 팔고 다니는데 환장할 지경이었다. 입만 열면 거짓말이요, 안하무인에다 교만이 하늘을 찔렀다. 때에 따라 나는 그녀의 거짓말에 희생타가 되기도 했다. 그때도 그랬다.

내가 돈이 없다고 하니까 한번만 보증을 서 달라고 해 도장을 빌려 주었다가 사채 고리 이자를 몇 배로 갚아주는 사태까지 갔었다. 그때 놀란 충격으로 나는 다시는 돈 거래를 하지 않았고 그 후유증으로 한동안 정신과 치료를 받은 적도 있었다.

원래 사치와 낭비벽이 심한 그녀는 그런 식으로 친구들을 찾아다니며 돈을 뜯어 썼다. 일단 그녀에게 걸리면 안 해주고는 못 배겼다. 어떤 식으로든 돈을 뜯어 갔기 때문이다. 그래도 남자들 사이에 인기는 대단해 항상 주변에 남자가 꼬였다.

남의 떡이 커 보인다고 그녀는 남의 약혼자 남편을 가리지 않고 섭렵했다. 그러다 재산 많은 남자에게 드디어 자기의 몸과 마음을 의탁했던 것이다. 생각해 보면 그녀만큼 불쌍한 인생도 없지 싶었다. 선악도 분별 못하고 도덕관념은 깡그리 잊은 채 살아 수많은 사람들로부터 원성과 저주를 받았던 어찌 보면 비참한 인생이었다.

"그래 장례식은 제대로 치렀다니?"

"그냥 집안 식구들끼리 쉬쉬하며 지냈대, 벽제 화장터에서 아들이 엄청나게 울더란다, 그래도 수술이나 하고 나서 죽지, 남은 가족들 원이나 없게."

힘없이 핸드폰을 내려놓으려는 순간 친구가 물었다.

"너 암이라며?"

"뭐? 누가 그래? 내가 암이라고."

"정애가 죽기 전에 그랬대, 어디서 들은 것 같다고."

"뭐야?"

나는 또다시 욕설이 터지려는 걸 간신히 참았다. 이미 죽은 사람을 놓고 그럴 필요가 없지 싶었다. 또 그녀의 죽음에 대해 일말의 책임감마저 느껴지는 것이었다. 밤마다 면도날로 난자하던…….

정말이지 누구에게 말도 못하고 양심의 고통에 죽을 지경이었다. 스스로 머리통을 쥐어박고 정죄하기도 했다. 이 파렴치한 위선자, 혼자 피해망상에 사로잡혀 친구를 면도날로 살해해? 그러고도 니가 사람이냐?

분노는 살인을 이룬다더니 이게 그런 경우인가. 아직 어린 아들을 두고 정애는 무슨 심정으로 자살을 택했을까. 아무리 말기암이라고는 하지만 그래도 실낱같은 희망이라도 붙잡고 싶은 게 사람 마음인데. 어쩌면 그녀는 자신을 향한 사람들의 원망과 저주의 함성을 듣고 있었는지도 모른다. 그리고 남몰래 양심의 고통에 눈물 흘렸는지도 모른다. 사람들에게 상처주고 짓밟고 나서는 뒤돌아서서 후회의 눈물을 흘렸는지도 모른다.

나는 갖은 억측과 상상을 붙여대며 괴로워하다 또다시 음성을 들었다. "내가 너를 자유케 하리라."

어느 날 민선이가 다가와 말했다. 나랑 같이 교회에 갈래? 뭐 교회? 응, 내가 좋은 사람 소개시켜줄게. 지금 나 놀리니? 아니 왜? 내 나이가 몇인데. 나이가 웬 상관? 차라리 그냥 교회 나가자고 해 그럼 내가 나가줄게, 정말? 그래.

나는 민선이를 따라 교회에 나가 예배에 참석했다. 일요일마다 교회에 출석하면서 잠시 평강의 낙을 누리는 듯했다. 그러나 교회 출입만 할 뿐 아무와도 우애를 쌓지 않았다. 뿌리 깊은 피해의식이 내 생각과 행동을 주장했기 때문이다. 교인들이 다가와 아는 체를 해도 못 본 척 외면하고 피해 버렸다. 목사가 다가와 악수를 청해도 마찬가지였다. 그러던 어느 날 기가 막힌 일이 벌어졌다.

예배가 끝나고 버스정류장을 향해 걷고 있을 때였다. 누군가 내 등 뒤에서 나를 툭치는 것이었다. 십 여 년 전, 신당동의 바로 그 여사장이었다. 수전노에다 인정머리 없는 여사장, 오갈 데 없는 나를 길거리로 내쫓으며 몸조심하라던. 그녀가 나를 보더니 반갑게 아는 체를 하는 것이었다. 세월 탓인지 눈가에 주름이 움푹 파였다. 대학생으로 보이는 아들과 함께 나를 바라보며 이번에도 몸조심을 하라고 하는 게 아닌가.

자세히 보니 그녀의 얼굴엔 병색이 가득했다.

"그저 하루하루 하나님 은혜로 살지요, 정순씨도 몸 건강하고 하나님 은혜 누리며 사세요."

그녀 등 뒤로 험한 인상의 중년남자가 보였다. 그가 나를 보더니 아는 체를 하는 게 아닌가.

"어이! 이정순 이거 몇 년 만이야, 십년도 더 된 거 같은데."

"누구?"

"나 신당동에서 영업주임, 에이 잘 알면서."

그는 내 옆구리를 툭 치더니 미안한 웃음을 지었다. 여사장이 남동생의 얼굴을 기특하다는 눈빛으로 바라봤다. 그런데 옆에 서있던 여자가 다리를 질질 끌면서 그를 재촉하는 것이었다. 버스 놓치겠어.

"예전에 집사람이랑 충청도에 있는 산에 등산 간 적이 있었어, 한밤중이었는데 느닷없이 큰 돌이 날아드는 거야, 그러고 나서 저렇게 됐어, 발목에 인대가 끊어지는 바람에……."

그는 묻지도 않은 말을 하면서 또 미안한 웃음을 지었다. 옛날에 내게 했던 악담과 못된 행동이 생각났기 때문이리라.

"이정순씨, 아니, 자매님, 다음 주에 또 봅시다. 은혜 많이 받으시고."

버스가 도착하자 그는 달려가며 말했다. 검붉은 얼굴에 인상이 유난히 사나웠었는데 지금은 밝고 환해보였다. 하긴 재혼해 아내까지 얻었으니……. 그 말마따나 은혜를 받은 걸까. 세월이 좋긴 하구나. 다리를 질질 끌며 버스를 타기 위해 가던 여자가 문득 나를 뒤돌아보았다. 그녀의 눈빛이 나에게 말하고 있었다.

"당신 그때 돌 던졌던 사람 맞지?"

나는 그녀의 눈빛이 던지는 질문을 외면한 채 횡단보도를 향해 정신없이 뛰어갔다. 어디선가 복음성가가 들려왔다.

"자유하리라, 자유하리라 주 예수의 이름으로 자유하리라.

마음속에 분노가 차츰 가라앉으면서 턱관절도 정상으로 회복되었다. 그리고 얼굴빛도 차츰 회복되는 기미가 보였다. 무엇보다도 약복용을 잘했고 내가 좋아하는 일들을 꾸준히 찾아했기 때문이다.

그렇게 반목했던 신과의 소통도 어느 정도 이루어졌고 마음속의 면도 날과 얼음도 사라졌다. 그날도 오랜만에 찾아온 평화를 누리며 한강 고수부지를 걷고 있을 때였다. 마음속에서 음성이 들려왔다.

"저런 빙충이."

그런데 어쩐 일인지 이번에는 화가 나지 않았다. 웬일일까. 의아해 하고 있는데 또다시 음성이 들려왔다.

"나는 너를 떠난 적이 한 번도 없었단다."

"내가 세상 끝날까지 너와 함께 하리라."

세월이 많이 흐른 후, 나는 알 수 있었다. 험한 세월이 내게 분별력과 감사하는 마음을 키워주었다는 것을. 생각해 보면 인간악종도 수없이 만났고 사이코 수준의 인간도 여러 계층으로 만난 것 같다. 그러나 그러는 사이 내 아둔한 두뇌가 분별력을 키워가고 있었고 선악의 개념과 진실 유무를 판단케 했다. 무엇보다 사람을 제치고 신 앞으로 나간 계기가 된 것이다.

"내가 너를 은혜의 날에 너를 도왔고 구원하였으니라"

(순수문학 2012년도)

회상 (시나리오)

시놉시스

기획 의도

인생에 있어 만남은 중요하다. 좋은 인연으로 만나 성공으로 운명이 바뀌는 경우가 있는가 하면 잘못된 만남으로 인해 파멸로 치닫는 경우도 있다.

잘못된 인연은 불행을 가져오고 일평생 올무 역할을 하기도 한다. 그러나 명심해 둘 말이 있다. 인생에는 언제나 반전의 법칙이 존재하고 있다는 사실이다.

또 고진감래라는 희망도 때만 되면 언제고 찾아올 수 있다. 그러기에 잘못된 인연은 용서로 풀고 끝까지 미래로 향해 나가야 한다. 포기하지 않고 끝까지 인생을 경주한다면 행운과 예상치 못한 또 다른 만남이 나타날 것이다.

등장 인물

민혜 (주인공 50세) 현재 주부

다소 어수룩하고 나약한 성격의 소유자.

대학생부터 운동권 학생인 정제민을 짝사랑한다. 그러다 정제민과 같은 운동권인 현미의 꼬임에 넘어가 엄청난 모략에 휘말리고 만다. 심약한 성격 탓에 고문 후유증을 이기지 못해 정신착란증에 시달리다 정신병동에 입원한다. 나중에 정제민과 재회 결혼, 아들 장현을 낳는다.

현미 (50세) 현재 주부

민혜의 대학 친구, 민혜의 아버지가 내무부 고위 관료라는 점을 이용, 운동권에 합류시킨다. 정제민을 좋아하지만 다른 남자와 결혼 가정을 꾸린다.

정제민 (52세 민혜의 남편)

민혜와 현미의 대학 동기생, 현미와 운동권에 활약하다 자기도 모르는 사이 민혜를 끌어들인다. 40세가 넘도록 독신으로 지내다 우연히 민혜와 해후, 결혼한다.

김정숙 (73세) 민혜의 친정어머니

정신병에 시달리는 딸을 불쌍히 여기는 평범한 엄마

김경식 (75세) 민혜의 친정아버지

가족애보다 세상적인 체면과 명예를 중시하는 사람이다. 딸을 불쌍히 여기면서도 성가시게 생각한다.

경자 (50세) 무직

민혜와 같은 정신병동에서 지냈던 동년배의 여자.

퇴원 후에도 정신이상 증세에 시달린다. 민혜와 만나 방황을 거듭한다.

영혜 (민혜의 여동생)

신경질적이고 반항적이다. 언니를 도로 정신병동에 가두라고 성화를
한다.

여사장 (민혜가 다니는 회사 사장)

인색하고 교만한 성격의 소유자, 아랫사람을 무시하면서 은근히 잘난
척한다.

미스현 회사 여직원

김대리 회사 남자 직원

그 밖의 민혜 친구들. 형경 경숙 소현

정신병원 환자들. 간호사. 성가대원. 봉사대원들.

행인 남자 1. 2. 3. 4 포장마차 주인과 취객들 1. 2

맞선보는 남자들 1. 2. 3. 4

행인 청소년, 운동권 대학생들.

민혜의 이모들. 김정순. 김정화

아역: 장현(10세) 민혜와 정제민의 아들, 형경과 현미의 딸(경아 애경)
왕진 온 의사.

정신병원 상담 의사.

스토리 개요.

주인공 민혜는 7080 세대다. 민혜는 내무부 고위 관료인 아버지 덕분
에 안락한 시절을 보낸다. 그러나 바로 그 점 때문에 운동권 친구인 현
미와 정제민의 꼬임에 넘어가는 계기가 된다. 그녀는 현미의 부탁으로
기밀문서를 전해 준 게 발각돼 운동권으로 연루되어 대공분실로 끌려가
모진 고문을 당한다.

심약한 민혜는 고문 후유증으로 정신병이 발발 정신병원에 입원한다,
4년 후 퇴원하지만 정신병력이라는 꼬리표 때문에 어딜 가나 사람들
로부터 외면과 냉대를 받는다. 간신히 취직하여 밥벌이를 하지만 그곳에

서도 냉대와 멸시가 이어진다. 냉대가 심할수록 민혜의 피해의식은 가중된다. 가족들은 그녀를 부담스러워한 나머지 결혼시키려는 계획을 세우고 맞선을 보게 한다. 하지만 그녀 앞에 나타나는 남자들은 하나같이 노처녀에게 있을지도 모르는 목돈을 노리는 후안무치들뿐이다.

사람들은 그녀의 약한 처지를 이용 더 많은 상처를 안겨준다. 그녀는 같은 정신병동 출신인 경자와 함께 병든 세상을 비관하며 차라리 정신병동이 낫다고 절규한다. 그러던 어느 날 그녀는 현미의 집에 들렀다가 사건의 모든 전말을 알게 된다.

망연자실 분노가 치밀지만 그녀는 지나간 세월 앞에 용서를 선택한다.

또다시 방황이 이어진다. 그러나 그녀는 포기하지 않고 끝까지 삶을 경주 한다. 어느덧 세월의 격랑 속에서 IMF를 맞는다. 온통 IMF 세일 광고로 뒤덮여진 거리를 걷는 그녀. 우연히 상가를 쇼핑하는데 그녀 앞에 느닷없이 정제민이 나타난다.

반가워 어쩔 줄 몰라 하는 두 사람.

두 사람은 과거를 회상하고 서로의 애정을 확인한다.

십 년 후, 두 사람은 결혼하여 가정을 꾸리고 아들 장현을 데리고 종로 거리를 걸어간다.

1 용인 정신병원(1990년 봄)

정신병동을 나서는 민혜. (30세, 평범한 외모)

불안한 눈빛으로 사방을 두리번거린다. 햇빛이 눈부신지 손으로 하늘을 가린다. 손에 작은 가방을 들고서 정신없이 걷는다. 행인들 길을 지나며 민혜를 기웃거린다. 빌딩 위에 설치된 대형 전광판을 손가락으로 가리키며 웃는 민혜.

신기한 듯 계속 주변을 두리번거린다.

\# 2 시내 번화가 (초저녁)
전광판에 뉴스 특보가 보인다. 젊은 연인들 허리를 껴안고 거리를 지나고
거리에 요란한 락 음악이 울려 퍼진다.
행인 남자 1. (술에 취해 비틀거리며) 미쳤어 모두가 미쳐버린 거야
행인 남자 2. (머리를 쥐어뜯으며) 아! 정말 미치겠네.
행인 여자 1. (가방을 흔들며) 속 터져 미치겠네.
청소년 1 야! 이거 참 야마 돌아 미치겠네

민혜(NA) 내가 막 정신병동을 퇴원하고 나왔을 때 사람들은 모두 미쳐 있었다. 도심은 광기를 띠고 있었는데, 한 가지 공통적인 사실은 알코올 중독자가 늘어가고 있다는 것이었다.

\# 3 거리 골목
취객들이 웩웩거리며 토하는 모습 (카메라 클로즈업)
유흥업소 앞에서 삐끼 청소년들, 행인들에게 노골적으로 호객행위를 한다.
중년 남녀들 어깨를 부둥켜안고 거리를 지나 여관골목으로 사라진다.
카메라. 중년나이트클럽, 카바레, 거리에 흩어진 전단지 클로즈업
오락실에서 게임에 열중하는 사람들. 카메라 창 밖에서 비춘다.
노래방에서 흘러나오는 고성방가. (FO)

\# 4 횡단보도 앞
민혜 넋 나간 표정으로 횡단보도를 건넌다.
극장 앞을 배회하고, 전자오락실에 들러 게임에 열중한다.

오락실을 나와 거리를 걷는 민혜. 사방을 두리번거리며 혼자 웃는다.
남자들 지나가며 그녀를 힐끔거린다.
민혜 (신기한 표정으로 사방을 기웃거리며)
이때 남자들 민혜 곁을 지나며 흥분된 표정으로
행인 남자 1 (주먹을 흔들며) 야! 차라리 미쳐 버리고 싶더라
행인 남자 2 (남자 1의 어깨를 두드리며) 야! 진정해라 진정해
행인 남자 3 야! 이 세상에 제정신 갖고 사는 놈 있음 나와 보라 그
래.

5 (시간 경과) 민혜의 집안
평범한 가정. 거실에 책장과 창가에 화분이 보인다.
소파에 벗어 놓은 옷가지가 보이고, 한쪽 구석에 진공청소기가 보인
다.
김정숙과 민혜 서서 이야기를 하고 있다.
김정숙(민혜의 모 53세) 자! 여기 돈 있어, 그리고 이건 동전이야 차
        비해, 너무 쏘다니지 말고 일찍 들어와, 수상한 사람 만나면 큰
        소리 지르고 막 도망쳐, 알았어.
민혜(즐거워하며) 응 알았어
민혜(동전을 세며 기분 좋게 대문을 나선다)
동네 골목길을 지나며
민혜 라라랄 라라라 (FO)

6. 명동 성당 앞
경자(손을 흔들며) 야! 민혜야 여기야 여기
민혜(뛰어가며) 경자야,
경자, 민혜 (서로 반가워 어쩔 줄 모르며)
민혜(동전을 꺼내든다) 여기 돈 좀 봐. 오늘은 엄마가 돈을 더 많이

줬어.

경자(천 원짜리 지폐를 한 움큼 꺼내든다) 애개 겨우 고거, 난 더 많
  은데. 짠!

민혜 우리 이 돈으로 뭘 할까?

경자 우선 떡볶이부터 사 먹자

민혜 그래 그래, 그 다음엔 뭘 사먹을까.

경자 (머리를 때리며) 아! 또 잊어버렸다. 음 그러니까 김밥하고 라
  면도 사 먹자

(민혜와 경자 손잡고 명동 거리를 걸어간다.)

(NA) 경자와 난 정신병원 동창생이다. 우리는 한 병동에서 만났고
  많은 사건을 겪었는데 정확한 건 기억나지 않는다. 아직도 기
  억이 오락가락 하는 상태니까.

7 과거 회상(1980년대 초)

  민혜 (21세 멍청한 표정) 버스에서 내려 종로 2가에 있는 YMCA를
향해 걷고 있다. 이때 갑자기 와! 소리가 나며 사람들 흩어진다. 젊은이
들, 우르르 지하 계단으로 내려가고 뒤쫓는 전경들. 호루라기 소리 들리
고.

  길가에 흩어진 전단지 사람들 발길에 짓밟히고 현미 전경에게 양팔을
잡힌 채 걸어오고 있다. (FI)

민혜 (놀란 표정으로) 현미야!

민혜 (멍청한 표정으로 가까이 다가간다)

전경1, 2 (순간 전경들의 눈이 교활하게 빛나며).

전경1 너도 이년이랑 한패지?

민혜 (놀라 벌벌 떨며)네? 한패라뇨?

전경2 (민혜의 얼굴을 자세히 보며) 가만 가만 어디서 많이 본 듯한

　　얼굴인데?

민혜 (표정이 새파랗게 질리며) 보다니 어디서 봤다는 거예요? (도망
　　치려 한다)

전경1, 그러고 보니까 그 비디오에서…….

전경1, 2 (거의 동시에 민혜의 팔을 낚아채며) 너 자알 만났다, 너도
　　같이 가자.

민혜 (당황하여 울며) 아저씨 왜 이래요,

현미 (대들며) 재를 왜 잡아가는 거예요, 나와 무슨 상관이 있다고,

전경 1 왜 상관이 없어, 니 끄나풀이잖아

현미 (거칠게 항의하며) 쟨 아무 상관없다니까요 제발 놓아 달라구요.

민혜 (갑자기 가슴을 움켜쥐며 자리에 주저앉는다) 아아

종로 거리 한복판에서 민혜와 현미 전경들에게 끌려 수송차에 오른다.
행인들 지나가며 구경한다.

8 대공 분실 조사실

좁은 공간에 탁자와 의자 4개가 보인다.

천장에 회전등이 보이고 벽 한가운데 영상화면이 보인다.

한쪽으로 고문기구가 보이고 옆방에서 찢어지는 듯 비명이 들려온다.

아아악! 푸지직! 소리도 들린다.

옆방에서 들려오는 소리

형사 야 ! 임마 살살 다뤄 그러다 죽으면 책임질 거야?

피의자 으아악! (탁! 내리치는 소리, 이어 째지는 듯한 여자 비명 소
리가 들린다)

형사 (민혜에게 얼굴을 밀착시키며) 너 이현미 끄나풀 맞지?

민혜 (겁에 질린 표정으로) 전, 전 데모 안 했는데요.

형사 아니긴 뭘 아냐, 이미 이현미가 다 불었단 말이다. 좋게 말할 때

순순히 불어 아님 (험악한 인상을 지으며 옆방을 가리킨다)

민혜 (말을 더듬으며) 그 글쎄 저 전 모 모른다니까요.

형사 (손을 민혜의 어깨 위에 올려놓으며) 너 방금 저 옆방에서 들려
　　　오는 소리 들었지? 너도 쟤들처럼 깨지고 싶냐, 확 그냥, 여자
　　　구실도 못하게 조져 놓는 수가 있다아, 그러니 순순히 불라구.

민혜 (공포스런 눈빛으로)그 글쎄 뭘 불라는 건지 전 도 도대체.

형사 (위악스런 표정으로) 이거 안 되겠구먼.

형사 (밖을 향하여) 야! 들어와 봐.

　　　험악한 인상의 형사 2 들어온다.

형사2 예 부르셨습니까?(옆눈으로 민혜를 흘겨본다. 이윽고 비웃으며)

형사 야! 그 비디오 있지? 틀어 봐, 얘가 도대체 말을 안 들어먹어.

형사2 (벽 뒤쪽으로 돌아가 버튼을 누른다)

영상 화면이 떠오른다.

군중들 군부독재 타도! 군부독재 타도 살인마 전두환은 물러가라

군중들 와! 하는 함성과 함께 돌과 화염병을 던진다.

아스팔트 한가운데 불붙는 화염병, 전경들 소화기로 불을 끄며

최루탄 연이어 터지고 전경들 방패를 앞세우며 포위망을 좁혀 간다.

쫓기는 데모 행렬 속에 현미와 동급생들 모습 보인다.

민혜 아! (짧은 신음소리)

비디오 계속 돌아가며 화면에 민혜의 얼굴 보인다.

옆에서 현미 민혜에게 무언가를 건네주며.

비디오 멈춘다.

형사2 (밖으로 나간다)

형사 자! 봤지. 저 비디오 속에 니 얼굴 똑똑히 봤지, 이래도 딴 소리
　　　할 테냐?

민혜 저 저기에 왜 제 얼굴이 있죠?

형사 (구둣발로 바닥을 탁 차며) 너 자꾸 딴 소리할 거야? 엉 이거
　　안 되겠구만.
형사2 (문을 열고 나타난다)
형사 애, 손 좀 봐줘.
형사 2 예, 염려 마십쇼(민혜의 목을 잡아끌고 옆방으로 간다)

9 고문실
벽에 핏자국이 보인다. 고문도구들 하나같이 끔찍한 모습들이다.
어두운 조명 속에 바닥에 쓰러져 있는 여자 보인다. (카메라 클로즈업)
채찍을 들고 서있는 형사 3, 담배를 꺼내 불을 붙이며
한쪽 다리를 의자 위에 걸친다. 이윽고 문이 열리고 형사 2 민혜를 끌
고 들어온다.
형사3 뭐야? 얘가 걔야?
형사2 (고개를 끄덕이며) 영 불지를 않아, 손 봄 봐줘야겠어.
형사3 (민혜의 얼굴을 바짝 들여다보며, 고개를 갸웃한다)
형사2 (갑자기 민혜를 바닥에 밀친다)
민혜　아악!
형사3 (가까이 다가오며 구둣발로 민혜의 어깨를 짓밟으며)
형사3 야! 너희 아버지 내무부 공무원이라며?
민혜 (깜짝 놀라며) 그 그걸 어떡케?
형사3 척하면 삼천리지, 니 동생 육사 다닌다며? 이미 다 조사 끝내
　　놨어. 너 쟤 누군지 아니?
민혜 (쓰러져 있는 여자 바라본다, 놀라며) 현 현미야.
현미 (피투성이가 되어 있다, 얼굴이 짓뭉개지고 처참한 모습이다)
현미 미, 미안해, 민혜야
민혜 미안하다니 그게 무슨 말이야?

형사3 (형사 2에게) 야, 쟤 끌어다 전기의자에 앉혀.

민혜 (공포에 질린 목소리로)저 전기 의자?

형사2 놀라긴 이제부터 새로운 경험을 하게 될 것이다. 야! 이리 와
(민혜를 끌어다 의자 위에 앉힌다. 이어 스위치를 올린다)

민혜 (온몸에 전율을 일으키며 비명을 지른다.) 으아악! 어 엄마아!

형사3 (스위치를 한 단계 더 높이며)빨리 니 계보를 대, 니가 접촉한
　　　계보와 명단을 대라구.

민혜 기절한 채 축 늘어진다, 형사 2, 3 달려들어 찬물을 끼얹는다.

깨어나자 다시 고문을 시작한다.

민혜의 처절한 비명소리 어두운 공간에 울려 퍼진다.

10 시간 경과

형사2, 형사3 (함께 민혜를 내려다보고 있다)

형사2 이거 왜 이래. 꼭 시체 같잖아.

형사3 야! 조서 꾸며서 넘겨버려, 더 캐낼 것도 없다.

형사2 그나저나 쟤 정신이 너무 허약한 것 같지 않아, 여느 데모꾼들
　　　하곤 영 달라서 말야.

형사3 어쨌든 물증은 확실하고 이미 자백도 다 받아 놨으니까 넘겨
　　　버리라구.

11 대공분실 내부

민혜의 아버지 김경석(47세 강인한 인상) 형사와 마주 앉아 있다.

초조한 눈빛, 그러나 어딘가 분노에 찬 모습이다.

주먹을 불끈 쥔 채. 벽에 걸린 전두환 대통령 사진을 바라본다.

사무실 내부 전화벨 소리 울리고 형사들 고함 소리, 살벌한 분위기다.

형사4 (다리 한쪽을 탁자 옆으로 비스듬히 세우며) 저희의 조사한 바

로는 따님께서는 단순 가담자인 것 같습니다. 못된 놈들의 농
간에 넘어가 그만……. 순진한 게 잘못이라면 잘못이겠죠.

김경석(머리를 조아리며) 그저 죄송하단 말씀밖에 드릴 게 없습니다.
이게 다 딸자식 잘못 둔 죄죠, 차후로는 제가 철저히 단속하겠
습니다. 네, 네 죄송합니다.

형사4 (격앙된 목소리로) 요즘 대학생들 사이에 좌경화 세력이 번져
가는 추세에 있습니다. 못된 놈들이 순진한 학생들 꼬드겨
서……. 따님도 피해자인 것 같습니다. 앞으로 단속 잘하시고
더 이상 말씀드리지 않겠습니다.

김경석 예, 예 감사합니다. 이 은혜 평생 안 잊겠습니다.

형사4 (종이 봉투를 접으며) 그럼 이 각서는 저희가 따로 보관하도록
하겠습니다. 그럼 저는 이만

(형사 사라진다)

12 경찰서 밖 마당
대기해 놓은 지프차가 보인다.
민혜 형사의 부축에 의해 끌려 나온다. 몰골이 초췌하다. 정신이 나간
듯 민혜, 김경석을 바라보자 그만 울어버린다.
김경석 민혜를 안고 자동차에 오른다.
이윽고 자동차 엔진 소리를 내며 떠난다.

13 혜화동 저택 앞
지프차에서 내린 김경석과 민혜 집안으로 들어간다.
마당에 꽃나무와 연못이 보인다. 돌계단을 지나 현관으로 들어서는
부녀.
안방에서 김정숙(민혜의 어머니 46세 교양 있는 외모) 뛰어 나오며

김정숙 (민혜의 팔을 붙잡으며) 아이구, 이것아. 그래 어쩌자고 데모
　　　를 해 어쩌자고 그래 몸은 괜찮아?
(김정숙 민혜의 몸을 이리 저리 살핀다. 민혜 몸 여기저기에 멍자국
이 보인다)
김정숙 (깜짝 놀라며)아니 이게 뭐야? 얘 민혜야 민혜야!
민혜엄마 (멍한 표정으로 서 있다 쓰러진다.)
김정숙 (놀라며)아이고 여보 이게 웬일이래요, 우리 민혜가 민혜가
　　　어쩌다가 (대성통곡한다)
김경석 (화난 표정으로) 에잇! 죽일 놈들 같으니 사람을 이 꼴로 만
　　　들어 놓다니.
이때 현관문을 열고 영혜(민혜 여동생 19세) 책가방 들고 나타난다.
영혜 (당황한 표정으로) 엄마 왜 그래? 무슨 일 있어?
김정숙 (울면서) 아이구 우리 민혜가 민혜가 이 일을 어쩌면 좋냐?
영혜 (민혜를 흔들어 깨우며) 언니, 언니 왜 그래 정신 차려 도대체
　　　왜 그래?
(NA) 그때부터 우리 집의 대환란은 시작되고 있었다. 나는 수시로
　　　정신병동을 드나들었고 가족들은 처음에는 측은해 하더니 점
　　　차 지겨워하기 시작했고 끝내 외면하기에 이르렀다.

14 시간 경과 (민혜의 집 안방)
김경식 (불만스런 표정으로) 요즘 내 체면이 말이 아냐. 딸년 하나 잘
　　　못 둔 죄로 지난번 승진 대상에서 또 누락됐어. 나보다 늦게
　　　들어온 놈들도 다 앞서 나가는데 말야.
김정숙 (걱정스런 표정) 민혜하고 당신 승진하고 무슨 상관인데요?
김경식 왜 상관이 없어? 대학 보내놨더니 데모질을 해 애비 망신을
　　　시켜? 하긴 목 안 잘린 것만도 천만다행이지.

김정숙 (불안한 목소리로) 쟨 안했다잖아요, 그게 다 그 현미란 년
    이…… 그나저나 아무래도 민혜가 제정신이 아닌 것 같아요.

김경식 (화난 표정으로) 그게 또 무슨 소리야?

김정숙 (작은 목소리로)아무래도 고문 후유증 같아요.

김경식 (큰소리로)뭐야?

김정숙 애 듣겠어요, 방금 잠들었는데.

김경식 가지가지 하는구만, 참내 기가 막혀서…… 잘못하면 우리 성
    철이도 육사에서 쫓겨나게 생겼어.

김정숙 아니 왜요?

김경식 왜긴 왜야 더 저년 때문이지, 내 우리 아들만큼은 꼭 장군으로
    출세시키고 싶었는데 아. 국으로 얌전히 있다 시집이나 갈 일
    이지 데모는 왜 해? 아! 지들이 그런다고 정권이 바뀌어 바뀌
    냐구, 어림없지.

김정숙 설마 성철이를 퇴학이야 시키겠어요.

김경식 (한숨을 내쉬며) 휴! 아무래도 힘들 것 같아.

이때 민혜의 방안에서 괴성이 들려온다.

민혜 (공포에 찬 목소리로)전 아 아니에요, 아무 잘못 없다구요, 아무
    것도 모른다니까요, 아아악! 아저씨 제발 제발.

김경식 (기겁할 듯이 놀라며)아니? 이게 도대체 무슨 소리야?

김정숙 재가 끌려가 끔찍한 고문을 당한 모양이에요. 종일 저래요

김경식 미치겠군.

김정숙 아무래도 정신병원에 입원시켜야겠어요.

김경식 거긴 치료비도 만만치 않을 텐데.

김정숙 그럼 어떡해요?

이때 민혜의 방에서 유리병 깨지는 소리가 들려온다.

김경식 김정숙 (동시에) 이 이게 무슨 소리야?

놀라서 민혜의 방으로 뛰어 들어간다.

\# 15 민혜의 방안

어질러진 유리 파편들, 거울과 화병이 깨져 바닥에 뒹굴고 민혜 헝클어진 머리칼을 쥐어뜯으며 울고 있다. 발바닥에 선혈이 흐른다.

민혜 (머리를 쥐어뜯으며)아아악! 난 아냐 아니라구, 난 안 그랬어

김경식 김정숙 (놀라며)민혜야, 민혜야, 무슨 일이냐 도대체 왜 그러냐 응?

민혜 (손으로 방어 자세를 취하며) 가까이 오지 마세요, 가까이 오면 난 죽어 버릴 거야 (허리를 숙여 깨진 병조각을 집어든다)

민혜 (유리파편을 들고 찌를 태세로) 이걸로 얼굴을 화악 그어버린다.

김정숙 아이구 민혜야 민혜야 이걸 어쩌냐— 허이구 나쁜 놈들 몹쓸 놈들

민혜 아무도 가까이 오지 마. 다 죽여버릴 거야, 흐흐응 (마구 울부짖는다)

민혜 (바닥에 꿇어앉으며) 아저씨, 아저씨, 잘못했어요. 다신 안 그럴 게요.

두 손을 모으고 싹싹 빌다 험악한 표정으로 변하는 민혜.

이때 영혜 나타난다. 갑자기 소리를 지른다.

영혜 (발작하며) 아니, 이게 다 뭐야? 언니 또 발작 시작한 거야? 내가 못 살아 못 살아.

영혜 (독한 표정으로)엄마 아빠 뭐해 당장 정신병원으로 보내버려?

\# 16 민혜의 방안

이불을 뒤집어 쓴 채 두려움에 떠는 민혜.

왕진 온 의사가 민혜의 팔뚝에 링거를 꽂고 있다. 옆에 차려놓은 밥상

이 보인다. 먹지 않은 채 그대로다. 민혜 의사의 얼굴을 바라보다 자리
에서 벌떡 일어난다.
　　민혜 (공포에 찬 목소리로) 당신 형사 형사 맞지?
　　김정숙 애가 또 왜 이래? 민혜야 이분은 의사 선생님이셔, 여긴 우리
　　　　　집이고.
　　민혜 (환상)의사의 얼굴 위에 대공분실 형사 얼굴이 오버랩 된다.
　　민혜 (두 손을 내저으며) 아아악! 무서워, 무서워!
　　의사 링거에 수면제를 넣었으니까 곧 잠들 겁니다. 우선 안정을 취하
　　　　도록 가족들께서 도와주십시오.
　　김정숙 예, 예 선생님 감사합니다.

　　# 17 민혜 (꿈)
　　링거를 꽂은 채 잠든 민혜, 꿈을 꾼다.
　　대공분실에서 고문당하는 모습. 형사 구둣발로 민혜를 마구 짓밟는다.
채찍에 이리저리 뒹구는 모습, 물속에 머리를 처박고.

　　# 18 정신병원 상담실
　　의사와 김정숙 민혜 의자에 앉아 있다. 심각한 분위기.
　　김정숙 초조한 표정으로 민혜와 의사를 번갈아 보며
　　의사 (차트를 내려다보며)아무래도 정신착란 증세인 것 같습니다. 충
　　　　격에 의한 의식 장애를 일으켜 지적 능력을 상실한 것 같습니다.
　　　　일종의 혼미상태라고나 할까.
　　김정숙 (당황하며)그 그럼 어떻게 치료방법은 없는 건가요?
　　의사 당장 입원시키십시오.
　　민혜 (의사를 향해 눈을 부릅뜬 채) 당신 형사지?
　　의사 여긴 병원 상담실입니다.

민혜 (두 손으로 얼굴을 가리며)당신 그 손에 들고 있는 건 뭔데? 그
　　　걸로 날 찌르려고 그러지? 당신 형사 맞지 그치?
김정숙 (민혜를 바라보며) 쟤가 하루종일 저래요, 지난번엔 제 아빠
　　　보고도 형사라면서, 내 참 속상해서 살다가 별꼴을 다 보고.
민혜 (두 손으로 귀를 막으며) (E) 어서 대란 말야. 너의 계보를 대
　　　라구. 순순히 불면 될 것 가지고 뭘 그렇게 오래 끄는 거야. 그
　　　래봐야 너만 손해라구. 자! 시간낭비하지 말고 어서 불란 말야.
민혜 (괴성을 지르며 병실 바닥을 뒹군다) 아아악! 제발 제발요.
(회상) 형사가 구둣발로 허리를 차고 전기고문 하는 모습 떠올리며
민혜 아아악! 무서워 아니에요, 난 안 그랬어요, 제발 제발

(NA) 내 몸무게는 50에서 35킬로그램으로 줄었다. 아버지는 승진
　　　대상에서 계속 누락됐고 동생은 육사에서 끝내 퇴학당했다. 나
　　　는 점점 가족의 애물단지로 변해갔다. 드디어 난…….

\# 19 용인 정신 병원
병원 내 산책로를 걷는 민혜와 경자.
환자복을 입은 사람들, 멍한 표정으로 하늘을 바라보고 자꾸만 웃는
다.
카메라 정신병동 내부를 비춘다.
침대에 앉아 멍한 표정으로 바깥 풍경을 바라보는 환자들.
차꼬에 묶여 있는 남자. 침대 바닥에 꿇어앉아 있는 남자.
침대에 앉아 거울을 보며 열심히 화장하는 여자.

(NA) 나는 바깥세상보다 차라리 정신병동이 더 자유롭다. 왜냐하면
　　　우리는 서로 동질 의식을 가지고 있었고 외부 사람들처럼 이상

한 동물 보듯 하지는 않았으니까.

\# 20 병동 내부를 비취는 카메라,
커다란 룸을 비춘다. 룸 안에 환자 여러 명이 모여 이야기를 하고 있다. 어디선가 찬송가가 들려온다.
「죄에서 자유를 얻게 함은 보혈의 능력 주의 보혈 시험을 이기는 능력되니 참 놀라운 능력이로다. 주의 보혈 능력 있도다, 주의 피 믿으오, 주의 보혈 그 어린양의 매우 귀중한 피로다」

(NA) 난 누굴까. 난 왜 여기에 와 있는 걸까, 저 사람들은 다 어디서 온 걸까. 내 머릿속은 하얀 백짓장 같다. 내가 알 수 있는 건 다만 한 가지. 내가 있는 이곳이 정신병동이란 사실이다.

간호사 (박수를 치며) 자 자! 여러분 오늘은 여러분들을 위해 특별한 손님들이 찾아 오셨습니다. 서울에서 유명한 교회의 교우들입니다. 네에 물론 맛있는 다과도 있고, 또 좋은 노래도 많이 들려주신답니다. 자! 함께 예배실로 가십시다.
카메라 룸을 빠져나가는 환자들 뒷모습 비춘다.
환자들 웅성대며 예배실을 향한다.

\# 21 예배실 내부
가운데 긴 탁자 위에 음료수와 과자 김밥 등이 보인다.
한쪽에 성가대 가운을 입은 남녀 모여 있고 피아노 소리 들린다.
환자들, 탁자에 몰려들어 과자를 마구 손으로 집어먹는다.
창가로 다가가 손을 흔드는 환자도 있다. 창밖으로 새가 날아간다.
성가대 사이를 뚫고 들어가 서는 환자도 보인다.

서로 장난치며 웃는 환자들, 벽에 머리를 찧으며 우는 환자도 있다.
성가대로 달려가 여자의 손등을 물어뜯는 환자도 있다.
성가대원1 (손을 털며) 아아! 아퍼
여자환자1 헤헤헤 몰랐지롱 내 별명이 드라큐라라는 걸.
사람들 시선 집중된다. 환자들 웃음소리.
그 틈을 타 남자 성가대원에게 다가가 안아달라고 조르는 여자 환자 모습(카메라 클로즈업)
여자환자2 (허리를 꼬면서 남자 봉사 대원에게 다가간다) 아이 아이 한번만 딱 한번만 아이.
여자환자2 (남자에게 몸을 밀착시킨다. 놀라 뒤로 물러가는 성가대 원)
봉사대원들 달려가 환자를 남자에게서 떼어놓는다.
사회자 자! 자! 여러분 이제 예배를 드립시다. 자리 정돈하시고요 (피아노를 향해 손짓한다)
피아노 연주를 시작한다. 성가대원과 환자들 모두 따라 부른다.
눈물짓는 환자도 있다.

「주 예수 내 맘에 들어와 계신 후 변하여 새 사람 되고
내가 늘 바라던 참 빛을 찾음도 주 예수 내 맘에 오심
주 예수 내 맘에 오심 주 예수 내 맘에 오심
물밀 듯 내 맘에 기쁨이 넘침은 주 예수 내 맘에 오심」
민혜 예배 도중 밖으로 나온다.
환자들 몇 명 따라서 나온다.

22 현재 (1990년)
거리 풍경, 진달래와 개나리 벚꽃이 한창이다.

민혜 경자와 함께 거리를 배회한다. 주머니에 짤랑거리는 동전소리.
명동거리를 지나며 또뽑기 장사에게 다가가 동전을 내려놓고 판을 돌린다.
화살이 꽂일 때마다 환호하는 민혜와 경자.
물고기 모양의 설탕 과자를 집어 들고 돌아선다.
리어카상에서 천 원짜리 지폐를 내놓고 파인애플을 집어 드는 민혜 옆에서 경자도 덩달아 따라 한다.
거리에서 패스트 푸드점 내부를 들여다보며 웃는 민혜와 경자
사람들 지나가며 손가락질을 한다.

23 낯선 거리를 걷는 민혜와 경자
주택가 주변에 동산이 보인다. 흐드러지게 핀 봄꽃들(카메라 클로즈업)
민혜와 경자 동네 구멍가게로 들어가 아이스크림을 사들고 나온다.
경자 이제 우리 어디로 갈까? 나 배고파.
민혜 나도 배고파 (길가의 포장마차를 가리키며) 아! 바로 저기다
경자 어디 어디
민혜와 경자 쏜살같이 포장마차로 달려간다.

24 포장마차 내부
유리 케이스 안에 든 안주를 바라보며 웃는 민혜와 경자
민혜 경자 (동시에)맛있겠다. 그치
주인 뭘로 해드릴까요 (호기심 어린 눈빛으로 바라본다)
민혜 (입맛을 다시며) 꼼장어 주세요
경자 난 난 홍합 먹을 테야
주인 (장난기 어린 표정으로)술은 뭘로 드릴까 소주?

민혜 경자 (동시에) 술?

주인 (빈정거리며)응 술, 술 말야 술은 뭘로 드실 거냐구?

민혜 (고개를 갸웃하며)소주, 아 아 아니 맥주, (손을 내저으며) 아
아니 막걸리

경자 (장난스런 표정으로) 난 맥주가 더 좋단 말야, 아저씨 맥주 맥주
로 주세요, (어깨를 으쓱대며) 이래봬도 나 대학 다닐 때 맥주
여왕이었거든.

주인 (맥주병을 건네며)맞은편에 앉아 있는 남자손님에게 눈짓을 한
다.

남자 손님 주인과 눈짓을 한다.

25 시간 경과 (포장마차 내부)

취해 널브러져 있는 민혜와 경자, 옆자리에 앉은 남자들 손가락으로
두 사람을 찔러본다. 손가락으로 머리를 가리키며 동그라미를 그리다 자
리에서 일어난다.

취객1 2 (서로 주머니를 뒤지며) 아저씨 여기 얼마요.

주인 예, 그러니까 오천 원만 내쇼.

취객1 옛수다, (돈을 건넨다)

취객1 2 (민혜와 경자의 어깨와 엉덩이를 만지며) 거 오늘밤 약속만
없었어도 어떡케 해보는 건데, 아쉽다.

취객1 2 포장마차 밖으로 나간다

민혜와 경자, 인기척에 놀라 일어난다.

민혜 (취한 목소리로) 어! 방금 누구야! 내 엉덩이 만진 게, 에이 씨

주인 (비웃는 눈초리로 바라보다 들어오는 손님에게 인사를 한다) 어
서 옵쇼.

민혜 (취한 몸짓으로 술잔을 탁 내려놓으며)경자야 세상이 말야, 사

람들이 말야, 모두 미친 것 같지 않냐,

경자 (손사래를 치며) 그렇지 모두 미쳤지 제정신인 놈들이 하나도
　　　없지

민혜 (옆자리의 취객을 향해)아 아저씨 아저씨 생각은 어때요?

취객3 (고개를 끄덕이며)아암 맞는 말이야, 미쳤지 모두 미쳤지 않구,
　　　그런데 말야 이놈의 세상이 미치지 않고는 살아갈 수가 없거
　　　든.

취객4 (비웃으며) 뭐가 말야, 세상이 어땠다구?

경자 (손을 내저으며) 다아 미친 것 같지 않냐구요.

주인 (민혜의 몸을 훑어보며)아암 미쳤지 다 미쳤지 않구, 제정신 갖
　　　구 이 험한 세상 어떡케 살아가냐

경자 (비틀거리며) 아 아저씨 여기 얼마예요 우리가 먹은 게 다 얼마
　　　냐구요.

주인 (능청스런 표정으로)만 오천 원

민혜 (깜짝 놀라며)뭐요? 만 오천원이라구요

주인 (낮은 목소리로)응 그냥 만원만 내.

민혜 경자 주머니를 털어 돈을 내고는 밖으로 나온다,.

\# 26 어두운 거리에 서서

민혜 (비틀거리며)경자야 어떡하지 집에 갈 차비가 없다.

경자 (주머니를 뒤집어 보이며)나도

이때 바로 앞을 지나가는 젊은 남자

민혜 (남자 뒤를 따라가며) 아 아저씨 자 잠깐만요

남자 (뒤돌아보며)네? 저 말인가요

민혜 (손을 내밀며)네 저어 차비가 없어서 그러는데요, 돈 좀 빌려주
　　　시라고 (끄윽 트림한다)

남자 (민혜와 경자를 돌아보며)술 한잔 하셨구먼 여기 (주머니에서
　　　동전을 꺼내 준다)
민혜와 경자 (동시에 허리를 숙이며) 예 고맙습니다. 야! 신난다
거리를 뛰어다니며 즐거워하는 두 사람

27 버스 안
맨 뒷자리에 앉아 잠든 민혜와 경자 (카메라 클로오즙)
바깥 풍경, 동숭동 로데오 거리 지나간다.

(NA) 난, 비교적 정신이 온전할 때 취직이란 걸 하기로 마음먹었다.
정신적 홀로서기에 돌입한 것이다.

28 시간 경과. (5년 후)
건물 (카메라 클로오즙) 경동 식품회사 간판이 보인다.
내부 풍경. 사무실에 여사장과 민혜 또다른 여직원 미스현(20대) 남
자 직원 김대리(30대 초반)가 앉아 있다.
책상 위에 각종 다이어트 식품과 건강식품이 보인다.
민혜 사무실에서 전화를 받으며 응대를 하고 있다.

민혜 (사무적인 목소리로)네 네 그러니까 저희 제품은 약품이 아니기
　　　에 전혀 후유증이 발생하지 않고 단 기간에 살을 빼는 것입니다.
　　　예, 물론 요요 현상도 발생하지 않습니다
여사장(40대 교활한 인상) 미스 리, 아까 주문 들어온 것 어디다 두
　　　었지.
민혜 (갑자기 허둥대며) 조금 전에 여기가 두었는데 (책상 서랍과 주
　　　변을 살핀다)

김대리 (비웃으며)그러면 그렇지 오늘은 왜 까마귀 고기를 안 먹었나
       했지.
민혜 (책상 위의 종이를 넘기며)여 여기 있어요
여사장 (비웃으며)굼벵이 같긴.
여사장 서류를 들고 사장실로 들어간다.
민혜 (수화기를 집으며)여 여보세요? 어! 끊어졌네.

사장실에서 들려오는 소리.
여사장 (절박한 목소리로)글쎄 이번 제품은 틀림없다니까요.
김대리 (비웃으며)순 구라치고 있네, 틀림은 무슨 틀림 순 뻥이면서
미스현 (맞장구치며)왜 아주 그냥 약장수로 나서지 (사장실을 향해
       눈을 흘긴다)
김대리 (빈정대며) 일은 뼈빠지게 부려먹으면서 월급은 왜 맨날 제자
       리야.
미스현 매년마다 오 프로씩 인상해 준다더니 이건 아예 꿩 귀 먹은 소
       식이야요.
김대리 그나저나 참암 신기해, 사람들은 저 선전문구를 믿고 제품을
       사주니 말야, 암튼 사장은 얼마 안 가 떼부자 되겠어.
미스현 그런데 새로 나온 다이어트 식품이 효과가 있긴 있는 모양이
       지, 불티나게 팔려 나가는 걸 보면.
김대리 거래처에선 서로 달라고 난리야, 그렇게 많이 팔리면 뭘 하나,
       우리에겐 돌아오는 건 국물도 없는데.
미스현 (손가락으로 사장실을 가리키며)어휴 저 지독한 엑스 엑스
이때 갑자기 사장실 문이 열리고 사장 나타난다.
미스현 민혜 김대리 모두 깜짝 놀라 자리에서 일어난다.
여사장 (독기 뜬눈으로)무슨 일 있습니까?

여사장 (민혜 앞으로 다가오며)미스 김 얼굴빛이 왜 그렇지? 또 잠을
　　　못 잔 모양이군, 그러니 허구헌날 실수투성이지.
여사장 (미스현과 김대리를 향해)일들 똑바로 하라구, 짤리기 싫으면.
여사장 (민혜를 쳐다보며)여자 나이 삼십대가 작은 줄 알아? 그 나이
　　　에 어디 가서 직장 생활을 하겠어, 나나 되니까 써주는 줄 알
　　　라구.
이때 전화벨 요란하게 울린다.
민혜 (절절 매며)예, 그렇습니다. 잠깐만요, 저 사장님 전화 왔는데
　　　요.
여사장 (일부러 거만한 표정으로 전화를 받는다) 네에 네에 그렇습니
　　　다 제가 바로 대표입니다.
여사장 (직원들 들으라는 듯) 네 제가 좀 그래요, 사람이 부족하다 보
　　　니 제 것은 못 챙기면서 늘 남 챙겨주기에 바쁘답니다. 그래
　　　손해를 밥 먹듯 한답니다만 하느님은 공평하셔서 모자란 부분
　　　은 늘 채워주시곤 하지요. 네? 네? 뭐라고요? 아 예 그 점에
　　　있어서는 걱정 안 하셔도 됩니다. 이래봬도 제가 식품과 출신
　　　이거든요. 전 자격증이 두갭니다. 영양사 면허증과 식품 제조
　　　가공 기사증이요. 사실 몇 년 안 가면 법이 바뀔 거라 생각해
　　　요. 건강식품을 아무한테나 팔게 해선 안 된다고 생각합니다.
　　　반드시 영양사 면허증이 있는 사람에 한해 허가증을 내줘야
　　　한다고 생각합니다. 아예 법제화해야 한다구요. 네? 아 예 바
　　　쁘시다구요 네 그럼 다음에 또 예 감사합니다.
여사장 (전화기를 소리 나게 내려놓으며 직원들을 향해 거만한 몸짓
　　　으로) 뭘 봐? 일들 해.

29 (시간 경과)민혜의 집안.

김정숙 김경식 거실 소파에 앉아 있다.

텔레비전을 시청하는 두 사람, (얼굴에 주름살이 보인다)

TV를 보다 말고 한숨을 쉬는 김정숙.

김경식 (짜증내며) 왜 또 한숨이야?

김정숙 (걱정스런 목소리로) 민혜가 직장 다니기가 싫은 모양이에요.

김경식 (퉁명스런 목소리로) 세상에 쉬운 게 어딨어? 다 그렇지 뭐.

김정숙 더 나이 먹기 전에 시집보내야겠어요.

김경식 걔 누가 데려 가겠어, 이제 곧 나이 사십이 될 텐데. 정신병력
있는 것 알아봐, 일이 다 되다가도 파토 날 걸.

김정숙 그러니까 서로 처지가 비슷한 사람들끼리 하면 되잖아요.

김경식 하긴 짚신도 제 짝이 있다고 지들만 좋다면야…….

30 분위기 좋은 커피숍

민혜의 대학 친구 현미, 형경, 경숙이 모여 잡담을 하고 있다.

옆에 딸려 나온 아이들이 보인다. 민혜 아이들의 손을 잡고 즐거워한
다.

민혜 (아이의 옷을 만지며) 이 옷 누가 사줬어?

경아 (10세 경숙의 딸) (옷을 잡고 한바퀴 빙그르르 돈다) 아빠가 아
빠가 사 줬어.

민혜 (머리를 쓰다듬으며) 그래애 우리 경아는 좋겠구나, 우리 경아
는 누구 닮아 이렇게 예쁠까?

경아 (자랑스럽게) 엄마 아빠 반반 닮았지.

이때 스테레오에서 올리비아 뉴튼존의 피지칼이 나온다.

형경 (스테레오를 손가락으로 가리키며) 어머 어머 이 곡 피지칼 아
냐? 우리 대학 다닐 때 유행했던 팝송 아니니? 정말 오랜만에
듣는다.

형경, 경숙 (동시에 몸을 흔들며)피지칼 피지칼 그러게, 정말 옛날 생
　　　각난다.
형경 애, 너희들 이 가사 내용 생각나니? (손을 앞으로 내밀며) 오!
　　　난 기다릴 만큼 기다려 왔어요 이재 더 이상 기다리긴 싫어요,
　　　육체적으로 나와 주세요.
현미 경숙 (크게 웃으며)재는 세월 지나도 여전해.
경숙 (민혜를 가리키며)재 좀 봐. 아까부터 우리 딸 보면서 좋아 죽는
　　　다. 사람 보는 눈은 있어 가지고.
형경 왜 아니겠니? 이제라도 좋은 짝 만나 결혼해야 할 텐데.
현미 (작은 목소리로) 말만하지 말고 중매라도 해라.
경숙 (귀엣말로)야! 만일 그랬다가 재 정신병원 갔다 온 것 들통나봐
　　　라, 너 뒷감당 할 수 있어.
형경 하긴 그래.
경숙 그저 시대를 잘못 타고 죄지 (현미를 향해) 넌 괜찮니?
현미 (못 들은 척 자리에서 일어나며)애 그만 가자, 우리 애 학교에서
　　　돌아올 시간 됐어.

(NA)나이가 사십을 향해 줄달음을 칠수록 난 집안의 거친돌이요 부
끄러움의 상징이었다. 난 언제 또다시 발발할지 모르는 시한폭탄과도 같
은 존재였다.

31 민혜의 집 거실
일가친척들 모여 있다.
김정순 (68세 민혜의 큰이모)별 수 없어, 더 이상 나이 먹기 전에 적
　　　당한 남자 골라 시집 보내, 언제까지 끼고 살 작정이냐.
김정숙 그러지 말고 언니들이 나서서 중매 좀 해, 이모 좋다는 게 다

뭐유.

김정순 (결심한 듯) 이제 곧 나이 사십이야, 서로 비슷한 처지끼리 엮어주면 되는 거야, 아! 막말로 쟤 병원 갔다 온 사실 알아 봐, 누가 데려가려고 하겠어, 적당한 상대 나타나면 시간 끌지 말고 빨랑 해 치워.

김정숙 그래도 착하고 믿음직스러운 사람이어야지, 아무리 내세울 건 없어도 아무데나 가라고 할 순 없지.

김정순 (거친 말투로) 막말로 나이가 작기를 해? 빼어난 인물이 있어? 겨우 내세울 거라곤 대학물 먹었다는 것뿐인데, 그게 어디 내세울 조건이나 되냐구.

김경식 그저 처형께서 알아서 해주세요, 사람이야 저희보다 처형께서 잘 보시지 않습니까?

김정순 (격앙된 목소리로) 내 우리집 양반보고 알아보라 했으니까 저쪽에서 좋다고 하면 무조건 보내세요, 혼수고 뭐고 할 것 없이 빨랑빨랑 해치우세요.

김경식 (비굴한 목소리로) 예에 예.

김정숙 (안타까운 표정으로) 불쌍한 것.

김정화 (60세 민혜의 작은 이모) 사실은 말야, 우리 옆집에 총각이 있는데 학교는 중학교 나왔고 기계 만드는 공장 다녀, 인물은 없어도 착실하고 돈도 꽤 모아 놨대, 흠이 있다면 홀로 된 시어머니가 있다는 거지.

김정숙 그건 너무하다. 최소한 고등학교는 나와야지, 그리고 어떻게 쟤를 시집살이를 시켜?

김정화 그럼 쟤를 어떤 자리에 내놔, 데모하다 정신병원 다녀온 것 알아 봐, 누가 중매하려고 들겠어?

김정순 아무튼 일단 선 자리가 나서는 대로 보게 해, 지들이 좋다면 따질 것 없이 보내버려.

32 시내 커피숍
낯선 남자와 앉아 맞선을 보는 민혜.
남자 (40대 초반)교활하고 야비한 인상. 손을 비비며 사방을 둘러보
　　면서 뭔가 탐색하는 눈치다.
가끔씩 민혜의 몸매를 훑어 내리며.
남자 (속으로)구두니 옷이니 싼 티가 줄줄 나는군, 그래도 지금까지
　　직장생활을 했다면 모아 놓은 돈은 꽤 되겠지, 보아 하니 발랑
　　까진 갓 같진 않고.
민혜 (남자 앞에서 당황해 어쩔 줄 몰라하며)
남자 (비웃듯)지금까지 직장 생활을 했다면 빌딩 한 채라도 가지고
　　있어야 하는 것 아닙니까?
민혜 (깜짝 놀라며)네? 지금 뭐라고 하셨죠?
남자 (기분 나쁜 듯)아아, 농담입니다. 모아 놓은 목돈은 있으시냐고
　　요? 결혼자금 말입니다.
민혜 (당황하며)저 전 직장생활 한 지 얼마 안 되는데요.
남자 (따지듯)이거 이야기가 전혀 다르네. 내가 듣기로는 꽤 오래됐
　　다 하던데.
민혜 네? 뭐가요?
남자 (손을 내저으며)아! 뭐 됐습니다. (작은 목소리로) 이거 완전히
　　속았잖아.
민혜 네? 속다니요? 그게 무슨?
남자 (기가 막힌 듯)정말 대학 나온 것 맞아요?
민혜 그 그런데요 왜요?
남자 (속으로) 이 여자 또라이 아냐?

민혜 (멀뚱멀뚱 남자 눈치만 보며)
남자 (속으로) 재수 없으려니까, 에이 공연히 커피 값만 날렸네
남자 자리에서 일어나 카운터로 걸어간다.
민혜 왜 저러지?

33 호텔 커피숍
창밖으로 자동차 지나고 맞선보는 커플들 여기 저기 보인다.
카메라 커플들 비취고.
민혜와 낯선 남자, 자리에 앉아 인사를 하고 있다.
남자 (40대 얼굴색이 검고 천한 인상이다. 손바닥을 비비며) 안녕하
　　　십니까 만나서 반갑습니다.
민혜 (자리에서 일어나며)아 안녕하세요?
남자 (호기심 어린 눈빛으로)아버님께서 내무부 고위 직책에 계셨다
　　　구요? 집안이 꽤 명망이 높으시다구 들었습니다.
민혜 (엉뚱한 표정으로)네?
호텔 여직원 (다가오며)차 주문하십시오.
민혜 차는 뭘로?
남자 (주머니에 손을 넣었다 빼며)네 먼저 시키시죠.
민혜 전 커피요.
여직원 (손가락으로 메뉴판 가리킨다)여기 메뉴판 참고해 주시죠.
민혜 (메뉴판 본든 만 듯)그 그냥 아메리칸 커피
남자 (못마땅한 표정으로)저도 그걸로 주세요.
(여직원 돌아서 간다.)
남자 여직원의 뒷모습을 바라보며 미소 짓는다
남자 (속으로)거 몸매 한번 죽이는구만!
(민혜 주변의 맞선보는 커플들을 바라보며 창밖을 바라본다.)

남자 (속으로) 뭐야 이거 인물도 없고 별 볼 일 없네. 어디서 꼭 콩쥐
　　　같이 생겨 가지고선.

34 회상 (대학 시절)

대학 캠퍼스 대학생들 대학 본관 앞, 삼삼오오 모여 있다. 심각한 표
정들.

　현미와 정제민 (현미의 과 동료 23세 순진하고 착한 인상) 여러 명의
남학생이 모여 무언가 의논하고 있다. 이때 민혜 정제민을 발견하고 달
려간다.

민혜 (반가운 목소리로)정선배 오랜만이에요.

정제민(의외라는 듯)으 응 민혜구나.

현미 (민혜를 바라보며 경계하는 눈빛을 하며)정선배.

정제민 그래 민혜야, 지난번 중간고사 잘 봤니?

민혜 네에, 선배는요?

정제민 (머리를 긁적이며)나야 뭐, (생각난 듯) 나도 잘 봤어.

현미 (낮은 목소리로) 잘 보긴 뭘 잘 봐, 짭새에게 계속 쫓겨 다녔으
　　　면서.

정제민 (현미의 옆구리를 찌르며)조용히 해.

민혜 (정제민 바라보며 웃는다)선배 나중에 시간 나면 저 커피 사주
　　　세요.

정제민 (마지못한 듯 어색한 목소리로)그래 그러자.

현미 (정제민에게 귀엣말로)쟤 선배 좋아하는 것 아냐? 얼굴 빨개지
　　　는 것 좀 봐.

정제민 야! 신경 끄고 우리 하던 말이나 계속 하자.

35 현재. 호텔 커피숍

민혜 커플들 바라보다 눈시울을 적신다.

정선배의 모습 떠올리며 (영상)

남자 (기분 나쁜 듯)왜 지난날 로맨스라도 생각나시나요?

민혜 (깜짝 놀라며)네? 방금 뭐라고 하셨죠?

남자 (기가 막힌 듯)아! 예 됐습니다. 하던 이야기나 합시다. 뭐 저한
    테 궁금한 것 있으면 물어 보시죠.

민혜 (고개를 숙인 채 손가락만 만지작거린다)저 이런 자리가 어색해
    서요.

남자 (속으로)아니 저거 진짜로 순진한 거야, 아님 순진한 척 하는 거
    야, 알 수가 없네, 나이에 비해 좀 모자란 것 같기도 하고.

민혜 직장은 어딜 다니세요?

남자 그건 아까 물어봤던 것 같은데.

민혜 아 예! 그 그럼 집안에서는 몇 째세요.

남자 장남입니다. 여동생 둘에다 남동생 하나요, 여동생 둘은 결혼해
    서 대전과 부산에서 살고 있고 남동생은…….

민혜 남동생은 결혼했나요?

남자 (곤란한 표정으로)아! 그 자식 때문에 창피해서.

민혜 네?

남자 영등포에서 구멍가게 같은 거 하나 하더니 지난달에 부도내고
    숨어버렸지 뭡니까, 나 참, 남사스러워서 (망설이다) 그동안 직
    장생활 하셨으면 모아 놓은 돈이 꽤 되겠네요, 큰 거로 이 정도
    (오른손 손바닥을 쫙 펼쳐 보이며)는 되겠죠?

민혜 (어리둥절한 표정으로)네? 큰 거라니요?

남자 (불량스런 몸짓으로)아참, 다 아시면서.

민혜 네?

남자 (속으로) 아니 저 여자 또라이 아냐? 왜 저렇게 눈치가 없어

민혜 (머리를 만지며)저 저 돈 없는데요.

남자 대답하기 곤란하면 안 해도 돼요, 내가 뭐 그 돈 달라는 것도 아
　　　니고.
남자 (속으로)아! 오늘도 역시 꽝이구만
남자 그럼 제가 먼저 일어나겠습니다. 오늘 감사했습니다.
민혜 (엉거주춤 따라 일어나며) 예, 예.
카운터를 향해 걸어가는 두 사람.

36 공원
주변에 낙엽 흩어져 있고 민혜와 경자 추위에 떨며 벤치에 앉아 있다.
민혜 (슬픈 표정으로)경자야, 우리 용인 있을 때 생각나니?
경자 (떨며)응 생각나, 난 차라리 그때가 더 좋았던 것 같아, 그땐 우
　　　리를 무시하거나 상처 주는 사람도 없었는데.
민혜 난 병원 밖으로만 나오면 살 것 같았는데, 이건 세상이 또다른
　　　정신병동 같아.
경자 (두 팔로 머리를 감싸며) 사는 게 꼭 지옥 같아.
민혜 우리 병원에 있을 때 피그말리온 효과라고 너 생각나니?
경자 피그말리온? 기대를 가지고 정성껏 돌보면 태도가 바뀌고 관심
　　　과 의욕이 높아져 능력까지 변한다는 것 말이니?
민혜 응, 우리한테도 그런 일이 생겼으면 좋겠는데…….
경자 응 그러게나 말야.
민혜 반대로 스티그마 효과라는 것도 있잖아, 무시당하고 부정적인
　　　낙인을 찍으면 자신도 모르게 나쁜 쪽으로 변해간다는……
민혜 플래시보 효과도 생각나, 심리적인 효과에 의해 증상이 호전된
　　　다는…… 왜 내가 잠이 안 온다고 하니까 가짜 약을 먹여서 잠
　　　을 재웠잖아,
경자 나도 그런 적 있었어,

민혜 그때 우리 방 옆동에 치과 의사하고 정신과 의사가 있었잖아 생
각나니?

경자 응, 그 뚱뚱하고 신경질 많은 의사, 자기가 서울대 나왔다고 큰
소리 탕탕 치던

민혜 응.

경자 그런데 그 의사 얘기는 왜 꺼내는 건데?

민혜 병원 있을 때 나보고 그러더라. 퇴원하고 세상에 나가면 소설 쓰
라고, 그래서 이 안에서 일어나는 복잡한 일들을 세상에 알리라
고.

경자 그래서 소설 쓸 거야?

민혜 아니, 내가 어떻게, 경자야.

경자 응.

민혜 난 아직도 불안해, 누군가 나를 훔쳐보면서 해칠 것 생각 때문에
자꾸만 무섭고 슬퍼져.

경자 나도 그래, 난 세상이 사람이 너무 무서워.

민혜 아! 하느님 하느님은 어디 계세요 절 좀 지켜 주세요.

경자 하느님 저희들을 불쌍히 여기시고 지켜 주세요, 예수님의 이름
으로 기도드립니다. (갑자기 깔깔 웃으며) 정말 하느님이 우리
의 기도를 들으실까.

37 또 다른 커피숍
커다란 수족관이 보이는 곳에서 민혜와 맞선보는 남자 앉아 있다.
스테레오에서 보니엠의 '펑키 타운'이 나온다. 이어 올리비아 뉴튼존
의 '피지칼'이 나온다.

민혜 (반가운 듯) 아! 이 음악 피지칼 (손가락을 들어 올린다)

남자 (속으로) 어린애 같긴

민혜 이 음악 제가 대학 다닐 때 엄청 유행했던 음악이에요, 생각나세요?

남자 아! 생각나고 말고요.

남자 (속으로)넌 그때 대학 다니고 있었냐? 난 공장에서 기름때 묻혀가며 뼈 빠지게 일하고 있었다.

민혜 (회상에 잠기며)그때 5월인가 한참 축제 때였어요, 쌍쌍 파티가 열렸는데, 게스트로 당시 대학 가요제 출신으로 유명했던 임백천이랑 왕영은이 왔었어요, 얼마나 재미있었는지.

남자 꽤 즐거웠겠습니다. 난 그때 공장에서……

민혜 네? 방금 뭐라고 하셨죠?

남자 아, 아닙니다. 계속하십시오,

민혜 (들뜬 목소리로) 그때 임백천이 말했어요. 지옥 이야기였는데 재미있을 것 같지 않아요?

남자 지옥 이야기요 예, 재미있을 것 같네요.

민혜 (신난 듯 손을 앞으로 내밀며) 지옥에 많은 사람들이 모여 있었습니다. 지옥이라 분위기는 매우 어수선하고 질서도 없고 혼돈 그 자체였습니다. 그때 어떤 남자가 일어나 소리쳤습니다. "어이 여러분 모두 조용히 해 주십시오. 우리가 있는 이곳도 질서가 필요한 곳입니다. 그러니 모두 서열을 정해 번호를 매깁시다" 그러자 어떤 머리가 새하얀 노인이 말했습니다. "당신 언제 이 지옥에 들어왔어'저요 이 년 전에 왔는데요" 그러자 나이가 어린 아이가 말했습니다. "짜식들 놀고 있네 야! 너 머리 새하얀 놈 너 말야 너 언제 들어왔냐" 그러자 노인이 말했습니다. "뭐라구 이 자식이 얌마 여기가 아무리 지옥이라지만 넌 어린 자식이 어른도 몰라보냐!" 그러자 어린 아이가 말했습니다. "글쎄 언제 들어왔냐니까" "그렇게 궁금하냐 나 그저께 들어왔다 왜?"

"뭐라구 이 짜식아 난 임진왜란 때 들어왔어 너 앞으로 날 형님
으로 잘 모셔 알았어."
남자 (웃으며) 정말 재미있는 이야기네요
민혜 (신난 듯) 재미있죠, 그런데 세월이 이렇게 많이 흘러 버렸네요
남자 그러게나 말입니다. 세월만큼 빠른 게 없다더니…….
민혜 (회상) 남자 얼굴 위로 정제민의 얼굴 오버랩 된다. 아! 정선배
남자 (속으로) 정말 수준 차이 나는구먼.
남자 (자리에서 일어나며)저 그만 일어나시죠, 제가 약속이 있어서요.
(민혜 따라서 일어난다).
남자 오늘 만나서 즐거웠습니다. 다음에 또 만날 기회가 있겠죠.
민혜 (멋쩍은 듯)네, 저도 즐거웠어요, 감사합니다.
남자 뒤돌아서 나간다. 민혜 엉거주춤 남자 뒤를 따라 나간다.

38 또다른 커피숍
민혜와 우락부락한 인상의 남자, 남자의 어머니로 보이는 여자가 앉
아 있다.
표독한 인상의 여자, 민혜의 몸매와 얼굴을 살피며 아들에게 눈짓을
한다. 스테레오에서 시끄러운 락음악이 나온다. 민혜 음악에 맞춰 발장
단을 하고 들어오는 손님마다 민혜와 남자를 호기심 어린 표정으로 쳐
다보며 지나간다.

여자 (아니꼬운 눈빛으로)인상은 선해 보이는구먼, 그래 양부모님은
다 살아 계시고
민혜 (고개를 숙이며) 예.
여자 아버님께서 공무원 하셨다고?
민혜 네에 내무부에 계셨었어요.

여자 그래, 처녀는 지금 나이까지 직업은 뭘 했지?

민혜 직업? (우물쭈물 한다)

남자 (여자의 옆구리를 찌르며)아! 네 곤란하시면 대답 안 하셔도 됩
니다.

여자 (도도한 자세로) 설마 그 나이까지 놀면서 지내지는 않았겠지.
우리 아들이 3대 독자라는 것 알고 있지요.

민혜 네, 알아요.

여자 (속으로) 꼬박 꼬박 말대답은. 순진한 것 같긴 한데 뭔가 좀 이
상하긴 해.

(민혜 들고 있던 커피 스푼을 바닥에 떨어뜨린다)

민혜 (얼른 들어올리며)왜 자꾸 떨어지지

여자 (민혜의 인상을 살피며) 요즘은 여자도 능력이 있어야 해. 그래
야 남편한테나 시집 식구들에게 큰 소리 칠 수 있는 게야. 그리
고 아무리 시대가 바뀌었다지만 여필종부란 예나 지금이나 똑같
다고 할 수 있지. 여자는 그저 살림 잘 하고 애 잘 키우고 시부
모 공양 잘 하는 게 첫째 되는 덕목 아니겠어?

남자 게다가 경제적 능력까지 갖추면 더 좋고요.

여자 (맞장구치며)아암, 그렇고 말고. 그런데 말야, 현재 우리가 살고
있는 집이 좁아요, 그래서 말인데 장차 아이들도 태어나고 하면
방도 여럿 필요할 것 같고.

남자 어머니 이사하시게요.

여자 이사는 무슨? 아무래도 집을 짓던가 해야 할 것 같아, 지금까지
직장생활 했다면 모아 놓은 돈이 꽤 될 것 같은데.

민혜 결혼하면 분가시켜 주신다고 하시지 않았던가요?

여자 무슨 소리? 애가 3대 독자에다 할머니도 아직 살아 계신데,

민혜 할머니요?

여자 (시침 떼며)아니 처음부터 알고 나온 것 아니었나? 그러니까 큰
　　　집을 사 이사 가면 위층 아래층 따로 쓰면 서로 편하고 좋잖아,
　　　애가 태어나면 우리가 키워 줄 수도 있는 문제고,
민혜 (남자와 여자를 당황한 눈빛으로 바라보며)
여자 (민혜를 째려보며) 흥 돈이 없는 모양이군, 그렇담 아가씬 지금
　　　까지 뭘하고 살았누.
남자 (민혜를 꼬아보며)이거 영 이야기가 틀린데.
여자 (아들의 옆구리를 찌르며) 야! 더 볼 것도 없다. 그만 일어나자
남자 저 화장실 좀.
여자 따라 일어난다. 카운터 쪽에 가려다 말고 민혜를 바라본다.
민혜 멍하니 앉아 있다. 잠시 후, 남자 나타나며
남자 저 급한 약속이 있어서 그만 일어나야겠습니다. 나중에 또 만나
　　　뵙기로 하고 오늘은 이만.
남자, 어머니와 함께 황급히 출입구로 걸어간다.
민혜 (카운터에서 계산을 하며) 어어, 이게 어떻게 된 거지.

39 현재 민혜의 집 거실
가족들 거실 소파에 앉아 과일을 먹으며 TV를 보고 있다.
코미디 프로를 보며 즐거워하는 가족들. 이때 민혜의 방에서 괴성이
들려온다.
민혜 (큰소리로)야이! 죽일 것들아, 이 악마 사탄 같은 것들아
쨍그랑하고 병 깨지는 소리가 들린다. 이어 탁! 하고 물건 떨어지는
소리도 들린다.
김경식 (대수롭지 않은 듯)또 시작이군, 시작이야
민혜 (고함을 지르며) 지옥의 불가마니에 떨어질 것들아, 내가 니들
　　　눈에 지렁이로 보이더냐? 내가 뭘 잘못했다고 지랄이냐, 망할

것들아.

김정순 (탄식하며) 저걸 도대체 어쩌면 좋지, 또다시 정신병원에 가
	둘 수도 없고.

민혜 망할 새끼들, 나쁜 놈들 그 놈들은 그 형사 새끼보다 더 나쁜 놈
	들이야, 다 죽어버려라, 지옥에 콱 처박혀 다신 나오지 말아라
(물건 부수는 소리. 와장창하고 거울 깨지는 소리 들린다.)

김정순 쟤 저러다 일내지 일내.

김경식 하루 이틀도 아니고 차암 미치겠군, 갖다 버릴 수도 없고

김정순 이게 다 그 현미년 때문이라니까요.

민혜 아악! 정말 분해 못살겠네, 세상에 나쁜 놈들은 모두 잘되고 도
	대체 하느님은 계신 거야 안 계신 거야, 나쁜 놈들 죽일 놈들 악
	마가 와서 콱 물어가라

김정순 김경식 (동시에 가슴을 치며)어이구 속 터져 속 터져 죽네

40다음날 아침

민혜 (정장 옷차림을 한 채 거울 앞에서 콤팩트로 얼굴을 두드리며 거
	실을 향해)

민혜 엄마 내 구두 닦아 놨어

김정순 신발은 니가 닦아 신어, 그런 것까지 엄마가 해줘야 하니?

민혜 엄만 괜히 난리야

(민혜 거실로 나온다. 말쑥한 차림, 손에 핸드백을 들고 서 있다)

김정순 (민혜의 옷에 묻은 티를 털며) 오늘도 일 잘해, 지난번처럼 실
	수하지 말고.

민혜 (신발을 신으며) 알았어.

김정순 (민혜의 뒤에 대고) 점심 꼭 챙겨 먹고, 누가 싫은 소리해도
	참어, 지난번처럼 쌈박질해서 경찰서 가지 말고

민혜 어휴 또 잔소리

김경식 (안방에서 나오며) 차비는 있는 거야?

민혜 그럼 차비도 없이 출근할까봐, 날 무슨 어린애 취급하고 있어

김경식 (걱정스런 목소리로) 차라리 어린애면 무슨 걱정이겠냐, 이건
　　　　나이 사십이 다 돼 갖고

민혜 (신경질적인 말투로)또 그 나이 타령,

41 과거 회상 (1980년)

종로 거리 시위 현장.

데모를 벌이는 대학생 시위대와 전경들.

최루탄 터지고 와! 함성과 함께 격렬한 투석전 전개된다.

시위대 중 현미와 정제민 보이고 그 옆의 대학생들 숨바꼭질하듯 스
쳐 지나간다.

42 대학가 대자보

광주학살 사건과 관련된 사진 붙어 있다.

모여서 구경하는 대학생들, 민혜도 끼어 있다. 모두 흥분된 표정이다.

멀리서 ′군부독재 타도′를 외치는 함성 들려온다.

이때 전단지 한 뭉치를 들고 그들 곁을 지나는 현미와 정제민,

이때 민혜 정제민 발견하고 가까이 다가간다.

민혜 (반가운 목소리로)정선배 어디 가요?

정제민 어! 민혜구나

현미 민혜야, 너 여기 있었구나

민혜 두 사람 지금 어디 가는 거야?

현미 으응, 너도 같이 갈래?

민혜 (정제민 바라보며)그래도 돼?

정제민 (마지못한 듯) 그 그럼
민혜, 현미, 정제민 캠퍼스를 지나 교문 밖으로 나온다.
이때 형사 한 사람 그들 뒤를 따라 붙는다.

\# 43 학교 근처 건물
건물 지하로 들어가는 세 사람,
인쇄 기계 소리 요란하게 들리고, 형사 멀리서 세 사람을 지켜보고 있다.
카메라 건물 내부 비친다.
인쇄 기계 돌아가는 소리 갑자기 크게 들리고
바닥에 떨어진 전단지 여기 저기 보인다.
이때 민혜 현미, 정제민이 나타나자 빙 둘러싸는 여러 명의 남자들.
민혜를 보자 경계한다.
남자1 (정제민에게) 누구?
정제민 응, 내 후배야.
정제민 (현미와 귀엣말을 나누며 남자들과 눈빛을 교환한다) 알았지.
남자들 눈치 챈 듯 동의의 표시로 고개를 끄덕인다.
현미 (민혜에게 전단지 뭉치를 건네주며) 민혜야 내일 이걸 가지고 종
　　　로로 와, 전에 우리 만나던 다방 있지 거기로
민혜 이거 뭔데? (정제민을 바라본다)
정제민 (민혜의 어깨에 손을 얹으며) 별 거 아냐, 내일 만날 때 가지고
　　　나오면 돼.
민혜 (정제민을 바라보며) 알았어요, 선배
현미 그럼 가봐, 우리끼리 할 얘기가 있거든.
민혜 아, 알았어
(민혜 전단지 뭉치를 들고 밖으로 나온다)

조그맣게 노랫소리가 들린다.
'산 자여 따르라'
「사랑도 명예도 이름도 남김없이 한평생 나가자던 뜨거운 맹세
동지는 간 데 없고 깃발만 나부껴 새날이 올 때까지 흔들리지 말자
세월은 흘러가도 산천은 안다. 깨어나서 외치는 뜨거운 함성
앞서서 나가니 산 자여 따르라, 앞서서 나가니 산 자여 따르라」

44 과거 회상
대학 캠퍼스 학생회관 건물 내부.
머리에 흰 띠를 두른 대학생들 모여 뭔가 의논하고 있다.
탁자 위에 현수막과 전단지가 어지럽게 흩어져 있다.
이때 현미 여학생들과 어울려 들어온다.

대학생 남자 1. 그러니까 현미 너가 국문과 대표니까 애들 좀 모아 봐
현미 여자애들은 겁이 많아 놔서
대학생남자 2 년 동생이 광주에서 시민군으로 싸우다 죽었다며, 좀
          더 적극적으로 나서 봐, 지금 동지들은 감옥에서 얼마
          나 고생하는데…….
대학생남자3 야! 저기 애들 온다.
대학생1, 2, 3 어디 어디
이때 민혜 나타난다. 좁은 스커트에 화려한 문양의 블라우스 차림.
대학생 남자 2 (실망한 말투로)난 또 누구라고,
현미 (작은 목소리로)쟨 우리 국문과 애들 중에서 제일 소심하고 겁
      쟁이야, 별 볼일 없어.
대학생 남자1 아빠가 내무부 요직에 계시다며?
현미 그렇긴 하지.

대학생 남자1 그 그럼 잘하면 (이때 남자 2 남자 3 현미의 눈빛이 마
　　　　　주친다)
대학생남자2 (귀엣말로)현미야 니가 잘해 봐라.
현미 (주먹을 꺾으며)알았어

45 (회상, 1981년도) 대학 근처 다방
민혜와 친구들 모여 음악을 들으며 이야기를 하고 있다.
스테레오에서 심수봉의 '그때 그 사람'이 나온다
「비가 오면 생각나는 그 사람 언제나 말이 없던 그 사람……」
이어 캐니 로저스의 '레이디'가 나온다.
경숙 (22세 민혜의 국문과 과 친구)민혜 너 요즘 현미랑 자주 어울린
　　　다며?
소현 (22세 경숙의 친구)너 현미 주변에 형사 따라붙은 거 아니?
형경 (22세 국문과 동료)너도 조심해, 현미 요즘 독이 잔뜩 올랐다더
　　　라, 동생이 광주에서 죽은 이후 열혈분자가 되어 그러니까 정선
　　　배랑…….
민혜 (깜짝 놀라 자리에서 일어나며)뭐? 정선배랑 어쨌다구?
경숙 (놀라며)민혜야 너 갑자기 왜 그래? 정선배 얘기 나오니까 막
　　　흥분하네
소현 (민혜의 팔을 잡으며)너 무슨 일 있니?
민혜 (자리에 도로 앉으며)아 아니야
형경 (주변을 살피며 작은 목소리로) 요즘 현미한테 형사가 여럿 따
　　　라붙는다는 소문이야, 너도 괜히 현미랑 엮이지 말어, 잘못하면
　　　골로 가는 수가 있어.
소현 (손바닥으로 입을 가리며)야! 지난번에 정선배 친구 중에 데모
　　　주동했다가 감옥 갔다 온 사람이 있는데 고문 후유증으로 죽었

　대, 너도 조심해
민혜 (겁에 질린 표정으로) 뭐 뭐라구? 하지만 난 아무 짓도 안 했어
　　데모 안 했어 정말이야
형경 니가 데모했다는 얘기가 아니고, 현미가 문제라니까
민혜 (손으로 머리를 만지며) 뭐? 그 그러니까 그게 (쓰러진다)
형경 (당황하며)민혜야 갑자기 왜 그래, 정신 차려

46 회상 (1981년도)
가방을 들고 종로 거리를 지나는 민혜
거리에 전경들 쫙 깔려 있다.
이때 확성기로 데모가 들려온다.
대학생들 어깨 스크럼을 짜고 도로 점검하기 시작한다.
전경들 호루라기 소리 들리고 바삐 움직인다.
노랫소리 들려온다,
「긴 밤 지새우고 풀잎마다 맺힌 진주보다 더 고운 아침 이슬처럼
내 맘에 서러움이 알알이 맺힐 때 아침 동산에 올라 작은 미소를 배운
다. 태양은 묘지 위에 붉게 타오르고 한낮에 찌는 더위는 나의 시련일지
라
나 이제 가노라 저 걷힌 광야에 서러움 모두 버리고 나 이제 가노라」
전경들 방패와 방망이를 휘두르며 데모꾼들을 뒤쫓는다
지하도로 숨어드는 젊은이들
시민들 우왕좌왕한다.
민혜 가방을 들고서 사방을 두리번거린다,
이때 어디선가 나타나는 현미.
현미 (민혜가 들고 있는 가방을 낚아채며)누구 따라온 사람 없었지?
민혜 (놀라 벌벌 떨며)으응 없었어

현미 (주변을 살피며)조심해 가, 누가 따라붙나 눈여겨보고
(현미YMCA 뒷 건물로 사라진다)
이어 따라붙는 전경들. 민혜 뒤돌아서자 데모대의 함성에 파묻힌다
데모대 군부독재 타도, 전두환은 물러가라, 물러가라
시민들 코를 손으로 막고 지하도로 사라진다.
최루탄 터지는 소리 퓽 퓽!
사람들 발길에 파묻혀 쫓기는 민혜, 이때 형사 한 사람 민혜 뒤를 쫓다가 놓치고 만다.
형사 (사람들 속에 서서) 어? 어디로 갔지 내 이년을 잡기만 해 봐라.

47 그 후. 1998년
거리를 지나는 민혜. 거리는 IMF세일 물결로 뒤덮여 있다.
민혜 (40세). 눈가에 잔주름 보이고 몹시 지쳐 있는 모습이다.
빌딩 위의 대형 전광판에 IMF 환란을 알리는 뉴스가 전해지고 있다.
길거리를 걷다 멍하니 전광판을 바라보는 민혜.
민혜 세종로 거리를 걷고 있다.
카메라 조선일보와 동아일보, 광화문 이순신 장군 동상을 비춘다.
민혜 (주변을 둘러보며) 옛날에 이 근처에 국제극장과 무교동 낙지집
       이 있었는데…….
길거리 한복판에 서서 감회 어린 표정으로 조선일보와 동아일보 전광판을 읽는 민혜. 눈가에 눈물이 맺힌다. 지하도 계단을 내려가 교보문고로 들어서는 민혜,
소설책 코너에 눈길이 머문다. 서점을 둘러보고 밖으로 나온다.
종로 거리를 걷는 민혜.
지난 세월을 추억한다. 1980년대의 거리 상황 재연한다.

\# 48 지난 세월(회상)

데모대의 물결, 현미와 함께 걸어가는 민혜

다가오는 전경들. 대공분실에서 고문당하는 모습

용인 정신병원에서 예배드리는 장면. 경자와 포장마차에서 술을 마시는 민혜.

맞선 보는 장면들

민혜 하염없이 걷는다.

\# 49 현미의 집. 거실

아파트 창 밖 (카메라 비친다), 주변에 고층 아파트와 주차해 놓은 대형 승용차

카메라 클로오즙. 거실 소파에 앉아 과일을 깎는 현미.

고급 샹들리에와 소파, 베란다 쪽에 골프채 보이고 커다란 에어컨이 돌아가고 있다. 민혜 넋 나간 표정으로 대형 TV를 보고 있다

현미 (민혜에게 시선을 외면한 채) 요즘도 그렇게 불안하니?

민혜 (여전히 TV를 바라보며) 응, 그러니까 정신 병원까지 갖다 온
      것 아니겠어?

이때 초인종 울린다. 딩동댕

현미 (현관문으로 다가가 문을 열며)우리 딸 왔나 보다, 애경이구나

애경 (반갑게) 응 엄마

현미 (애경이의 엉덩이를 두드리며)우리 딸 오늘도 학교에서 공부 잘
      했어?

애경 응 엄마. (민혜를 가리키며)엄마 누구야?

현미 응 엄마 대학교 때 친구야, 어서 인사드려.

애경 (두 손을 앞으로 모으며)안녕하세요

민혜 (두 팔을 내밀며)그래 참 예쁘게 생겼구나

애경 감사합니다.

민혜 (머리를 쓰다듬으며) 올해 몇 살이야?

애경 열한 살이에요

민혜 공부 잘해?

애경 에! 그냥요 (빙그레 웃다가 방으로 들어간다)

현미 (애경의 뒷모습을 보며) 저 하나라고 오냐 오냐 키웠더니 애가
　　　좀 버릇이 없는 편이야. 커피 마실래? 마침 향이 좋은 게 있어

민혜 (고개를 끄덕인다)

돌아서서 커피를 탄다. TV를 보는 민혜를 곁눈질하며 표정이 굳어진
다.

현미 (커피를 민혜 앞에 내려놓으며) 자 마셔봐, 향이 좋은 커피야

민혜 (커피를 마시며 여전히 TV를 본다)

현미 (TV 소리를 낮추며) 민혜야, 너 사귀는 사람 없니?

민혜 누가 나한테…….

현미 사람 살면서 마음 편한 게 제일인데, 미안하다 다 나 때문이야.

민혜 (잔을 내려놓으며) 너 때문이라니? 그게 무슨 소리야?

현미 (손끝을 덜덜 떨며) 그 때 내가 그런 심부름만 안 시켰어도…….

민혜 (놀라며) 심부름이라니?

현미 몰랐니?

민혜 뭘?

현미 내가 그때 너한테 정 선배한테 전해 주라고 한 전단지 묶음 있잖
　　　니. 그게 사실 우리 서클의 기밀 문서였어. 아주 중요한 문건이
　　　었는데 다른 사람한테 부탁하면 들킬 것 같고 해서 너한테 부탁
　　　했던 건데…… 그 형사가 너한테 모든 걸 뒤집어씌운 것 같
　　　애…… 미안하다

민혜 (자리에서 일어서며)그 그러니까 결국 그래서…….

현미 (울음을 터뜨린다)미 미안해 내가 죽일 죄인이었어. 너희 아버
　　지가 내무부 고위 관료라 너는 안전할 줄 알았어.

민혜 (기막힌 표정으로) 그 그럼 내가 대공분실에 끌려간 것도, 고문
　　을 당한 것도 결국…… 현미 니가 나를? 그렇다면 정 선배까지
　　도?

민혜 (머리를 쥐어뜯으며) 아악!

50 과거 회상

김경식 (형사에게 머리를 조아리며) 죄송합니다. 딸자식을 잘못 가르
　　쳐서… 앞으로 철저히 단속하겠습니다.

51 현재. 현미의 집 거실

현미 사실 네가 정신 병원에 있는 동안 나 몇 번인가 자살을 시도하려
고 했었어. 한 때는 수녀가 될 생각도 했었지. 나 그동안 늘 속죄하는
기분으로 살았어. 미안해 정말…….

민혜 (자리에서 일어나 창가로 다가가 베란다 문을 활짝 연다. 바람
　　에 머리칼이 휘날린다).

현미 (불안한 목소리로)민혜야

민혜 처음에 정신병원 퇴원하고 나왔을 때 정말 막막하더라. 아무 것
　　도 할 수가 없을 것만 같았어. 도로 입원했으면 좋겠다고 수도
　　없이 생각했어. 병원에 있을 때 가끔씩 찾아오는 성가대원들이
　　있었어. 다른 사람들은 다 우리를 무서워하는데 그 사람들은 그
　　렇지가 않았어. 난 그 사람들을 기다렸어. 그들이 성가를 부를
　　때마다 이상하게 마음이 안정되는 거야. 가끔씩 수녀님들도 찾
　　아 왔어. 난 그때 생각했어. 차라리 수녀나 되었으면…… 하지만

누가 정신 이상자를 수녀로 받아 주겠니…… 우린 서로 공통되
는 생각을 하고 있었던 것 같아. 둘 다 똑같이 종교를 피난처로
생각하고 있었다니…….

(회상) 찬송가 들려온다,

「주 예수 내 맘에 들어와 계신 후 변하여 새 사람 되고

내가 늘 바라던 참 빛을 찾음도 주 예수 내 맘에 오심

주 예수 내 맘에 오심 주 예수 내 맘에 오심

물밀 듯 내 맘에 기쁨이 넘침은 주 예수 내 맘에 오심」

(성가대원과 환자들 모두 따라 부른다. 눈물짓는 환자도 있다)

현미 지금 다니는 직장은 어때. 다닐 만하니?

민혜 그런 대로 (고개를 끄덕이며) 그나마 다행이야 남들은 아이 엠
      에프 때문에 다니던 직장에서 쫓겨나는데.

현미 (눈치를 보며)그건 그래, 감사할 일이지. 너도 어서 결혼해야할
      텐데.

민혜 (신경질 적인 말투로) 이젠 그런 말조차 듣기 싫어

현미………….

현미 (눈물이 글썽한 모습으로) 너 올해 우리 나이가 몇 인줄 아니?
      불혹의 나이 사십이야. 공자는 나이 사십에 이르러 세상일에 미
      혹되지 않았대. 거기에서 유래된 말이기는 하지만 그러니까 우
      리…….

민혜 (자리에서 일어나며) 나 그만 가 볼게

민혜 (현관으로 다가간다)

쾅! 문 닫는 소리.

현미 (뒤에 대고)민혜야, 정선배가 말야……

52 상가 거리.

행인들 분주히 오가며, 민혜 지하도를 빠져 나와 거리를 걸어간다,

상가마다 IMF 파격 세일이란 커다란 현수막이 보인다. 매장 안으로 들어서는 민혜. 걸려진 옷가지를 보며 구경하는데 정제민 한쪽 구석에서 민혜를 쳐다보고 있다. 민혜 눈치 못 챈 듯 계속 구경한다.

(민혜 매장을 나가려는데 정제민 민혜에게 다가가며)

정제민 (민혜의 팔을 붙잡으며)나 모르겠니?

민혜 (정제민의 얼굴을 한참 바라보며)아! 정선배

정제민 (감격 어린 눈빛으로 민혜를 바라보며)민혜야

민혜 (반가워 어쩔 줄 모르며 큰소리로)정선배 맞아요?

정제민 (민혜의 손을 맞잡는다) 이게 몇 년 만이야. 아마 졸업하고 처
          음이지?

민혜 아마 그렇죠? 그런데 여긴 웬일이에요?

정제 민나 여기서 장사해. 작년에 명퇴 당했거든. 너 결혼했니?

민혜 (고개를 저으며)아 아뇨

정제민 (민혜에게 귀엣말로) 사실은 나도 그래

민혜와 정제민 함박웃음을 터뜨리며 매장 내의 사람들 시선 집중한다.
상가 유리창에 손을 잡고 서 있는 민혜와 정제민의 모습이 비친다.

(효과) 요란한 락음악이 들린다.
이어 올리비아 뉴튼존의 '피지칼'이 들린다.

53 시간 경과 (10년 후. 2008년도)
길거리를 지나는 민혜와 정제민.
열 살 된 아들의(장현) 손을 잡고 종로거리를 걸어가고 있다.

장현 (거리의 풍선 장수를 가리키며) 아빠 엄마, 나 풍선 사줘
민혜 정제민 (동시에) 그래 그래 아저씨 풍선 하나 주세요
장현 하나말고 두 개.
정제민 알았어, 두 개 주세요
장현 (풍선을 받아 들며) 야! 신난다.
웃음소리 퍼지고.
경쾌한 락 음악 들린다.
엔딩
시그널 음악
암전.
　끝

(2013. 만다라문학)

신촌 네거리

2014년 2월 5일 1판 1쇄 인쇄
2014년 2월 10일 1판 1쇄 발행

지 은 이 신 외 숙
펴 낸 이 심 혁 창
편집위원 원 응 순
디 자 인 홍 영 민
마 케 팅 정 기 영

펴낸곳　　　**한글**
서울특별시 서대문구 신촌로27길 4호
☎ 02) 363-0301 / FAX 02) 362-8635
E-mail : simsazang@hanmail.net
등록 1980. 2. 20 제312-1980-000009

GOD BLESS YOU

정가 **11,000원**

*
ISBN 97889-7073-385-2-14810